博雅文叢

名篇詞例選說

葉嘉瑩 著

出版說明

「博雅教育」，英文稱為 General Education，又譯作「通識教育」。

甚麼是「通識教育」呢？依「維基百科」的「通識教育」條目所說：「其一是通才教育；其二是指全人格教育。通識教育作為近代開始普及的一門學科，其概念可上溯至先秦時代的六藝教育思想，在西方則可追溯到古希臘時期的博雅教育意念。」歐美國家的大學早就開設此門學科。

在兩岸三地，「通識教育」則是一門較新的學科，涉及的又是跨學科的知識。概而言之，乃是有關人文、社科，甚至理工科、新媒體、人工智能等未來科學的多方面的古今中外的舊常識、新知識的普及化介紹，等等。因而，學界歷來對其「定義」抱有各種歧見。依台灣學者江宜樺教授在「通識教育系列座談（一）會議記錄」（二零零三年二月）所指陳，暫時可歸納為以下幾種：

一、通識就是如（美國）哥倫比亞大學、哈佛大學所認定的 Liberal Arts。

二、如芝加哥大學認為：通識應該全部讀經典。

三、要求學生不只接觸 Liberal Arts，也要人文社會科學學生接觸一些理工、自然科學學科；理工、自然科學學生接觸一些人文社會學，這是目前最普遍的作法。

四、認為通識教育是全人教育、終身學習。

五、傾向生活性、實用性、娛樂性課程。好比寶石鑑定、插花、茶道。

六、以講座方式進行通識課程。（從略）

近十年來，香港的大專院校開設「通識教育」學科，列為大學教育體系中必要的一環，因應於此，香港的高中教育課程已納入「通識教育」。自二零一二年開始的第一屆香港中學文憑考試，通識教育科被列入四大必修科目之一，考生入讀大學必須至少考取最低門檻的「第二級」的成績。在可預見的將來，在高中教育課程中，通識教育的份量將會越來越重。

在互聯網技術蓬勃發展的大數據時代，搜索功能的巨大擴展使得手機、網絡閱讀、搜索成為最常使用的獲取知識的手段，但網上資訊氾濫，良莠不分，所提供的內容知識未經嚴格編審，有許多望文生義、張冠李戴及不嚴謹的錯誤資料，謬種流傳，誤人子弟，造成一種偽知識的「快餐式」文化。這種情況令人擔心。面對着人工智能技術的迅猛發展所導致的對傳統優秀文化內容傳教之退化，如何能繼續將中國文化的人文精神薪火傳承？培育讀書習慣不啻是最好的一種文化訓練。

有感於此，我們認為應該及時為香港教育的這一未來發展趨勢做一套有益於中、大學生的「通識教育」叢書，針對學生或自學者知識過於狹窄、為應試而學習的不良傾向去編選一套「博雅文叢」。錢穆先生曾主張：要讀經典。他在一次演講中還指出：「此時的讀書，是各人自願的，不必硬求記得，也不為應考試，亦不是為着做學問專家或是寫博士論文，這是極輕鬆自由的，正如孔子所言：『默而識之』便得。」我們希望這套叢書能藉此向香港的莘莘學子們提倡深度閱讀，擴大文史知識，博學強聞，以春風化雨、潤物無聲的形式為求學青年培育人文知識的養份。

本編委會從上述六個有關通識教育的範疇中，以第一條作為選擇的方向，以第二條的芝加哥大學認定的「通識應該全部讀經典」作為本文叢的推廣形式，換言之，就是為初中、高中及大專院校的學生而選取的，讀者層面也兼顧自學青年及想繼續進修的社會人士，向他們推薦人文學科的經典之作，以便高中生未雨綢繆，入讀大學後可順利與通識教育科目接軌。

這套文叢將邀請在香港教學第一線的老師、相關專家及學者，組成編輯委員會，分類包括中外古今的文學、藝術等人文學科，而且邀請了一批受過學術訓練的中、大學老師為每本書撰寫「導讀」及做一些補註。雖作為學生的課餘閱讀之作，但期冀能以此薰陶、培育、提高學生的人文素養，全面發展，同時，也可作為成年人終身學習、補充新舊知識的有益讀物。

本叢書多是一代大家的經典著作，在還屬於手抄的著述年代裏，每個字都是經過作者精琢細磨之後所揀選的。為尊重作者寫作習慣和遣詞風格、尊重語言文字自身發展流變的規律，給讀者們提供一種可靠的版本，本叢書對於已經經典化的作品不進行現代漢語的規範化處理，提請讀者特別注意。

「博雅文叢」編輯委員會

二零一九年四月修訂

目錄

導讀

留取金針度與人

——讀葉嘉瑩《名篇詞例選説》

葉嘉瑩教授專研古典詩詞，其研究往往結合中西理論，推陳出新，在多個領域內，為學界所矚目。除外，她也注重文學教育，撰寫了大量詩詞欣賞文章，引導讀者走進古典詩詞的美感世界。她着重詩詞的感發力量，《迦陵論詞叢稿．後敍》云：「應該透過自己的感受把詩歌中這種興發感動的生命傳達出來，使讀者能得到生生不已的感動。」葉先生不但從事詩詞研究，多年來還持續創作古典詩詞，故她對古典作品有着敏鋭的感覺，其分析往往能鉤隱抉微，發前人所未發。這本《名篇詞例選説》（下稱《名篇》），正可體驗她的治學理念。此書收錄十七篇文章，共討論詞作三十二首，文章大多考證嚴密，深入淺出，文字優美，絕非坊間一般同類著作可比。以下試析它的三大特點。

具文學史意識

《名篇》選取的詞作，橫跨千年，上起五代，下逮民國，勾勒出一道詞史的發展線索。此書以花間派的韋莊及馮延巳開篇，繼之以李後主，葉先生在這幾篇文章中既分析了他們詞作的特點，又說明了他們如何把詞帶上文學史的舞台，奠下了詞體「要渺宜修」的美感特質。之後就是被視為詞之盛世的宋代，以九篇文章講述兩宋詞人的作品，佔去全書一半以上篇幅。主要講述了宋人如何在繼承花間詞的基礎上作出新變，令詞體步向成熟。最後五篇文章，則以明、清至近代詞人的十三首詞作為中心，呈現出宋以後詞體發展的情況。五四以來，因受到王國維「一代有一代之文學」的論述影響，故大眾早就接受了「唐詩宋詞元曲」的文學進化史觀，加上坊間的詞選本向來多以宋詞為中心，甚少提及花間派，對宋以後的作品甚至隻字不提，普通讀者就往往誤以為宋以後無詞。現時學界對詞史已有更深入全面的研究，不再像過去多講晚唐五代宋詞，而是兼及明清。葉先生的詞學研究早有此識見，本書選人選詞，雖仍以宋代為中心，但不忽視五代，及宋以後的作品。葉先生獨具慧眼，所選之作俱能體驗詞人以至時代的特質，論述亦精闢，往往能夠點出作品的新變與詞史地位，因此全書數十首詞作，在葉先生的解說中串點成線，以線帶面，呈現出詞體發展的連續性。

另外，歷來詞論家喜好不同，評論往往有所偏頗。如清代常州詞派的始創人張惠言，論詞重「比興寄託」，故對描寫愛情歌妓的詞作，亦套上言志抒情的解說；王國維重「境界」，論詞往往遺貌取神，對着力鋪陳、善於詠物的南宋詞人並不欣賞。而葉先生詞學研究則在前人基礎上，提出了詞體發展的三段論：從花間派的「歌辭之詞」，走向北宋蘇軾等人的「詩化之詞」，再進至「賦化之詞」；從內容與形式方面說明了詞體的發展，客觀評價了各階段作品的美感特質。《名篇》的選詞正是貫徹此詞學思想，三種風格之詞都有選入，例如對於五代艷詞，有不少讀者因其直率香艷，欠缺寄託而不予重視，但葉先生卻強調「這種筆法質直、情感真摯的寫愛情的艷詞，卻正是其後之所以能發展出多層次之感發潛能的一項基礎」。（一七六頁）故《名篇》選入不少純寫愛情的艷詞，既體驗了此類詞的風格特質，同時又呈現了花間詞在後世的繼承與開拓。讀者只要手執此書，就能了解到詞史的發展。

結合中西理論

葉先生自小受到良好的古典文學教育，國學根基深厚，又吸收西方文學理論之長，論詞貫通中西，觀點往往能夠推陳出新。如葉先生受卡洛琳．海爾布倫（Carolyn G. Heibrun）雌雄同體（Androgyny）的理論啟發，認為詞具有雙性的美感特質。要知道從早期花間詞起，詞就多為歌女而作，男詞人往往會代入女性的口吻寫作，因而作品中往往具有「雙性」的人格。葉先生指出：「花間詞的作者是用女性的語言去寫女性的形象與女性的情思。然而實際上他們本身都是男性，當他們以女性口吻寫女性對愛情的嚮往和失落愛情的悲哀時，無意之中就流露出屬於男性的『感士不遇』的悲慨。這就是花間詞所特有的一種『雙性』的美」。（一九九頁）自宋代起，評論家就以「本色」論詞，並由此歸結出「婉約」與「豪放」兩種詞風。葉先生的觀點，就正正對應了此風格的分類，她在蘇軾及辛棄疾等集「婉約」與「豪放」為一體的詞人身上，進一步發揮了「雙性」之說：「當詞的美感特質形成之後，這雙性的『性』，就不一定是性別之性了。例如蘇東坡和辛棄疾，他們不一定還用女性的口吻來寫詞，但蘇詞和辛詞的優秀作品都是既有豪放曠達的一面，同時又有挫折和壓抑的一面。實際上，這也是一種雙性，雙重性質。或者說是一種雙重的意蘊」。（一九九頁）此說可謂解決了「婉約」與「豪放」的對立，強調作品中「有餘不盡的言外意蘊」，把兩種詞風統攝在雙性美感之下。

此外，葉先生受沃爾夫岡．伊瑟爾（Wolfgang Iser）潛能（potential effect）之說的影響，着重發掘作品中的隱喻及深沉的意蘊。如韋莊《思帝鄉》，表面是模擬女性口吻，敍寫男女情事的小詞，但葉先生着意發掘作品可供解讀的可能，以說明此作感人的原因。如詞中「縱被無情棄，不能羞」一句，她拈出儒家「擇善固執」及《離騷》九死未悔的思想作比擬，說明此句的思想脈絡，由此我們得見韋莊殉身的精神，而正是這種至死不渝的深厚情感，「引發讀者一種深沉的感動與豐美的聯想」。（二五頁）又如周邦彥的作品，常被批評家認為是無病呻吟之作，故對其多有批評。但葉先生注意到，周邦彥作品大多蘊含對政海滄桑的感慨，只是寫來含蓄深蘊，不易為人覺察。於是她在《名篇》中對《渡江彥》的解讀，就嘗試為周邦彥翻案。葉先生仔細辨析周邦彥的性格與遭遇，以及寫作此詞之時間與地點，着力發掘此作在寫景詠物之下，更深層的情感。如首句「暖回雁翼，陣勢起平沙」，她以為「表面上所寫雖是雁陣之起飛，但實際上卻已經隱喻着一些因政治情勢改變，而又紛紛得意回朝的新黨的人士」。（一零一頁）透過挖掘作品中字句的感發潛能，葉先生駁斥了以往對周邦彥的偏見，說明其詞作有託喻的可能。

葉先生融通中西理論解讀詞作，其觀點往往能夠突破前人，翻出新見，故不論是普通讀者，還是專家學人，都能從此書中有所得着。

論詞深入淺出

葉先生十分重視文學教育，希望藉着對單篇作品的深入討論，向讀者傳達詞的興發感動之力量。因此在分析具體作品時，她除了作具學術高度的討論外，亦很着重個人感發。如分析李煜的《虞美人》時，葉先生就結合個人體認，指出李煜詞作之所以感人，在於其詞表現了他對世界真切深刻的感受，「以其純真強銳的感受，直透事物的核心，所以表現於外，乃有了一種由核心遍及於全體的趨勢」。（五零頁）因此，李煜就能夠從自身故國之悲，道出了人類對生命無常的含恨。葉先生學養深厚，結合個人體會，不但多有卓見，更令千年以前的古典作品，在其溫潤的筆端下，顯得真切可感。

另外，詞之為體，能言詩之所不能言。詩言志，而詞則多刻劃作者曲折幽微的情思，這些幽隱之情往往只可意會，難以言傳。但葉先生在論詞之時，常透過作品比較，為讀者辨析詞中的情感與美感特質。例如在分析馮延巳《鵲踏枝》「梅落繁枝千萬片，猶自多情，學雪隨風轉」一句時，就以杜甫《曲江》「風飄萬點正愁人」及李煜《清平樂》「落梅如雪亂」作對比，說明杜甫及李煜均寫眼前之景，而馮詞首句雖亦寫眼前景物，但「猶自多情，學雪隨風轉」二句，則以擬人手法，「構成了一個完整而動人的多情之生命隕落的意象」，（二七頁）從而表現出一個繾綣的情感境界。又如朱彝尊的《桂殿秋》，葉先生認為此作是寫其對妻妹的愛慕，在詞境上有所突破。她舉歐陽炯《浣溪沙》及溫庭筠《南歌子》作對比，說明以往寫愛情的作品，一則寫男性對女性的愛慕，這類作品多為男性對歌伎或酒女的情慾，故往往表現得淫靡而輕佻；另一類則是男作者以女性口吻寫女性的戀情，因中國文學香草託喻美人，及男女喻君臣之傳統，故能引起讀者無限的想像；而朱彝尊此作卻是寫良家婦女，其中的情意又不能明言，因此，感情態度就與傳統寫歌伎酒女之作品有所不同；朱彝尊對舊情往事的追憶，表現出了「眾生在苦難中的一種普通的共相。而且我以為此種有忍受和承擔之精神者，也代表了一種『弱德之美』的品質」。（一九三頁）葉先生對詞作之分析深入透徹，從不堆砌術語，或引用艱深理論，故其文章往往平易近人。

《名篇詞例選說》篇幅短小，通俗易讀，但融會了葉先生精深的詞學理論，既是普通讀者感受詞體之美的必備讀物，亦是初入學林者研治詞學的入門書籍。筆者學歷所限，恐怕對《名篇》的評論有所遺缺，僅以此短文拋磚引玉，向各位推薦此雅俗共賞、精義迭出的佳作。

何梓慶

何梓慶，浸會大學中文系哲學博士，煩惱詩社成員，黃棣珊中學籃球隊教練。現任理工大學中國語文教學中心導師，研究古典文學，創作新詩。

感發不能自已之情

十二年前，我在為《葉嘉瑩説詞》撰寫的「題言」中提到書內所收《從〈人間詞話〉看溫韋馮李四家詞》一文時，曾云：「我一向認為，對包括詞在內的所有文學體式的研究，必先從微觀入手，進入作品的世界。離此，無從言作家研究，更無從言在宏觀意義上的流派研究、文學史研究，以及比較文學研究。」並云：「對《人間詞話》的研究，也必先進入所論及的作品之世界，否則，無從窺其堂奧。」嘉瑩教授重視對詞的單篇作品的評賞辨析，其評價之精微深至，為人所共見、共稱；而這正是構建其卓然自成一家的詞學理論體系的基石。

本上述看法，每有青年問我以攻治詞學的途徑，輒要求其先熟讀、讀懂一定數量的歷代詞家的名作，向其推薦九部書，即陳廷焯評選的《詞則》、朱孝臧編選唐圭璋箋註的《宋詞三百首》、龍榆生集評的《唐宋名家詞選》及《近三百年名家詞選》、俞陛雲的《唐五代兩宋詞選釋》、俞平伯的《唐宋詞選釋》、劉永濟的《微睇室說詞》、沈祖棻的《宋詞賞析》、唐圭璋的《唐宋詞簡釋》。今欣悉嘉瑩教授大作《名篇詞例選說》即將問世，喜見我所推薦的治詞基本讀物有了重要的補充，使此書目由九部增為十部，可稱十全十美了。

詞是詩的異化，也是詩的進化。它突破了詩的從齊言體為主的舊形式，變為句式長短錯綜的新結構；在四聲的處理、韻腳的變化、韻位的安排上，發展、改造了詩的比較簡單而整飭的舊格律，形成音韻更多變、聲情更豐美的新曲調。與詩相對而言，詞的音節更搖曳宛轉，詞的韻致更綿邈永長，其蘊含的情思、呈現的境界也更深曲、更空靈。因此，說詩固已難，說詞則尤難。嘉瑩教授說詞，着重傳達詞的興發感動之作用，曾在《迦陵論詞叢稿．後敍》中云：「對於詩歌這種以興發感動之作用為生命的美文，我們在對之加以評說時……應該透過自己的感受把詩歌中這種興發感動的生命傳達出來，使讀者能得到生生不已的感動。」此《名篇詞例選說》收文十二篇，評說詞三十二闋，可視為嘉瑩教授實現其所持的評說詩歌之主張的範例。

對於詞這一文體之感發質素的接受與辨析，嘉瑩教授獨具靈心慧悟，對一些內涵深曲、意象空靈之作的評說，輒能探觸其詞心，進入其詞境，發其幽情，得其微旨。在《靈谿詞說．前言》中，嘉瑩教授自述：「我自幼即耽讀古典詩詞，此雖由家庭環境之薰習，然亦出於一己之天性。當時每讀歷代詩詞之名篇佳什，總常常會引起心中一種感發不能自已之情。」正因有此「感發不能自已之情」，故其感也深，其思也微，得以深入作品的世界。加以嘉瑩教授數十年來始終致力於詩詞的講授與研究，又曾長期在海外執教，廣研西方文論，故其積也厚，其識也廣，每能遠紹旁搜，就作品的諸多方面作兼有深度與廣度的闡述。收入本編的説詞諸作，可説是：既憑其稟賦上的靈心慧悟，對所評説的作品之興發感動的作用，以特有的敏鋭感受及觀照入微的辨析能力發人之所未發；又憑其學養上的厚積廣識，就作品涉及的問題作了通古今中外而觀之的比照與融會，對作品中某些微妙的語詞及生僻的典故，也作了詳盡的解説。其品賞之精微，論證之周密，自非時下一般詩詞鑒賞之作所可望其項背。

我一向還認為，詩詞的理論研究應與詩詞的創作實踐兩相結合。而在過去一段相當長的歲月中，我們大學中文系的古典文學教學，重理論，輕創作，詩詞的理論研究是與詩詞的創作實踐分離的。現今不少評説詩詞者不一定從事詩詞的創作，因而其對詩詞作品的評説常有與作品隔一層之憾。嘉瑩教授幼承家學，十一歲即開筆寫詩，進入初中後開始寫詞，進入大學後開始寫曲。當時，顧隨教授讚其「作詩是詩，填詞是詞，譜曲是曲」，以後在其投入教學與研究的數十年中始終不廢詩詞的寫作。從其《迦陵詩詞稿》一編，可見其這方面的造詣之深。如繆鉞教授的《靈谿詞說．後記》所云，由於嘉瑩教授積累了豐富的「創作實踐的經驗，深知其中甘苦，因而更能理解、探求古代作家在其作品中所蘊含的幽情微旨，而賞析其苦心孤詣的精湛藝術」。讀此《選說》者，對繆先生此言當有共識。《選説》之所説，既是從詞的理論研究者的精思，也是從詞的創作實踐者的體驗展開其評説的。

嘉瑩教授自天津來電囑我為此書作序，連日披閱此書，深感其篇幅雖不大，而份量確「相當重」。書中，精義時見，妙旨紛陳，使人應接不暇。覽讀後，未暇深研熟思，草成此淺陋的短文，對全書內容的評價，深愧掛一而漏萬。

陳邦炎

二零一一年十二月

說韋莊詞一首

思帝鄉

春日遊，杏花吹滿頭。陌上誰家年少、足風流？妾擬將身嫁與、一生休。縱被無情棄，不能羞。

以前我在《靈谿詞說》中，論及溫庭筠及韋莊詞時，曾經寫過幾首論詞絕句。其中有論溫詞的一首，寫的是：「繡閣朝暉掩映金，當春懶起一沉吟。弄妝仔細勻眉黛，千古佳人寂寞心。」還有論韋詞的一首，寫的是：「誰家陌上堪相許，從嫁甘拚一世休。終古摯情能似此，楚騷九死誼相侔。」本來「詞」這種韻文體式，原只是一種合樂的歌辭。據歐陽炯《花間集．序》之所記敘，則當時之文人詩客之着手於「詞」之寫作者，原來也大都只不過將之視為一種歌筵酒席間供歌伎酒女去演唱的艷曲而已。所以「美女」與「愛情」也就形成為早期詞作中之主要內容了。其所敘寫的翠鬢蛾眉的美女，與斷腸流淚的相思，就當時之作者與歌者言之，原來也只不過表現一種男女間相賞悅相愛慕的情思而已。然而值得注意的則是，這些敘寫美女與愛情的小詞，其後卻發展成了一種被詞評家認為是最富於寄託之深意的韻文形式。清代的張惠言就曾以為詞之作用是「緣情造端，興於微言，以相感動」，可以表達一種「賢人君子幽約怨悱不能自言之情」。張氏之以牽強比附之說來解釋溫、韋、晏、歐諸家之詞，雖然曾為後人所詬病，然而詞這種韻文體式之確實可以傳達和引發一種幽隱之情思，足以觸發讀者豐美之聯想，則也是被詞論家所共同體認到的一種特質。這種特殊的品質，也就正是「詞」之所以異於「詩」的主要差別之所在。因此即使是對張惠言的比興寄託之說極為反對的王國維，在他的《人間詞話》中論及詞之特質時，也不得不提出詩與詞之差別，說：「詞之為體，要眇宜修，能言詩之所不能言。」又說：「詩之境闊，詞之言長。」即如唐五代《花間集》中的一些小詞，以詩境之闊而言，當然無法與杜甫之《赴奉先縣詠懷》或《北征》等長篇偉制相比併，但我們卻也不得不承認，這些篇幅雖短意境雖狹的小詞，有時卻確實可以觸引起讀者許多幽微的感發與豐美的聯想。我在前面所提出的論溫詞及論韋詞的兩首絕句，所標舉的就是小詞之所以特別富於感發之力的兩種重要因素。就溫詞而言，我以為其所以易於引起讀者之感發與聯想的緣故，主要乃在於他所寫的美女及其容飾，與中國文學傳統中美人香草之託喻有暗合之處。即如他在《菩薩蠻》（小山重疊金明滅）一首中，所寫的「懶起」「畫眉」「簪花」「照鏡」等情事，雖僅為客觀的對美女之描摹，然而卻與唐代杜荀鶴《春宮怨》所寫的「早被嬋娟誤，欲妝臨鏡慵」，及李商隱《無題》所寫的「八歲偷照鏡，長眉已能畫」這些詩句中的含有喻託性的美女之描述，有可以相通之處。這正是溫詞之足以引發讀者之喻託豐美之聯想的一項重要因素。關於此點，我以前在《溫庭筠詞概說》一文中，已曾加以闡述，茲不再贅。至於韋莊的這一首《思帝鄉》小詞，其所以也足以引起讀者深美之感發與聯想的緣故，則是由於韋莊詞中所抒寫的一種用情的態度。溫詞客觀，韋詞主觀，溫詞予人感發在美感之聯想，韋詞予人感發在感情之品質。現在就讓我們對韋莊的這首小詞一加賞析。

此詞開端之「春日遊」三字，表面看來原只是極為簡單直接的一句敘述而已，然而卻已經為後文所寫的感情之穠摯作了很好的準備和渲染。試想「春日」是何等美好的季節，草木之萌發，昆蟲之起蟄，一切都表現了一種生命之覺醒與躍動。而「春日」之後更加一「遊」字，則此「遊春」之人的春心之欲，隨春物以共同萌發及躍動從而可知。而春遊所見之萬紫千紅鶯飛蝶舞之景象也就從而可想了。其後再加以「杏花吹滿頭」一句，則外在之春物遂與遊春之人更加了一層直接的關係，其感染觸發之密切乃竟有及身滿頭之情勢矣。昔北宋詞人宋祁曾經寫過一句著名的詞，說「紅杏枝頭春意鬧」，可見「紅杏」原是春天花樹中極為繁盛艷麗的一種花樹。「吹」字雖有花片被風吹落的意思，然而在此一句中卻並沒有花落春歸的哀感，而卻表現出一種當繁花開到極盛時，也同時伴隨有花片之飛舞的一種更為繽紛盛美的景象。而且「吹」字還可表現出一種活潑撩動的感受，於是遊春之人的內心，遂也因之而更增加了一種「氣之動物，物之感人，故搖蕩性情」的感受。何況「吹」字之下還加了「滿頭」二字，則外在景物對人之內心之強烈的引動可知。敍寫至此，首二句已經為以後的感情之引發，培養和渲染了足夠的氣勢，於是下面才一瀉而出毫無假借地寫了「陌上誰家年少、足風流」一個上六下三的九字長句，讀起來筆力異常飽滿。曰「陌上」，是遊春時士女雲集之所在；曰「誰家年少」，則表現了期望的真誠與選擇的珍重；更加之以「足風流」，是對於美好多情之預想的最高要求。然後繼之以「妾擬將身嫁與、一生休」另一個上六下三的九字長句，與上一句的節奏句式全同，前一句寫期望之理想，後一句寫自我之奉獻，兩相呼應，都是前面的六字句以兩字為一頓，造成一波三折的氣勢，然後以一個三字句為總結。曰「足風流」，曰「一生休」，極為有力地表現了意志之堅決與感情之深摯。然後在結尾處寫下了「縱被無情棄，不能羞」二句殉身無悔的誓詞。昔儒家有「擇善固執」之說，楚騷有「九死未悔」之言，韋莊這首小詞雖不必有儒家之修養與楚騷之忠愛的用心，然而其所寫的用情之態度與殉身之精神，卻確實可以引發讀者一種深沉的感動與豐美的聯想。我以前在《常州詞派比興寄託之說的新檢討》一文中，曾提出「愛之共相」之說，以為「人世間之所謂愛，雖然有多種之不同，然而無論其為君臣、父子、夫婦、朋友間的倫理的愛，或者是對學說、宗教、理想、信仰等的精神之愛，其對象與關係雖有種種之不同，可是當我們欲將之表現於詩歌，而想在其中尋求一種最熱情、最深摯、最具體，而且最容易使人接受和感動的『愛』之意象，則當然莫過於男女之間的愛情」，這正是寫男女歡愛之小詞，有時偏能喚起讀者幽微豐美之感發和聯想的主要緣故。韋莊這首《思帝鄉》詞，便是這類寫愛情而富於感發之深意的作品的很好的一篇例證。

說馮延巳詞四首

鵲踏枝

梅落繁枝千萬片，猶自多情，學雪隨風轉。昨夜笙歌容易散，酒醒添得愁無限。　樓上春山寒四面，過盡征鴻，暮景煙深淺。一晌憑欄人不見，鮫綃掩淚思量遍。

此詞開端「梅落繁枝千萬片，猶自多情，學雪隨風轉」，僅只三句，便寫出了所有有情之生命面臨無常之際的繾綣哀傷，這正是人世千古共同的悲哀。首句「梅落繁枝千萬片」，頗似杜甫《曲江》詩之「風飄萬點正愁人」。然而杜甫在此七字之後所寫的乃是「且看欲盡花經眼」，是則在杜甫詩中的萬點落花不過仍為看花之詩人所見的景物而已；可是正中在「梅落繁枝千萬片」七字之後，所寫的則是「猶自多情，學雪隨風轉」，是正中筆下的千萬片落花已不僅只是詩人所見的景物，而儼然成為一種隕落的多情生命之象喻了。而且以「千萬片」來寫此一生命之隕落，其意象乃是何等繽紛又何等淒哀，既足可見隕落之無情，又足可見臨終之繾綣，所以下面乃徑承以「猶自多情」四字，直把千萬片落花視為有情矣。至於下面的「學雪隨風轉」，則又頗似李後主詞之「落梅如雪亂」。然而後主的「落梅如雪」，也不過只是詩人眼前所見的景物而已，是詩人所見落花之如雪也；可是正中之「學雪隨風轉」句，則是落花本身有意去學白雪隨風之飄轉，是其本身就表現着一種多情繾綣的意象，而不僅是寫實的景物了。這裏所寫的不是感情之事蹟而表達的卻是感情之境界。所以上三句雖是寫景，卻構成了一個完整而動人的多情之生命隕落的意象。下面的「昨夜笙歌容易散，酒醒添得愁無限」二句，才開始正面敍寫人事，而又與前三句景物所表現之意象遙遙相應，笙歌之易散正如繁花之易落。花之零落與人之分散，正是無常之人世之必然的下場，所以加上「容易」兩個字，正如晏小山詞所説的「春夢秋雲，聚散真容易」也。面對此易落易散的短暫無常之人世，則有情生命之哀傷愁苦當然乃是必然的了，所以落花既隨風飄轉表現得如此繾綣多情，而詩人也在歌散酒醒之際添得無限哀愁矣。「昨夜笙歌」二句，雖是寫的現實之人事，可是在前面「梅落繁枝」三句景物所表現之意象的襯托下，這二句便儼然也於現實人事之外有着更深、更廣的意蘊了。

下半闋開端之「樓上春山寒四面」，正如後一首《鵲踏枝》之「河畔青蕪堤上柳」，也是於下半闋開端時突然蕩開作景語。正中詞往往忽然以閒筆點綴一二寫景之句，極富俊逸高遠之致，這正是《人間詞話》之所以從他的一貫之「和淚試嚴妝」的風格中，居然看出了有韋蘇州、孟襄陽之高致的緣故。可是正中又畢竟不同於韋、孟，正中的景語，於風致高俊以外，其背後往往依然還是含蘊着許多難以言說的情意。即如後一首之「河畔青蕪堤上柳」，表面原是寫景，然而讀到下面的「為問新愁，何事年年有」二句，才知道年年的蕪青、柳綠原來就正暗示着年年在滋長着的新愁。「樓上春山寒四面」這一句，也是要等到讀了下面的「過盡征鴻，暮景煙深淺」二句，才能體會出詩人在樓上凝望之久與悵惘之深。而且「樓上」已是高寒之所，何況更加以四面春山之寒峭，則詩人之孤寂淒寒可想，而「寒」字下更加上了「四面」二字，則詩人的全部身心便都在寒意的包圍侵襲之下了。以外表的風露體膚之寒，寫內心的淒寒孤寂之感，這也正是正中一貫所常用的一種表現方式，即如後一首之「獨立小橋風滿袖」、此一首之「樓上春山寒四面」及《拋球樂》之「風入羅衣貼體寒」，便都能予讀者此種感受和聯想。接着說「過盡征鴻」，此一句不僅寫出了凝望之久與瞻望之遠，而且征鴻之春來秋去，也最容易引人想起蹤跡的無定與節序的無常。而詩人竟在「寒四面」的「樓上」，凝望這些漂泊的「征鴻」直到「過盡」的時候，則其心中之悵惘哀傷，不言可知矣。然後承之以「暮景煙深淺」五個字，暮景者，日暮之景色也，然日暮之景色究竟何有？則遠近之暮煙爾。「深淺」二字，正寫出暮煙因遠近而有濃淡之不同，既曰「深淺」，於是而遠近乃同在此一片暮煙中矣。這五個字不僅寫出了一片蒼然的暮色，更寫出了高樓上對此蒼然暮色之人的一片悵惘的哀愁。於此，再反顧前半闋的「梅落繁枝」三句，因知「梅落」三句，固當是歌散酒醒以後之所見，而此「樓上春山」三句，實在也當是歌散酒醒以後之所見；不過，「梅落」三句所寫花落之情景極為明白清晰，故當是白日之所見，至後半闋則自「過盡征鴻」表現着時間消逝之感的四個字以後，便已完全是日暮的景色了。從白晝到日暮，詩人何以竟在樓上凝望至如此之久呢？於是結二句之「一晌憑欄人不見，鮫綃掩淚思量遍」，便完全歸結到感情的答案上來了。

「一晌」二字，據張相《詩詞曲語辭匯釋》解釋為「指示時間之辭，有指多時者，有指暫時者」。引秦少游《滿路花》詞之「未知安否，一晌無消息」，以為乃「許久」之義，又引正中此句之「一晌憑欄」，以為乃「霎時」之義。私意以為「一晌」有久、暫二解是不錯的，但正中此句當為「久」意，並非「暫」意，張相蓋未仔細尋味此詞，故有此誤解也。綜觀此詞，如上所述，既自白晝景物直寫到暮色蒼然，則詩人憑欄的時間之久當可想見，故曰「一晌憑欄」也。至於何以憑倚在欄杆畔如此之久，那當然乃是因為內心中有一種期待懷思的感情的緣故，故繼之曰「人不見」，是所思終然未見也。如果是端己寫人之不見，如其《荷葉杯》之「花下見無期」「相見更無因」等句，其所寫的便該是確實有他所懷念的某一具體的人，而正中所寫的「人不見」，則大可不必確指，其所寫的乃是內心寂寞之中常如有所期待懷思的某種感情之境界，這種感情可以是為某人而發的，但又並不使讀者受任何現實人物的拘限。我之所以敢作如是說者，只因為端己在寫「人不見」時，同時所寫的乃是「記得那年花下」及「絕代佳人難得」等極現實的情事；而正中在寫「人不見」時，同時所寫的則是春山四面之淒寒與暮煙遠近之冥漠。端己所寫的，乃是現實之情事；而正中所表現的，則是一片全屬於心靈上的悵惘孤寂之感。所以我說正中詞中「人不見」之「人」，是並不必確指的。可是，人雖不必確指，而其期待懷思之情則是確有的，故結尾一句乃曰「鮫綃掩淚思量遍」也。「思量」而曰「遍」，可見其懷思之情的始終不解，又曰「掩淚」，可見其懷思之情的悲苦哀傷。至於「鮫綃」，則用以掩淚之巾也。據《述異記》云，鮫綃乃南海鮫人所織之綃，而鮫人則眼中可以泣淚成珠者也。曰「鮫綃」，一則可見其用以拭淚之巾帕之珍美，再則用泣淚之人所織之綃巾來拭淚，乃愈可見其泣淚之堪悲，故曰「鮫綃掩淚思量遍」也。

全詞至此，原已解說完畢，只是我在前面一直都以主觀自我敍寫之口吻來解說此詞，假如此詞果為正中之自敍，則正中乃是一位男士，而末句「鮫綃掩淚」之動作，乃大似女郎矣。其實正中此詞，如我在前面所說，原來它所寫的乃是一種感情之境界，而並未實寫感情之事蹟，全詞都充滿了象喻之意味，因此末句之為男子口吻抑為女子口吻，實在無關緊要，何況美人、香草之託意，自古而然。「鮫綃掩淚」一句，主要的乃在於這幾個字所表現的一種幽微珍美的悲苦之情意，這才是讀者所當用心去體味的。這種一方面寫自己主觀之情意，而一方面又表現為託喻之筆法，與端己之直以男子之口吻來寫所歡的完全寫實之筆法，當然是不同的。

鵲踏枝

誰道閒情拋棄久？每到春來，惆悵還依舊。日日花前常病酒，不辭鏡裏朱顏瘦。河畔青蕪堤上柳，為問新愁，何事年年有？獨立小橋風滿袖，平林新月人歸後。

馮延巳實在應該是五代詞人中一位極為重要的作者，他的作品在五代北宋之間，對於詞之發展曾經產生過非常值得重視的影響。然而歷代評詞和選詞的人，對於他的成就卻似乎並未曾予以應有的重視。那是因為他的詞從表面看來，似乎未曾脫除五代一般小令的風格，其所敍寫者，也不過僅是一些閨閣園亭之景、傷春怨別之情而已。然而若就其內容之意境言之，則馮詞卻實在已形成了一種重要的開拓。關於此點，我在以前《從〈人間詞話〉看溫韋馮李四家詞的風格》（見拙著《迦陵論詞叢稿》）、《靈谿詞說·論馮延巳詞》（見《四川大學學報叢刊》第十五輯《古典文學論叢》）與《馮正中詞的成就及其承前啟後的地位》（見《北京師範學院學報》一九八二年第四期）諸文中都已曾有所闡述。蓋詞之初起原為歌筵酒席間之艷詞，並無鮮明之個性及深刻之意境可言。溫庭筠詞意象之精美雖足以引起讀者美感之聯想，然而卻缺乏主觀抒情的直接感發之力；韋莊詞雖具有主觀抒情的直接感發之力，然而卻又過於被個別之情事時地所拘限；至馮詞之出現，則一方面既富有主觀抒情的直接感發之力，而另一方面卻又能不被個別之人物情事所拘限，而傳達出一種個性鮮明的感情之意境，遂使讀者因之而能引起一種豐美的感發和聯想。這種特色曾經影響了北宋初年的晏殊、歐陽修諸人，使令詞之發展進入了一個意蘊深美感發幽微的境界，是中國詞之發展史中一項極為可貴的成就。現我們就將以這首小詞為例證，對馮詞之此種特色與成就略加介紹。

此詞開端之「誰道閒情拋棄久」一句，雖然僅只七個字，然而卻寫得千回百轉，表現了在感情方面欲拋不得的一種盤旋鬱結的掙扎的痛苦。而對此種感情之由來，卻又並沒有明白之指說，而只用了「閒情」兩個字。昔曹丕之《善哉行》曾有句云：「高山有崖，林木有枝，憂來無方，人莫之知。」這種莫知其所自來的「閒情」才是最苦的，而這種無端的「閒情」對於某些多情善感的詩人而言，卻正是如同山之有崖、木之有枝一樣的與生俱來而無法擺脫的。所以詞人才說「誰道閒情拋棄久」，「拋棄」正是對「閒情」有意尋求擺脫所作的掙扎，而且馮氏還在後面用了一個「久」字，更加強了這種掙扎努力的感覺。可是馮氏卻在此一句詞的開端先用了「誰道」兩個字，「誰道」者，原以為可以做到，而誰知竟未能做到，故以反問之語氣出之，有此二字，於是下面的「閒情拋棄久」五字所表現的掙扎努力就全屬於徒然落空了。於是下面乃繼之以「每到春來，惆悵還依舊」，上面着一「每」字，下面着一「還」字，再加上後面的「依舊」兩個字，已足可見此「惆悵」之永在常存。而必曰「每到春來」者，春季乃萬物萌生之候，正是生命與感情醒覺季節，而馮氏於春心覺醒之時，所寫的卻並非如一般人之屬於現實的相思離別之情，而只是含蓄地用了「惆悵」二字。而「惆悵」者，是內心恍如有所失落又恍如有所追尋的一種迷惘的情意，不像相思離別之拘於某人某事，卻是較之相思離別更為寂寞、更為無奈的一種情緒。既然有此無奈的惆悵，而且經過拋棄的掙扎努力之後而依然永在常存，於是下面兩句馮氏遂徑以殉身無悔的口氣，說出了「日日花前常病酒，不辭鏡裏朱顏瘦」兩句決心一意承擔負荷的話來。「花前」之所以「常病酒」者，杜甫在《曲江》二首之一中，曾經說過「且看欲盡花經眼，莫厭傷多酒入唇」的話，對於如此易落的花，何能忍而不更飲傷多之酒，此「花前」之所「常病酒」也。上面更着以「日日」兩字，更可見出此一份惆悵之情之對花難遣，故唯有「日日」飲酒而已。曰「日日」，蓋彌見其除飲酒之外無以度日也。至於下句之「鏡裏朱顏瘦」，則正是「日日病酒」之生活的必然的結果。曰「鏡裏」，自有一份反省驚心之意，而上面卻依然用了「不辭」二字，昔《離騷》有句云「雖九死其猶未悔」，「不辭」二字所表現的，就正是一種雖殉身而無悔的情意。我在前面曾經說過馮詞所表現的往往不是現實的個別的情事，而是一種個性鮮明的感情之意境，這首詞上半闋所寫的這種曾經過「拋棄」的掙扎、曾經過「鏡裏」的反省而依然殉身無悔的情意，便正是馮氏詞中所經常表現的意境之一。而此種頓挫沉鬱的筆法，此種惝恍幽咽的情致，也正是馮詞中所常見的筆法和情致。

下半闋承以「河畔青蕪堤上柳」一句為開端，在這首詞中實在只有這七個字是完全寫景的句子，但此七字卻又並不是真正只寫景物的句子，不過是以景物為感情之襯托而已。所以雖寫春來之景色，而並不寫繁枝嫩蕊的萬紫千紅，而只說「青蕪」、只說「柳」。「蕪」者，叢茂之草也。「蕪」的青青草色既然遍接天涯，「柳」的縷縷柔條更是萬絲飄拂，這種綠遍天涯的無窮的草色，這種隨風飄拂的無盡的柔條，它們所喚起的，或者所象喻的，該是一種何等綿遠纖柔的情意。而這種草色又不自今日方始，年年河畔草青，年年堤邊柳綠，則此一份綿遠纖柔的情意，豈不也就年年與之無盡無窮？所以下面接下去就說了「為問新愁，何事年年有」二句，正是從年年的蕪青柳綠，寫到「年年有」的「新愁」。但既然是「年年有」的「愁」，何以又說是「新」？一則此詞開端已曾說過「閒情拋棄久」的話，經過一段「拋棄」的掙扎，而重新又復甦起來的「愁」，所以說「新」，此其一；再則此愁雖舊，而其令人惆悵的感受，則敏銳深切歲歲常新，故曰「新」，此其二。至於上面用了「為問」二字，下面又用了「何事」二字，造成了一種強烈的疑問語氣，若將之與此詞首句開端之「誰道閒情拋棄久」七字合看，從其嘗試拋棄之徒勞的掙扎，到現在再問其新愁之何以年年常有，有如此之掙扎與反省而依然不能自解，這正是馮延巳一貫用情的態度與寫情的筆法。而在此強烈的追問之後，馮詞卻忽然蕩開筆墨，更不作任何回答，而只寫下了「獨立小橋風滿袖，平林新月人歸後」兩句身外的景物情事。而仔細玩味，則這十四個字卻實在是把惆悵之情寫得極深的兩句詞。試觀其「獨立」二字，已是寂寞可想，再觀其「風滿袖」三字，更是淒寒可知，又用了「小橋」二字，則其立身之地的孤伶無所蔭蔽亦復如在目前，而且「風滿袖」一句之「滿」字，寫風寒襲人，也寫得極飽滿有力。在如此寂寞孤伶無所蔭蔽的淒寒之侵襲下，其心情之寂寞淒苦已可想見，何況又加上了下面的「平林新月人歸後」七個字。曰「平林新月」，則林梢月上，夜色漸起，又曰「人歸後」，則路斷行人，已是寂寥人定之後了。從前面所寫的「河畔青蕪」之顏色鮮明來看，應該乃是白日之景象，而此一句則直寫到月升人定，則詩人承受着滿袖風寒在小橋上獨立的時間之長久也可以想見了。清朝的詩人黃仲則曾有詩句云：「如此星辰非昨夜，為誰風露立中宵？」又曰：「獨立市橋人不識，一星如月看多時。」如果不是內心中有一份難以安排解脫的情緒，有誰會在寒風冷露的小橋上直立到中宵呢？從這首詞我們已可見出，馮延巳所表現的一種孤寂惆悵之感，既絕不同於溫庭筠詞之冷靜客觀，也絕不同於韋莊詞之拘限於現實之情事，馮詞所寫的乃是心中一種常存永在的惆悵哀愁，而且充滿了獨自擔荷着的孤寂之感，不僅傳達了一種感情的意境，且表現出強烈而鮮明的個性，這是馮詞最可注意的特色和成就。

拋球樂

酒罷歌餘興未闌，小橋流水共盤桓。波搖梅蕊當心白，風入羅衣貼體寒。且莫思歸去，須盡笙歌此夕歡。

此詞開端「酒罷歌餘興未闌」一句，前四字是寫兩件事情的結束，而後三字卻正暗示了另一些情事的開端。昔譚獻《譚評詞辨》評歐陽修《採桑子》一詞之開端「群芳過後西湖好」一句云「掃處即生」，就是說一方面是結束而另一方面卻正是開始的意思，正中此七字也正是如此。「酒罷歌餘」者，是酒既飲罷，歌也聽殘，然而卻又繼之以「興未闌」，是意興猶有未盡也。於是詩人遂不得不為此難盡之意興更覓一安頓排遣之所，因之乃有下一句之「小橋流水共盤桓」也。然而，飲酒、聽歌是何等熱鬧歡欣的場面，而小橋、流水又是何等冷落淒清的所在。正中自如彼飲酒、聽歌的場面，因為意興未闌而卻轉入如此冷落淒清之所，這是極耐人尋味的一件事。有此一轉，然後可知正中在聽歌、飲酒之意興中，原來就自有其寂寞淒涼之一面心境，更可知正中在寂寞淒涼之心境中，有時卻又自有其強求歡樂的一種意興。正中詞中往往表現有此兩種相反相成之意境，如其《採桑子》詞之或於「舊愁新恨知多少」之後，接寫「更聽笙歌滿畫船」，或於「滿目悲涼」之後，接寫「縱有笙歌亦斷腸」，或於愁恨中翻更聽歌，或於笙歌中轉亦斷腸，正中詞每於耽溺之執着中作反省之掙扎，又於反省之掙扎中見耽溺之執着，所謂「和淚試嚴妝」，這種悲苦與歡樂之錯綜的表現，該也正是「和淚試嚴妝」所代表的另一種境界吧。而這也正是此詞於「酒罷歌餘興未闌」之後，當下便轉入了「小橋流水共盤桓」之緣故。「盤桓」者，徘徊不去之意，昔陶淵明《歸去來辭》有「撫孤松而盤桓」之語，證之於淵明詩之往往託孤松以自喻，則淵明之所以撫孤松而徘徊不去者，豈不因其內心深處與此孤松正有一份戚戚之共感。如今正中乃欲與小橋流水共此盤桓，夫「小橋」是何等孤伶無可蔭蔽的所在，「流水」更象喻着何等淒寒而長逝的悲哀。而且「橋」之為物，乃是供人來往之用，並非供人長久盤桓之所在，而今正中於「酒罷歌餘」之際，乃竟盤桓於「小橋」之上，欲共此「流水」而徘徊不去，則其內心於追歡尋樂之後所感受的孤寒無聊賴可知。

繼之以下二句之「波搖梅蕊當心白，風入羅衣貼體寒」，則是盤桓之際孤寒無聊賴中之所見、所感也。「梅蕊」自然指梅樹上之花蕊，然而既是樹上之花蕊，又何以能被水波搖動？或以為梅蕊乃指已落在水中之梅花，這實在乃是誤解：一則，因為「蕊」乃指含苞初放之花朵，杜甫《江畔獨步尋花》詩「嫩蕊商量細細開」一句可以為證，是「梅蕊」不指已落之花者一也；再則，自下面的「當心白」三字來看，「白」字自當指花蕊之色，「當心」則為正當波心之意，如果是落在水中的花蕊，則零落散漫，隨波流逝，如何能把花蕊之白色只留在波心，此「梅蕊」之不指已落之花者二也。但既非落花，則樹上之花蕊又何以會在波中搖動？則杜甫之《渼陂行》有句云「半陂已南純浸山，動影裊窕沖融間」，浸在水中之山影既可以隨波搖動，則浸在水中的花影當然更可以隨波搖動了，所以說「波搖梅蕊」。其隨波搖動者正為梅蕊之倒影，而並非落花可知。這正是其所以能只留在波心而並不隨流水以俱逝的緣故。而梅蕊之倒影是白色的，故曰「當心白」，此三字正寫梅花倒映在水中所呈現在波心之一片白色的搖動的光影。以上只不過是把本句的文字及其所寫的景物略作說明而已，其實此句真正之好處，乃在於寫景之外所表現之由此景物所喚起及所象喻着的一種內心之境界。試想一片白色的光影動搖在波心之中，白色的淒寒與光影動盪迷茫，其所喚起及所象喻着的詩人內心中之淒寒迷惘的感覺該是何等深切，因此說「波搖梅蕊當心白」，明明寫出「當心」二字來，正足以表現此搖動之一片白色之自波心直動盪到詩人之內心，是詩人之心中亦正復有此迷惘淒寒的動搖之一片白色也。這是極有神致的一句好詞，所寫正不僅眼前景物而已，而是由眼前景物所喚起和象喻的一種內心之境界，這正是正中詞的獨到之處。王氏四印齋刻本《陽春集》於「當」字下註云：「別作傷。」「傷心白」三字，也未始不好：一則，「傷心」二字雙聲，恰好與下一句「貼體」二字之雙聲相對；再則，「波搖梅蕊」「白」五字都是寫景，加上「傷心」二字寫情，一如世所傳李白之《菩薩蠻》詞「平林漠漠」一首之「寒山一帶傷心碧」，使人讀之大有情景交融之感，所以作「傷心白」似亦原無不可。唯是除四印齋刻本有此註語外，其他諸本及選本仍以作「當心白」者為多，而且「傷心白」三字之好處，乃是容易講出來的，而「當心白」三字之好處，則是不容易講出來的。「當心白」三字雖不明言「傷心」，而自彼波心映入詩人心目中之一片光影的搖動，似乎卻更富於惝恍迷離之感，這正是我之所以選取了「當心白」三字，而且不惜辭費來加以解說的緣故。至於下一句「風入羅衣貼體寒」，表面上也只是寫橋上之風寒直透人衣而已，然而試看這一句所用的「風入」的「入」字，及「貼體」的「貼」字，都是何等有力而深切的字樣，而且「羅衣」的「羅」字所顯示的又是何等不能禦風的單寒。總之，此句所表現的乃是無可抵禦的全身的寒冷之感，而這種全身的寒冷之感也是有着某種象喻的意味的。也就是說，這種寒冷之感並非全由於外界之因素，而是由於詩人之內心中本來就有着這一種為寒冷所浸透的感覺，所以此句所寫的，實在不僅只是身體之寒冷，而實在也是心靈的淒寒之感。至於如何來判斷一般詩人所寫的寒冷之感是僅屬於身體的現實的寒冷，抑或更有着象喻意味的屬於心靈的淒寒之感，我想這該是從詩人敍述的口吻中可以體味得到的。如以杜甫《月夜》一詩之「香霧雲鬟濕，清輝玉臂寒」二句，與杜甫另一首《佳人》詩「天寒翠袖薄，日暮倚修竹」二句相較，則前二句杜甫所寫的，乃是遙想他的妻子於月夜懷念良人之時在月光與霧氣之下的肌膚的寒冷，雖然言外也有淒清寂寞的意味，但那仍不過只是屬於環境所造成的一時的淒清而已；至於後二句，則是遙想一位亂離之後家人死喪又為良人所拋棄的佳人之單寒翠袖、倚竹伶仃的情境，這二句的天寒袖薄，就儼然有着某種象喻的意味，而不僅只是寫現實的肌膚之寒了。再如李義山《端居》一詩之「遠書歸夢兩悠悠，只有空床敵素秋」二句，雖然在句中並未言明寒字，然而「素秋」二字所暗示的蕭索寒冷之感是極為明顯的，再加之上句所寫的「遠書」「歸夢」兩俱「悠悠」，是心靈與感情之全無依傍可知，所以下一句乃說「只有空床」來「敵素秋」了。「敵」字乃是抵禦之意。是則義山所用以抵禦此蕭索寒冷之素秋的只剩有一張「空床」而已，「床」而着一「空」字，是極言其絲毫無可用以抵禦之物也。義山所寫的無可抵禦的蕭索寒冷之感，就也不僅只是現實身體之寒冷而已，而是有着象喻意味的屬於心靈的某種為寒冷所侵襲而無法抵禦的感覺。正中此句「風入羅衣貼體寒」，就是把這種屬於內心中之寒冷無法抵禦的感覺寫得極深切的一句詞。如果把此句與上一句之「波搖梅蕊當心白」合看，才更可體味出正中所寫的內心中之一片迷惘淒寒，是何等「當心」「貼體」的悲涼無奈。

而在這二句小橋流水的盤桓所喚起的悲涼無奈之感以後，正中卻忽然掉轉筆來重寫對歡樂的追尋，而且極執着地寫下了「且莫思歸去，須盡笙歌此夕歡」的句子，遙遙與開端之「酒罷歌餘興未闌」七字相呼應，不僅筆法有頓挫往復之致，而且用字也極為曲折沉鬱，加上一句「且莫思歸去」之「且莫」二字，與下一句「須盡笙歌此夕歡」的「須盡」二字，可以說都是經過感情的掙扎然後盤鬱而出的。「且莫」者，暫且不要之意也，說暫時不要歸去是明知其終必要歸去也，而猶作此「且莫」之掙扎，豈不因歸去以後之孤寂悲淒，較之此際小橋流水之「波搖」「風入」的迷惘淒寒有更為難耐者在，這是第一層盤鬱；至於「須盡」，則是一定要做到終盡之意，至其所欲盡者則是笙歌之歡樂，然而此詞開端卻又明明已先寫出過「酒罷歌餘」的字樣，而且中間曾經過一段小橋流水的波搖、風入的盤桓，則結尾之所謂「須盡」「歡」者，其為悲苦孤寂中強欲尋歡之心境分明可知，而卻仍以「須盡」字樣說是一定要做到盡歡，這種掙扎乃是第二層盤鬱。這正是正中一貫用情和用筆的態度，如前所舉第一首《鵲踏枝》詞之自已落繁花之轉入獨自多情，第二首《鵲踏枝》詞之拋棄閒情之轉入惆悵依舊，便都是表現的這一種頓挫纏綿惝恍抑鬱的境界。讀正中詞，雖不能使讀者確知其情事之究竟何指，而讀之者卻自然會興起一種難以自解的無可奈何的悵惘哀傷之感，其意蘊之深厚曲折，確實難以作明白之言說的。這正是正中詞之所以獨被《人間詞話》讚許為「深美閎約」的緣故。

拋球樂

逐勝歸來雨未晴，樓前風重草煙輕。谷鶯語軟花邊過，水調聲長醉裏聽。款舉金觥勸，誰是當筵最有情？

早在鍾嶸《詩品・序》中，就曾說過「氣之動物，物之感人，故搖蕩性情，形諸舞詠」的話。大自然中四時景物之變化之足以感動人心，本來是千古以來詩歌創作中之一項重要質素，而一般說來，則外界物象之所以能感動人心者，大約主要有兩種情形：其一是由於有生之物對於生命之榮謝生死的一種共感，所以見到草木之寥落，便可以想到美人遲暮之悲，如陸機在《文賦》中所說的「悲落葉於勁秋，喜柔條於芳春」，這是最為常見的一種情況；其二則有時也由於大自然之永恆不變的運轉，往往可以對人世之短暫無常，形成一種強烈的對比，即如李煜在其《虞美人》詞中之由「春花秋月何時了」與「小樓昨夜又東風」，而感慨到「往事知多少」與「故國不堪回首月明中」，這也是一種常見的情況。在這兩種情況中，其物與心之互相感發的關係，可以說都是較為明白可見，而且在評賞時，也都是較為容易解說的。然而卻也有些作品，其物與心之間相互感發的關係，則並不如此明白易見，而其中卻又確實具有一種深微幽隱的感發，這一類詩詞是最難加以評析解說的作品，而馮延巳的這一首詞，就正是屬於這一類的作品。其所傳達的並不是甚麼強烈明顯的情意，而是以銳敏細緻的感受，傳達了一種深微幽隱的情緒之萌發。

開端第一句「逐勝歸來雨未晴」，先由時節和天氣寫起，而在時節與天氣之間，則表現了一種矛盾的情況。時間是美好的遊春逐勝的日子，而天氣則是陰雨未晴的天氣。所謂「逐勝」者，蓋指春日之爭逐於遊春賞花等勝遊勝賞之事，意興原該是高揚的，而陰雨的天氣則使人有一種掃興之感。可是「雨」而曰「未晴」，則似乎也透露有一種將晴而未晴之意。更何況詩人之「逐勝」也已經「歸來」，是則雖在陰雨之中，而詩人卻也並未曾因之而放棄「逐勝」之春遊，而在此種種矛盾的結合之間，便已顯出了一種繁複幽微的感受——既有興奮，也有悵惘；既有春光之美好，也有細雨之迷濛。所以僅此開端一句看似非常平淡的敍寫，卻實在早已具含了足以引發人心之觸動的多種因素。像這種幽微婉曲的情境，是只有最為敏鋭善感的心靈才能感受得到的，也是只有最具藝術修養的詩人才能表現得出來的。接下去的「樓前風重草煙輕」一句，所寫的就正是此一敏鋭善感之詩人在「逐勝歸來雨未晴」的情緒之觸引中的眼前之所見。「樓前」二字，表面不過只寫詩人之倚立樓頭，為以下所寫樓前所見之景物作準備，但詩人既已是「逐勝歸來」，則何以竟未曾入室憩息，而依然倚立樓頭？此當不因其內心中正有一種觸引感發之故乎！而接下來所寫的「風重草煙輕」五個字，則使得其心中原已觸引起的一種感發，有了更為滋長和擴大的趨勢。「風重」者，是説風力之強勁，「草煙輕」者，是説草上之煙靄正因風之吹散而逐漸消失。表面所寫固是眼前雨中將晴未晴之景色，然而「物色之動，心亦搖焉」，這種看似與人無干的景色，卻也正是引起人心微妙之觸發的重要因素。北宋詞人柳永就曾寫過兩句詞，説「草色煙光殘照裏，無人會得憑欄意」，可見「草色煙光」的景色，是確實可以引起人內心中之一種感發的。而且一個人如能夠觀察到風力之「重」與草煙之「輕」，則此人必是已在樓頭佇立了相當長久的時間了。

於是詩人對四周的景物情事也就有了更為清楚的認知與更為深刻的感受。因此一面乃又繼之以「谷鶯語軟花邊過，水調聲長醉裏聽」的敘寫。「谷鶯」，是才出谷的黃鶯，正是鳴聲最為嬌軟之時，這種鳴聲正代表了春天所滋育出來的最新鮮的生命。何況這種嬌軟的鶯啼，又是從繁枝密葉的花樹邊傳送過來的，有聲，有色，這種情景和聲音所給予詩人的感發，當然就較之第二句的「風重草煙輕」更為明顯和動人了。如此逐漸寫下來，大自然之景象便與詩人之情意逐漸加強了密切的關聯。於是下一句的「水調聲長醉裏聽」便正式寫到了人的情事。所謂「水調」者，據《樂府詩集》卷七十九《近代曲辭》所載《水調歌》之記敘，引《樂苑》曰「水調，商調曲也」，又稱其「聲韻怨切」，可見「水調」必是一種哀怨動人的曲子。而詩人又於「水調」之下加了「聲長」二字，便更可想見其聲調之綿遠動人了。何況詩人還在後面又加了「醉裏聽」三個字，如此就不僅寫出了飲酒之醉，而且因為酒之醉也更增加了詩人對歌曲的沉醉。

這首詞從開端的時節與天氣一直寫下來，真可以說是引起了千回百轉的無限情思。既有了如此幽微深切的感發，於是便不由人不想到要尋找一個足以將這些情思加以投注的對象，於是詞人遂在最後寫出了「款舉金觥勸，誰是當筵最有情」兩句深情專注的詞句。這二句真是表現得珍重纏綿。試看「款舉」是何等珍重尊敬的態度，「金觥」是何等珍貴美好的器皿，而金觥之中又該是何等芳醇的酒漿，最後更加一「勸」字，當然是勸飲之意，如此珍重地想要將芳醇的美酒呈獻給一個值得呈獻的人，則詩人心中所引發洋溢着的又該是何等深摯芳醇的情意。可是呈獻給甚麼人呢？所以最後乃結之以「誰是當筵最有情」，在今日的情意，值得呈獻這一杯美酒的有情人呢？這首詞從開端看來，原也只似一首泛泛的敍寫春天景物的流連光景之作，但卻於平淡的敍寫中逐漸加深了情意的感發，表現出內心中深微幽隱的一種投注和奉獻的追尋及嚮往之情。這種對於深一層之意境的引發，正是馮延巳詞的一貫特色。只不過如他的《鵲踏枝》的「誰道閒情拋棄久」和「梅落繁枝千萬片」諸詞寫得較為盤鬱沉重，而這一首詞則寫得較為疏朗輕柔，劉熙載在《藝概．詞概》中曾經說：「馮延巳詞，晏同叔得其俊，歐陽永叔得其深。」大抵歐詞所得之於馮詞者，近於其盤鬱沉重的一類作品，而大晏詞所得之於馮詞者，則近於其疏朗輕柔的一類作品，當然在相似之中仍有各人不同的風格，可以參看筆者所撰《靈谿詞說》中論馮、晏、歐三家之評析，此處就不暇詳述了。

說李煜詞一首

虞美人

春花秋月何時了，往事知多少。小樓昨夜又東風，故國不堪回首月明中。　雕欄玉砌應猶在，只是朱顏改。問君能有幾多愁，恰似一江春水向東流。

李煜，一般又被人稱為李後主，因為他是五代十國時南唐的最後一個君主。他自二十五歲嗣位，三十九歲降宋，北俘至汴京，四十二歲被毒而死。這首詞就是他亡國入宋以後、被毒死前不久的作品。李煜詞的一個主要的特色，就在於他的純真無偽飾。我嘗以為中國歷代詩人中，最能以真純之本色與世人相見者，一個是東晉時退隱躬耕的陶潛，另一個就是五代時破國亡家的李煜。不過陶潛的「真」是具有一種哲理之了悟的智慧性的「真」，而李煜的「真」則是全無理智與反省的純情性的「真」。陶潛在「任真」之中，仍然有他自己的某種反省與持守；而李煜之「任真」，則是全無反省與節制的任縱，他在亡國前之耽溺於享樂，在亡國後之耽溺於悲哀，表面看來，其情感之內容雖有不同，然而其為一任真情之傾注而無所節制的李煜，則實在是始終如一的。所以王國維的《人間詞話》乃稱其「不失赤子之心」，又謂其「閱世愈淺」「性情愈真」，這自然是極有見地的評語。但另一方面，《人間詞話》卻又稱其詞為「眼界大」「感慨深」。這幾句話和前幾句話，初看起來似乎頗為矛盾，但卻也同樣是極有見地的評語。因為李煜原來就正是以他的赤子之心，體認了人間最大的不幸，以他的閱世極淺的純真的性情，領受了人生最深的悲慨的一位作者。在他的詞作中，他的兩類內容與風格似乎完全相異的作品，卻原來正出於一個相同的源流，這是極有意味也極可注意的一件事。我一直以為一個人對人世的接觸和認識，可以有兩種不同的角度和方式：一種是外延的，一種是內入的。外延的一型，其對於人世所得的體認，則乃是出於博大周至的觀照；而內入的一型，其對於人世所得的體認，則乃是出於深刻真切的感動。李煜這一位詞人，當然是屬於後一類的典型。他對人世的體認，全無假於外延的普遍的認識，而是只以其純真強銳的感受，直透事物的核心，所以表現於外，乃有了一種由核心遍及於全體的趨勢。這正是李煜之所以雖然「閱世淺」，而卻能表現為「眼界大」，雖然「不失赤子之心」，而卻能表現為「感慨深」的緣故。明白了李煜詞的這種特質，現在就讓我們對他的這首《虞美人》詞略加賞析。

這首詞在李煜詞中是最為人熟知的一首詞，但卻也是最難以解說的一首詞。因為凡是為人所熟知的詞，一般讀者就往往會因其過於熟知而產生了一種鈍感。何況這首詞中一點也沒有任何生澀艱難的辭字，因此要想對之加以解說，就不免會有無從着力之感。但這首詞確實是一首好詞。開端的「春花秋月何時了，往事知多少」，僅只兩句，便有一網把天下人盡都包羅在內的力量。因為「春花」的開落與「秋月」的圓缺，正是古今中外所有人都共同親歷和常見的景象，而這種景象又恰好代表了宇宙中永恆與無常兩種基本的形態。就其僅只一度之開落與圓缺而觀之，自然是短暫無常；而就其年年歲歲之循環往復言之，則又是如此永恆而無盡。包容如此深廣的情意，而李煜卻寫得如此真率自然。即此一端，我們就已經足可體會出李煜詞最可注意的一點特色，那就是他對一切事物之感受與表現的態度全出於直感而不假思索雕飾。但也就正是這種純真的直感，才使他如此敏銳地直探到宇宙一切事物的核心。所以他所寫的雖然只是一己對於「春花秋月」的感受，然而卻把普天下之人面對此永恆與無常之對比，所可能產生的一份無可奈何的共感都表現出來了。下面的「何時了」三個字，就恰好一方面寫出了此種無可奈何的共感，另一方面也寫出「春花秋月」的無盡無休。只不過面對此「春花秋月」的人的生命，卻隨着每一度的開落與圓缺而長逝不返了。所以下一句就以「往事知多少」五個字，寫出了人世無常之足以動魄驚心。曰「知多少」，似是問句，其實只是深慨於去日之苦多，而並非真欲問其多少也。這五個字在字面上與前一句是相對比的：上一句之「何時了」是寫宇宙之運轉無窮，是來日之茫茫無盡；而此句之「知多少」則是寫人生之短暫無常，是去者之不可復返。但另一面則「何時了」三字卻又早已透露了負荷着無常之深悲的人，對此無窮盡之宇宙運轉的深深的無奈。在對比中有承應，於自然中見章法。而且這種既相承應又相對比的章法，還不僅首二句為然，試看下一句之「小樓昨夜又東風」，豈不又恰好翻回頭來再與首一句之「春花秋月何時了」相呼應。用一「又」字，正寫出了「何時了」的無盡無休。何況「東風」又恰好是屬於「春花」的季節。其呼應之章法，豈不明白可見。只是首句所寫的「春花秋月」，乃是一般人皆有的共感，而此句之「小樓昨夜」，則把時間與地點都加上了明白切近的描述。乃是作者一人之所感，而李煜之能寫出天下人之共感，便正是由於他個人一己之所感之特別深切之故。所以下一句乃完全以一個亡國之君的一己的口吻，寫下了「故國不堪回首月明中」一句深悲極恨的苦語。這一句與上一句乃是又一個鮮明的對比。上句之「又東風」的作用在與首句之「何時了」相呼應，都是寫宇宙之運轉無窮的一面；而此句之「不堪回首」的作用則在與第二句之「往事知多少」相呼應，同樣是寫人生之變化無常的一面。除去這兩層對比以外，此句後三字之「月明中」又隱然與首句之「秋月」相遙應。雖然此句承上句「東風」來看，應該乃是「春月」，然而無論其為「春月」或「秋月」，其為「月明」則一也。而「月明」則是最容易引起人思鄉懷舊之情的。因為「月明」乃是屬於恆久不變的，故鄉之明月既同樣臨照他鄉，今宵之月色亦正復大似當年，則此日為階下囚的李煜，當其看到天邊的一輪明月，而想到當年「待踏馬蹄清夜月」（見其《玉樓春》詞）的豪興，則故國已經傾覆敗亡，何處是當年的「春殿」，何處是舊日的笙歌，何處能重溫當時「醉拍闌干」（見其《玉樓春》詞）的一份情味。凡此種種都已成為永不復返的「往事」，故曰「故國不堪回首月明中」也。說是「不堪回首」，卻並非是不回首。「不堪」者，正是由於「回首」方知其難於堪忍此回首之非也，是則正足以證明其曾經「回首」也。所以下半闋開端之「雕欄玉砌應猶在」，就完全寫的是回首中的故國情事。「應猶在」的「應」字，正是一片追懷懸想的口吻。所謂「雕欄」，其所追懷者莫非是自己當年曾經親手「醉拍」的「闌干」；所謂「玉砌」，其所追懷者莫非是當年曾經有人「剗襪步香階」的階砌（見其《菩薩蠻》詞）。「雕欄」與「玉砌」無知，不解亡國之痛，必當依然尚在。只是當年曾經在欄邊、砌下流連歡樂的有情之人，卻已非復當年的神韻丰采了，故曰「只是朱顏改」也。這兩句詞的上句之「應猶在」，乃是與第三句之「又東風」及首句之「何時了」相承而下的，全從宇宙之恆久不變的一面下筆；而下一句之「朱顏改」則是與第四句之「不堪回首」及第二句之「往事」相承而下的，全從人生之短暫無常的一面下筆。這樣綜合起來一看，就會發現，原來這一首詞的前面六句，乃是恆久不變與短暫無常的三度對比。在如此強烈的三度對比之下，所表現的「往事」「故國」與「朱顏」都已成長逝不返的哀痛，當然乃一發而不可遏了。於是李煜乃以其一往不返的真情，寫出了最後二句「問君能有幾多愁」的對愁恨徹底的究詰，與「恰似一江春水向東流」的往而不返的答覆。而李煜用情的傾注和耽溺，於此也又得到了一次證明。

李煜之以全心感受哀愁，亦正如其早期詞作中某些作品之以全心感受歡樂。因為正是唯有能以全心去享受歡樂的人，才真正能以全心去感受哀愁。而也唯有能以全心去感受哀愁的人，才能以其深情銳感探觸到宇宙人生的某些真理和至情。所以李煜此詞乃能從一己回首故國之悲，寫出了千古人世的無常之痛，而且更以「春花秋月」及「一江春水」如此真切直接的形象，表現出一種超越古今的口吻和滔滔無盡的氣象。像這種直探核心而又包舉外延的成就，當然不是宋徽宗《燕山亭》詞之「裁剪冰綃，輕疊數重」之描頭畫腳的刻劃所能相比的。而更值得注意的，則是李煜此詞章法之周密與氣象之博大，又都並非出於有意之安排。他只是以純真與傾注為其感受與表現的基本態度，而卻使得各方面的成就都本然地達到了極致，這正是李煜詞最不可及的一點過人之處。

說晏殊詞一首

踏莎行

細草愁煙，幽花怯露，憑欄總是銷魂處。日高深院靜無人，時時海燕雙飛去。帶緩羅衣，香殘蕙炷，天長不禁迢迢路。垂楊只解惹春風，何曾繫得行人住？

晏殊的詞一般都寫得淒婉而且溫潤，不為激言烈響的勁切之辭，而卻極其富於深微幽隱的感發之作用，這首《踏莎行》詞，便是頗能表現出此種特色的一首好詞。開端「細草愁煙，幽花怯露」，表面上看來只是景物的敍寫：小草上的煙靄迷濛，花蕊上的露珠泫照。所寫都是外在的景象，而內含的卻是極銳敏的感受。所用的「愁」字和「怯」字，表現了晏殊極細膩的情思，且與形式上細密的對偶的形式完美地結合為一體。你看，春天裏，那些細草在煙靄之中彷彿是一種憂愁的神態，那朵幽花在露水之中彷佛有一種顫驚的感覺。用「愁」來表達草在煙靄中的感受，用「怯」來描寫花在晨露中的感受，表面上說的是花和草的心情，實際上是通過草與花的人格化來表明人的心情，亦物亦人，物即是人。晏殊另一首《蝶戀花》之「檻菊愁煙蘭泣露」句，可以與此相參看，境界相同，只是一個是秋景，一個是春景，但同樣是在細小的形象中，表現了晏殊觀察之纖細、幽致、鋭感和善感的詩人特質，投注了他細膩幽深的情思。下面一個七字長句「憑欄總是銷魂處」，是前兩個四字短句的總結，是感情上的一個總的敍述。這個結句告訴你：「細草愁煙，幽花怯露」，是詩人靠在欄杆上所見到的景物。憑欄遠眺是常人的習慣，但人人都憑欄，人人都看江山，人人都看草，人人都看花，卻唯有晏殊看到了細草在那春天的煙靄中有憂愁的意味，小花在晨露中有寒怯的感覺，並且竟觸發他感到「銷魂」。你說「銷魂」，不是悲哀愁苦才銷魂嗎？可是晏殊卻只因草上的絲絲煙靄的迷濛，花上的點點露珠的泫照，就能「銷魂」，這才更顯出詞人之情意的幽微深婉。後面緊連兩個七字句把上片總結起來：「日高深院靜無人，時時海燕雙飛去。」前面由寫景轉而寫人，這兩句則是以環境的襯托，進一步寫人。「靜無人」，實是有人，有一個憑欄銷魂的人在。「日高深院靜無人」的環境，襯托着人的寂寥。「時時海燕雙飛去」，則是以「海燕雙飛」反襯人的孤獨，海燕是雙雙飛去了，卻給孤獨的人留下了一縷綿綿無盡的情思，在「日高深院」裏縈迴盤桓，渲染出一種孤寂之中的深沉的悵惘。

下片「帶緩羅衣，香殘蕙炷」，由上片的室外轉向室內，仍在寫人。《古詩十九首》曾云「相去日已遠，衣帶日已緩」，寫因懷念遠去的人而消瘦、憔悴。這裏的「帶緩羅衣」，以衣服寬大寫人的消瘦，也暗示着離別。「香殘蕙炷」，「蕙」是蕙香，一種以蕙草為香料製成的熏香，古代女子室內常用。「殘」是燒殘。「炷」是香炷，即我們常說的「一炷香」的「炷」。「香殘蕙炷」是寫室內點的蕙香，一段段燒成殘灰。這又暗示着室內之人心緒的黯淡。秦觀《減字木蘭花》上片云：「天涯舊恨，獨自淒涼人不問。欲見回腸，斷盡金爐小篆香。」以斷香比擬自己內心千回百轉的愁腸已然斷盡，比擬自己的情緒的冷落哀傷，可以在這裏作註。但晏殊並沒有像秦觀以「篆香」比「回腸」這樣清楚地表明自己內心之情，他只是客觀地寫出「帶緩羅衣，香殘蕙炷」，不明顯，不激動，很含蓄。一般人念起來，因為很容易讀懂，所以會一帶而過不再去作深一步體會。但晏殊的詞是非細心體會不可得其妙處的。一讀而過，他有多少離別相思懷念的情意因為沒有直說便被忽略了，豈不是入寶山而空手歸的憾事？《古詩十九首》所說的離別相思、秦觀《減字木蘭花》所寫的愁腸斷盡，都說出了各自的原因：《古詩十九首》裏是因為離別的人「相去日已遠」，結果才「衣帶日已緩」；秦觀是因為「天涯舊恨，獨自淒涼人不問」，結果才斷盡了回腸。晏殊卻沒有說，那麼，他那一份悵惘懷思的情意，就果真是指現實的人與人的離別、懷念、相思嗎？晏殊惟其不直說出來，所以才不受個別情事的拘限，才會使你想到整個人生該有多少值得相思懷念的美好的情事，該有多少美好的人、事、物值得交託、投注感情，這二句給人無限深遠的想像與聯想。

我們再接着看下一句的「天長不禁迢迢路」。這是一個長句，為上二句作結，與上片的前三句句式相同，兩個對偶的雙式緊接一個單句，嚴密而完整。「不禁」是不能阻攔。「天長」與「迢迢路」，是上面天長，下邊路遠，二者結合得很好，天長路遠，這是沒有甚麼辦法阻攔的。「不禁」二字所表現的是對已消逝的遠去的一切無法挽回的哀傷。緊接在「帶緩羅衣」的思念與「香殘蕙炷」的消磨之後，更增加了失落的無可奈何之感。然後在結尾的兩句寫出「垂楊只解惹春風，何曾繫得行人住」，以疑問的口吻出之，問而不答，留下了無盡的情意。楊柳柔條隨風擺動，婀娜多姿，在晏殊看來，這多情、纏綿的垂柳，不過是在那裏牽惹春風罷了，千條萬縷的楊柳柔條，雖然從早到晚不住地擺動，但它哪一根柔條能把那要走的人留住？哪一根柔條能把那消逝的美好的往事挽回？這裏象徵着對整個人生的無可奈何的深刻感受，其中寄託有極深遠的一片懷思悵惘之情，是要仔細吟味，才能體會得出的。

可能會有人認為，晏殊這裏無非是表現了一種傷春的情緒，欣賞起來，於現實並無怎樣重大深遠的意義。當然，我們這裏欣賞晏殊的詞，並非是要大家同去傷春落淚，而是在晏殊的傷春情緒中，實在是有一種對時光年華的流逝的深切的慨嘆和惋惜存在，而且更在極幽微的情思的敍寫中，流露出了很深摯又很高遠的一份追尋嚮往的心意。這種情意，雖然表面看來也許只不過是傷春懷人之情而已，但是隱然間卻可以使讀者的心靈感情感受到一種提升，這種言外的引人感發聯想的作用，正是詞這種韻文所最值得注意的一種特質和成就。而五代時南唐的馮正中和北宋初年的大晏、歐陽，則是在這方面表現得最富於高遠深厚之含蘊的幾位作者。

說歐陽修詞二首

玉樓春

樽前擬把歸期說，欲語春容先慘咽。人生自是有情癡，此恨不關風與月。　離歌且莫翻新闋，一曲能教腸寸結。直須看盡洛城花，始共春風容易別。

以前我在《靈谿詞說》中，對於歐陽修詞已曾作過簡單的介紹和評述，以為北宋初年的一些名臣，如范仲淹及晏殊、歐陽修等人，除德業文章以外，他們也都喜歡填寫一些溫柔旖旎的小詞，而且在小詞的銳感深情之中，更往往可以見到他們的某些心性品格甚至學養襟抱的流露。就歐陽修而言，他在小詞中所經常表現出來的意境，可以說乃是一方面既對人世間美好的事物常有着賞愛的深情，而另一方面則對人世間之苦難無常也常有着沉痛的悲慨。而我們現在所要評說的這一首《玉樓春》

詞，可以説就正是表現了其詞中此種意境的一首代表作。

這首詞開端的「樽前擬把歸期説，欲語春容先慘咽」兩句，表面看來固僅是對眼前情事的直接敘寫，但在其遣辭造句的選擇與結構之間，歐陽修卻已於無意間顯示出他自己的一種獨具的意境。首先就其所用之語彙而言，第一句的「樽前」，原該是何等歡樂的場合，第二句的「春容」又該是何等美麗的人物，而在「樽前」所要述説的卻是指向離別的「歸期」，於是「樽前」的歡樂與「春容」的美麗，乃一變而為傷心的「慘咽」了。在這種轉變與對比之中，雖然僅只兩句，我們卻隱然已經能夠體會出歐陽修詞中所表現的對美好事物之愛賞與對人世無常之悲慨，二重情緒相對比之中所形成的一種張力了。其次再就此兩句敘寫之口吻而言，歐陽修在「歸期説」之前，所用的乃是「擬把」兩個字，而在「春容」「慘咽」之前，所用的則是「欲語」兩個字。曰「擬」、曰「欲」，本來都是將然未然之辭；曰「説」、曰「語」，本來都是言語敘説之意。表面雖似乎是重複，然而其間卻實在含有兩個不同的層次，「擬把」仍只是心中之想，而「欲語」則已是張口欲言之際。兩句連言，不僅不是重複，反而更可見出對於指向離別的「歸期」，有多少不忍念及和不忍道出的婉轉的深情。其間固有無窮曲折的吞吐的姿態和層次，而在歐陽修筆下，卻又表現得如此真摯、如此自然、如此富於直接感發之力，所以即此兩句，實在便已表現了歐詞的一種特美。

至於下面兩句「人生自是有情癡，此恨不關風與月」，則似乎是由前兩句所寫的眼前的情事，轉入一種理念上的反省和思考，如此也就把對眼前一件情事的感受，推廣到對整個人世的認識。所謂「人生自是有情癡」者，古人有云：「太上忘情，其下不及情，情之所鍾，正在我輩。」所以況周頤在其《蕙風詞話》中就曾說過：「吾觀風雨，吾覽江山，常覺風雨江山之外，別有動吾心者在。」這正是人生之自有情癡，原不關於風月。李後主之《虞美人》詞曾有「春花秋月何時了，往事知多少？小樓昨夜又東風，故國不堪回首月明中」之句，夫彼天邊之明月與樓外之東風，固原屬無情，何干人事？只不過就有情之人觀之，則明月東風遂皆成為引人傷心斷腸之媒介了。所以說「人生自是有情癡，此恨不關風與月」，此兩句雖是理念上的思索和反省，但事實上卻是透過了理念才更見出深情之難解，而此種情癡則又正與首兩句所寫的「樽前」「欲語」的使人悲慘嗚咽之離情暗相呼應。所以下半闋開端乃曰「離歌且莫翻新闋，一曲能教腸寸結」，再由理念中的情癡重新返回到上半闋的樽前話別的情事。「離歌」自當指樽前所演唱的離別的歌曲。古人演唱離歌常不僅只唱一首，而是一曲既終，再接唱另一曲，不斷演唱下去的。唐代王昌齡在一首《從軍行》中，就曾經寫有「琵琶起舞換新聲，總是關山離別情」之句，其所謂「換新聲」也就正是「翻新闋」之意。而歐詞此首《玉樓春》乃曰「且莫翻新闋」，是勸止那些演唱離歌之人不要再接唱甚麼另一曲離歌了，因為僅只是一曲離歌，便已是可使人悲哀到難以忍受了，所以下句乃曰「一曲能教腸寸結」也。前句「且莫」二字的勸阻之辭寫得如此叮嚀懇切，正以反襯後句「腸寸結」的哀痛傷心。寫情到此，本已對離別無常之悲慨陷入極深，而歐陽修卻於末兩句突然揚起，寫出了「直須看盡洛城花，始共春風容易別」的遣玩的豪興，這正是歐陽修詞風格中的一個最大的特色，也是歐陽修性格中的一個最大的特色。

我以前在《靈谿詞説》中論述馮延巳與晏殊及歐陽修三家詞風之異同時，就曾指出過他們三家詞雖有繼承影響之關係，然而其詞風則又在相似之中各有不同之特色，而形成其不同之風格特色的緣故，則主要在於三人性格方面的差異。馮詞有熱情的執着，晏詞有明澈的觀照，而歐詞則表現為一種豪宕的意興。歐陽修這一首《玉樓春》詞，明明蘊涵很深重的離別的哀傷與春歸的惆悵，然而他卻偏偏在結尾寫出了「直須看盡洛城花，始共春風容易別」的豪宕的句子。在這兩句中，其不僅要把

「洛城花」完全「看盡」，表現了一種遣玩的意興，而且他所用的「直須」和「始共」等口吻也極為豪宕有力。然而「洛城花」畢竟有「盡」，「春風」也畢竟要「別」，因此在豪宕之中又實在隱含了沉重的悲慨。所以王國維在《人間詞話》中論及歐詞此數句時，乃謂其「於豪放之中有沉着之致，所以尤高」。其實「豪放之中有沉着之致」不僅道出了《玉樓春》這一首詞這幾句的好處，而且也恰好正說明了歐詞風格中的一點主要的特色，那就是歐陽修在其賞愛之深情與沉重之悲慨兩種情緒相摩蕩之中，所產生出來的要想以遣玩之意興掙脱沉痛之悲慨的一種既豪宕又沉着的力量。我以前在《靈谿詞説》論述歐詞時，曾經提到他的幾首《採桑子》小詞，也都指出過歐詞的此一特色。不過比較而言，則這一首《玉樓春》詞，可以說是此一特色最具代表性的作品。

採桑子

輕舟短棹西湖好，綠水逶迤。芳草長堤。隱隱笙歌處處隨。　無風水面琉璃滑，不覺船移。微動漣漪。驚起沙禽掠岸飛。

這是歐陽修《六一詞》開卷的第一首詞。前十首自成一組，每一首的第一句都以「西湖好」三字為結尾。這十首詞是歐陽修晚年退休後，定居於潁州西湖（在今日安徽省阜陽縣境內）時的作品。原來歐陽修自從慶曆年間出知滁州以後，曾相繼徙知揚州及潁州，當時他非常喜愛潁州西湖的景色，表示退休後願意到潁州來居住。其後二十年，他果然在六十五歲退休之後回到了潁州，可惜只住了一年他就死去了。《採桑子》詞十首，就是他晚年回到潁州後所寫的歌詠西湖景物的作品。現在所選錄的是這一組詞中的第一首詞。

在正式解說這一首詞以前，我想先對歐陽修之詞風略作介紹。歐陽修在北宋詞壇上與晏殊並稱，都是南唐詞風的繼承者，尤其曾經受到馮延巳詞的很深的影響。《採桑子》詞有一個共同的特色，就是特別富於一種興發感動的力量，往往可以使讀者在其表面所寫的景物情事以外，更感受到一種心靈或情感的境界。其所以然者，蓋由於詞之為體，原具有一種要眇宜修的特質。有一些心性之稟賦在某一點上與詞之特質相接近的人物，雖然在學問事功方面也有成就，然而卻在遊戲筆墨的小詞之寫作中，無意間流露出自己心靈感情中的一種更為深隱之本質。以歐陽修而言，我們往往可以自其風月多情的作品中，體會出他在心性之中所具有的對人世間美好事物賞愛的深情，以及他在經歷之中所體驗的對苦難挫傷的悲慨。尤可注意的則是他經常表現的想要藉着對風月之賞玩來排遣對挫傷之悲慨的一份努力。就以這一組《採桑子》詞來說，也同樣具有我們以上所述及的這些特色。只不過因為我們現在所選錄的，只是這一組詞中的一首，尚不足以窺其全貌，因此我們在解說這一首詞之前，就還要先對這整體的一組詞加以說明。

在中國的古典詩歌中，一向不乏成組的作品。如果依其組成的次第而言，大約可以分為以下數類：其一是全組中各詩之先後皆有一定之次第，絕不可任意更動和刪節的，如杜甫之《秋興》八首，可以為此類之代表；其二是僅有開端及結尾二詩之次第不可移易，中間各詩並無嚴格之次第者，陶淵明之《飲酒》二十首，可以為此類之代表；其三是唯有開端一首不可移易，而其他各詩並無嚴格之次第者，阮籍之《詠懷》八十二首，可以為此類之代表；至於歐陽修這一組《採桑子》詞，則是唯有最後一首不可移易，而其他各首則可隨意加以刪節選錄，而並無嚴格之次第。現在我們對其他詩不暇詳論，茲僅就歐陽修這一組《採桑子》來看。其最後一首：「平生為愛西湖好，來擁朱輪。富貴浮雲。俯仰流年二十春。歸來恰似遼東鶴，城郭人民。觸目皆新。誰識當年舊主人。」其中所表現的原來是一份俯仰流年、閱盡滄桑的深慨。我們只要結合歐陽修的生平來看，就可以體會到他仕途的升沉變化，從慶曆論政到濮議之爭，中間多次遭到人們誹言毀謗，他的感慨必然是很深的。這也是他晚年多次請求辭官告老的主要原因，而現在他終於回到了一向喜愛的潁州的西湖，則他在感慨之餘，也確實有一種夙願得償的欣喜。陶淵明在《時運》一詩寫遊春的心情，曾有「欣慨交心」之言，我想這也是歐陽修晚年在潁州西湖遊賞時的心情。因此我認為這一組《採桑子》詞的末一首所表現的俯仰流年、閱盡滄桑的深慨，原來就彷彿是一幅圖畫的底色，實在應該是我們想要欣賞歐陽修的《採桑子》詞以前，首先應該具備的一點體認。

我們在前面已曾說過這一組詞除最後一首外，其他各首分寫潁州西湖之各種景物情事者，其先後原不必有嚴格之次第。然而這第一首詞的第一句「輕舟短棹西湖好」七個字所表現的口吻，卻實在極可注意。從表面看來，這一句所寫的當然僅不過是潁州西湖之諸多的遊湖樂事之中的一種而已，然而其「輕舟短棹」四個字所表現的輕鬆愉悅，卻恰好傳達了歐陽修退官歸隱擺脫了一切榮辱羈牽後的一種輕快的心情，放在第一首的開端，正是他回歸潁州後乍喜獲得解脫的口吻。所以下面就緊承以「西湖好」三個字，語言雖簡，而情意甚足。只一個「好」字，不必細寫，而無一不好矣。而且這首句結尾的「西湖好」三個字，更一氣貫注了這一組全部十首《採桑子》詞。其對西湖喜愛之深情，遊賞之豪興，千載以下讀之，仍使人感動不已。

歐陽修喜歡寫成組的詞，除去這一組《採桑子》以外，他還寫有《漁家傲》的組詞，以十二首分詠一年十二個月的節物。又寫有《定風波》的組詞，以六首詞重疊往復地寫惜春之情，而前四首各以「把酒花前」為首句之開端，同樣充滿了賞愛之深情與遣玩之豪興。而且這種成組的歌詞，在唐宋之時，原是民間俗曲的一種定格聯章的常用的形式。歐陽修寫這些組詞，都不僅是只供誦讀的案頭文學而已，而是真正可以配合弦管付之吟唱的歌詞。所以在這一組《採桑子》詞的前面，歐陽修還寫有一節題為「西湖念語」的駢文，既像是詞前的一篇序，又像是歌唱的一段開場白，也寫得極有情致。如果結合起來看，我們便會對歐陽修的這一組詞有更深的了解和體會。只可惜本文為字數所限，只好請讀者自己去參看了。

總之，在歐陽修的心目中，潁州西湖之景物固無一而不好，這一首詞所寫的主要是水上行舟的樂趣。在首句「輕舟短棹西湖好」之下，接寫「綠水逶迤。芳草長堤」，正是行舟時之所見，湖中是逶迤無盡的綠水，岸上是芳草無盡的長堤，雖然僅是短短的兩個四字句，但歐陽修寫得真是浩渺芊綿，有無窮的氣象。而又繼之以「隱隱笙歌處處隨」，則是描寫所聞樂歌之歡樂和美好。在這一句的七個字中，歐陽修都連用了兩個疊字，既曰「隱隱」又曰「處處」，都用得極為傳神。「隱隱」者，是寫遠處隨風飄來的樂歌之聲，歐陽修在這組詞的第二首中，曾經寫有「水闊風高颺管弦」之句，正可以作此句「隱隱笙歌」的註腳。至於「處處隨」者，則是把笙歌與行舟結合起來加以敍寫，是無論行舟至於何處，皆可聞笙歌飄送之處處相隨也。而寫行舟之無論何處者，則又有第二首中之「蘭橈畫舸悠悠去」之句，可以作為註腳。於是行舟處處之樂遂與笙歌之隱隱相隨共同形成一種曠遠悠揚的自得之致矣。

下半闋是在行舟之際，對於水面舟行之感受的更為真切的描述。「無風水面琉璃滑」七個字，寫平靜無風的水面恍如一片碧色的琉璃，舟行其上，其平滑之感，彷彿全不覺船之移動。此二句看似尋常，卻寫出了一種極真切也極細緻的感受。然而船行豈有不動之理，船之移動又豈有不蕩起水面波紋之事，故繼之乃曰「微動漣漪」。有此一句，與前一句之「不覺船移」相映襯，然後知「不覺」者乃是詩人心中之感受，「微動」者則是詩人眼中之景象，相映相承，心眼俱到，是看來極平易而卻極微妙自然的兩句好詞。最後結以「驚起沙禽掠岸飛」一句，乃使得前數句所表現的閒靜之情調中，忽然生出了一種飛揚的意致。而這一句一方面既緊承上一句之「微動漣漪」，是水波之微動乃引起水鳥之驚飛；一方面又遙遙與上半闋所寫之「輕舟短棹」之輕鬆飛揚的意趣相呼應。而且「掠岸飛」三個字，也可以使人回想起上半闋的「芳草長堤」。

這是一首寫得全不着力，卻極為自然地傳達出作者對大自然之景物賞愛的深情和既閒靜又飛揚之意興的一首小詞。但如果只欣賞其閒靜而飛揚的意興卻又仍嫌未足，我們更當追尋的，是要透過這一組《採桑子》十首詞的全體，經由作者之俯仰流年、閱盡滄桑的深慨的底色，而體會出作者所表現的既閒靜又飛揚的意興之中，所具含的一種窈眇的心性和修養。關於這種深意，本文不暇詳說，在拙著《迦陵論詞叢稿》（上海古籍出版社出版）的《後敍》中，曾有較詳細的論述，還有在《靈谿詞説》的《論歐陽修詞》一節（見《四川大學學報》一九八三年第一期），也曾對歐詞有較詳細的論述，讀者可以參看。

說柳永詞一首

少年遊

長安古道馬遲遲，高柳亂蟬嘶。夕陽鳥外，秋風原上，目斷四天垂。歸雲一去無蹤跡，何處是前期？狎興生疏，酒徒蕭索，不似少年時。

一般人論及柳永詞者，往往多着重於他在長調慢詞方面的拓展，其實他在小令方面的成就，也是極可注意的。我以前在《論柳永詞》（見《四川大學學報》一九八四年第二期）一文中，曾經談到柳詞在意境方面的拓展，以為唐五代小令中所敍寫的「大都只不過是閨閣園亭傷離怨別的，一種『春女善懷』的情意」，而柳詞中一些「自抒情意的佳作」則寫出了「一種『秋士易感』的哀傷」。這種特色，在他的一些長調的佳作，如《八聲甘州》《曲玉管》《雪梅香》諸詞中，都曾經有很明白的表現。不過那些詞都是長調慢詞，其形式與唐五代之小令有着明顯的不同，如此則其在意境方面有所拓展，便也是一種極自然的現象。然而柳詞之拓展，卻實在不僅限於長調慢詞而已，就是他的短小的令詞，在內容意境方面也同樣有一些可注意的開拓。如這一首《少年遊》小詞，就是柳永將其「秋士易感」的失志之悲，寫入了令詞的一篇代表作。

柳永之所以往往有一種「失志」的悲哀，如我在《論柳永詞》一文之所分析，蓋由於其一方面既因家世之影響，而曾經懷有用世之志意；一方面又因天性之稟賦而愛好浪漫的生活。當他早年落第之時，雖然還可以藉着「淺斟低唱」來排遣，但當他年華老去之後，則對於冶遊之事既已失去了當年的意興，於是遂在志意的落空之後，又增加了一種感情也失去了寄託之所的悲慨。而最能傳達出他的雙重的悲慨的，便是這首《少年遊》小詞。

這首小詞所寫的是秋天的景色，在情調與聲音方面都很有特色。在這首小詞中，柳永既失去了那一份高遠飛揚的意興，也消逝了那一份迷戀眷念的感情，全詞所瀰漫的只是一片低沉蕭瑟的色調和聲音。從這種表現來判斷，我以為這首詞很可能是柳永的晚期之作，開端的「長安」可以有寫實與託喻兩種含義。先就寫實言，柳永確曾到過陝西的長安，他曾寫有另一首《少年遊》詞，有「參差煙樹灞陵橋」之句，足可為證。再就託喻言，「長安」原為中國歷史上著名之古都，前代詩人往往以「長安」借指為首都所在之地，而長安道上來往的車馬，也往往被借指為對於名利祿位的爭逐。不過柳永此詞在「馬」字之下，所承接的卻是「遲遲」兩字，這便與前面的「長安古道」所可能引起的爭逐的聯想，形成一種強烈的反襯。至於在「道」字上着以一「古」字，則又可以使人聯想及在此長安道上的車馬之奔馳，原是自古而然，遂又可產生無限滄桑之感。而在此「長安古道」上詩人之「馬」乃「遲遲」其行者，則既表現了詩人對爭逐之事已經灰心淡薄，也表現了一種對今古滄桑的若有深慨的思致。下面的「高柳亂蟬嘶」一句，有的本子或作「亂蟬棲」，但蟬之為體甚小，蟬之棲樹絕不同於鴉之棲樹之明顯可見，而蟬之特色則在善於嘶鳴，故私意以為當作「亂蟬嘶」為是。而且秋蟬之嘶鳴更獨具有一種淒涼之致。《古詩十九首》云「秋蟬鳴樹間」，曹植《贈白馬王彪》云「寒蟬鳴我側」，便都表現有一種時節變易蕭瑟驚秋的哀感。柳永則更在「蟬嘶」之上，還加了一個「亂」字，如此便不僅表現了蟬聲的繚亂眾多，也表現了由蟬嘶而引起哀感的詩人之心情的繚亂紛紜。至於「高柳」二字，則一則表現了蟬嘶所在之地，再則又以「高」字表現了「柳」之零落蕭疏，是其低垂的濃枝密葉已經凋零，所以乃彌見樹之「高」也。下面的「夕陽鳥外，秋風原上，目斷四天垂」三句，寫詩人在秋日郊野所見之蕭瑟淒涼的景象，「夕陽鳥外」一句，也有的本子作「島外」，私意以為非是。蓋長安道上安得有「島」乎？至於作「鳥外」，則足可以表現郊原之寥廓無垠。昔杜牧有詩云「長空澹澹孤鳥沒」，飛鳥之隱沒在長空之外，夕陽之隱沒則更在飛鳥之外，故曰「夕陽鳥外」也。值此日暮之時，郊原上寒風四起，故又曰「秋風原上」，此景此情，讀之如在目前。然則在此情景之中，此一失志落拓之詩人，又將何所歸往乎？故繼之乃曰「目斷四天垂」，則天之蒼蒼，野之茫茫，詩人乃雙目望斷而終無一可供投止之所矣。以上前半闋是詩人自寫其今日之飄零落拓，望斷念絕，全自外界之景象着筆，而感慨極深。

下半闋，開始寫對於過去的追思，則一切希望與歡樂也已經不可復得。首先，「歸雲一去無蹤跡」一句，便已經是對一切消逝不可復返之事物的一重象喻。蓋天下之事物其變化無常一逝不返者，實以「雲」之形象最為明顯。故陶淵明《詠貧士》第一首便曾以「雲」為象喻，而有「曖曖空中滅，何時見餘暉」之言，白居易《花非花》詞，亦有「去似朝雲無覓處」之語，而柳永此句「歸雲一去無蹤跡」七字，所表現的長逝不返的形象，也有同樣的效果。不過其所託喻的主旨則各有不同。關於陶淵明與白居易的喻託，此處不暇詳論，至於柳詞此句之喻託，則其口氣實與下句之「何處是前期」直接貫注。所謂「前期」者，我以為可以有兩種提示：一則可以指舊日之志意心期，一則可以指舊日的歡愛約期。總之「期」字乃是一種願望和期待，對於柳永而言，他可以說正是一個在兩種期待和願望上，都已經同樣落空了的不幸的人物。於是下面三句乃直寫自己今日的寂寥落寞，曰「狎興生疏，酒徒蕭索，不似少年時」。早年失意之時的「幸有意中人，堪尋訪」的狎玩之意興，既已經冷落荒疏，而當日與他在一起歌酒流連的「狂朋怪侶」也都已老大凋零。志意無成，年華一往，便只剩下「不似少年時」的悲哀和嘆息。這一句的「少年時」三字，很多本子都作「去年時」。本來「去年時」三字也未嘗不好，蓋人當老去之時，其意興與健康之衰損，往往會不免有一年不及一年之感。故此句如作「去年時」，其悲慨亦復極深。不過，如果就此詞前面之「歸雲」一去無蹤跡，何處是前期」諸句來看，則其所追懷眷念的，似乎原當是多年以前的往事，如此則承以「不似少年時」，便似乎更為氣脈貫注，也更富於傷今感昔的慨嘆。

柳永這首《少年遊》詞，前半闋全從景象寫起，而悲慨盡在言外，後半闋則以

「歸雲」為喻象，寫一切期望之落空，最後三句以悲嘆自己之落拓無成作結。全詞情景相生，虛實互應，是一首極能表現柳永一生之悲劇而藝術造詣又極高的好詞。

總之，柳永以一個稟賦有浪漫之天性及譜寫俗曲之才能的青年人，而生活於當日之士族的家庭環境及社會傳統中，本來就已經注定了是一個充滿矛盾不被接納的悲劇人物，而他自己由後天所養成的用世之意，與他自己先天所稟賦的浪漫的性格和才能，也彼此互相衝突。他在早年時，雖然還可以將失意之悲，借歌酒風流以自遣，但是歌酒風流畢竟只是一種麻醉，而並非可以長久依恃之物。於是年齡老大之後，遂終於落得了志意與感情全部落空的下場，昔葉夢得之《避暑錄話》（卷下）記柳永以譜寫歌詞而終生不遇之故事，曾慨然論之曰：「永亦善他文辭，而偶先以是得名，始悔為己累……而終不能救。擇術不可不慎。」柳永的悲劇是值得我們同情，也值得我們反省的。

説蘇軾詞一首

八聲甘州 寄參寥子

有情風萬里卷潮來，無情送潮歸。問錢塘江上，西興浦口，幾度斜暉。不用思量今古，俯仰昔人非。誰似東坡老，白首忘機。記取西湖西畔，正春山好處，空翠煙霏。算詩人相得，如我與君稀。約他年、東還海道，願謝公、雅志莫相違。西州路、不應回首，為我霑衣。

要想欣賞蘇軾的這一首《八聲甘州》，首先我們要對蘇軾當年寫作此詞之時代背景及心情，略有一點認識。據胡仔《苕溪漁隱叢話·後集》（卷三十九《長短句》）所載，謂：「東坡別參寥長短句『有情風萬里卷潮來』云云，其詞石刻後，東坡自題云『元祐六年三月六日』。余以東坡年譜參之，元祐四年知杭州，六年召為翰林學士承旨，則長短句蓋此時作也。」蘇軾一生仕途偃蹇，歷經遷貶，他先後曾有兩次出官於杭州。第一次是在神宗熙寧四年（一零七一）。當時神宗正在信用王安石，變行新法。蘇軾與王安石政見不合，屢次上書言事，為新黨所忌，遂於熙寧四年六月以太常博士直史館外出通判杭州。當時蘇軾只有三十六歲。第二次則是在哲宗元祐四年（一零八九），當時哲宗已經即位數年，太皇太后用事，起用舊黨之人，蘇軾也早於舊黨用事時被召還朝，而又因其論事忠直，與舊黨亦不能盡合，復加以當時朝廷之內更有洛黨、蜀黨、朔黨之爭，遂於元祐四年復以龍圖閣學士出知杭州，當時蘇軾已有五十四歲。兩年後蘇軾又以翰林學士承旨，被召還朝，這首詞就是他在元祐六年被召還朝時之所作。至於這首詞標題所提到的「參寥子」，則是蘇氏平生交誼甚深的一位方外友人。據查慎行《蘇詩補注》（卷十六），於《次韻僧潛見寄》一詩下，曾引《咸淳臨安志》云：「道潛，於潛浮溪村人，字參寥。」又補錄引《施注蘇詩》有關參寥事蹟：「東坡守吳興，會於松江。既謫居，不遠二千里相從於齊安，留期年，遇移汝海，同遊廬山。有次韻留別詩。坡守錢塘，卜智果精舍居之。入院分韻賦詩，又作《參寥泉銘》。南遷，遂欲轉海訪之。以書力戒勿萌此意，自揣餘生，必須相見。常路亦捃其詩語，謂有刺譏，得罪，反初服。建中靖國初，曾子開言其非罪，召復剃髮。」從這些記述來看，則蘇軾與參寥交誼之深可以概見。

以上可以說是我們對於蘇軾這一首《八聲甘州》詞之寫作的時間與寫作之對象的簡單之介紹。

至於蘇軾之性格與其詞之風格，則我以前在《論蘇軾詞》一文中，也曾作過相當的論述（見《中國社會科學》一九八五年第二期）。蓋蘇軾天性中原具有儒家用世之志意與道家超曠之精神兩種不同之特質。前者可以說是他欲有所作為時用以立身之正途，後者則是當他不能有所作為時用以自慰之妙理。而蘇氏之致力於小詞之寫作，則正是當他用世之志意受到挫折，第一次出官杭州通判後才開始的。所以蘇詞之終於發展成為一種以超曠為主之風格，可以說就正是他平生仕途受到挫折後，因之在欲以曠達自慰之情況下，所形成的自然之結果。胡寅在其《酒邊詞序》中，即曾謂「眉山蘇氏，一洗綺羅香澤之態，擺脱綢繆婉轉之度，使人登高望遠，舉首高歌，而逸懷浩氣，超然乎塵垢之外」。這正是一般人之所共見的蘇軾詞之一般的風格，不過我們也不可忘記，蘇軾之稟賦中原來也還有一種用世之志意。所以在蘇詞中，雖以超曠為其主調，然而卻時時也隱現一種志意未成的挫傷的悲慨。陳廷焯《白雨齋詞話》（卷一）即曾謂詞至東坡「寄慨無端，別有天地」。近人夏敬觀更曾將蘇軾詞分為兩類，謂：「東坡詞如春花散空，不着跡象，使柳枝歌之，正如天風海濤之曲，中多幽咽怨斷之音，此其上乘也；若夫激昂排宕，不可一世之概，陳無己所謂『如教坊雷大使之舞，雖極天下之工，要非本色者』乃其第二乘也。」而我們現在所要討論的這首《八聲甘州》，則可以說正是蘇詞中「天風海濤之曲，中多幽咽怨斷之音」的一首代表作。

此詞開端之「有情風萬里卷潮來，無情送潮歸」二句，寫萬里之風濤，氣象開闊，筆力矯健，蓋真有所謂「登高望遠、舉首高歌」之概。初觀之固極為超舉，然而仔細吟味，則在其「有情」與「無情」，及「潮來」與「潮歸」之間，卻實在也隱含有無限感慨蒼涼之意。表面雖然似乎是只寫風潮之來去，而卻在暗中隱寓了許多人世間之盛衰離合的無常之悲慨。而蘇氏一生之兩度出仕杭州之政海波瀾之變化，亦復盡在言外。故其下乃繼以「問錢塘江上，西興浦口，幾度斜暉」。所謂「幾度斜暉」者，實在已將蘇氏初次通判杭州，及再次出知杭州，迄今又復將離去的數十年之滄桑往事，盡皆納入其中矣。而以上數句卻全從大自然之「風」「潮」「江」「浦」及「斜暉」之種種外在物象着筆，未及人事之一字。直至下面的「不用思量今古，俯仰昔人非」二句，才點出人事之感慨。是真所謂在「天風海濤之曲」中，表現有「幽咽怨斷之音」者也。但蘇軾卻在此二句人事感慨之後，當下就承以「誰似東坡老，白首忘機」二句，立即飛揚超越而出。這實在是蘇詞中最為獨到的一種境界。

以上是此詞之前半闋。至於下半闋換頭之「記取西湖西畔，正春山好處，空翠煙霏」三句，則另換一種筆法，寫記憶中難忘之西湖美景，意致清麗舒徐，真有「春花散空」之態。而事實上則此數句又不僅是寫西湖景色之美而已，還更伴隨有在如此美景中，蘇氏與其方外好友參寥子之同遊共處的種種情事。故繼之乃云「算詩人相得，如我與君稀」。據我們在前面所引的《施注蘇詩》之記述，我們知道自從蘇氏與參寥相識以後，每當蘇氏被遷貶之際，參寥往往輾轉相從，而當蘇氏知杭州之時，更曾「卜智果精舍居之」，則其相知相得之情，自可想見。而且參寥也是一位詩人，現在蘇氏詩集中還留存有不少與參寥相贈的詩篇，何況更加以當日「春山好處，空翠煙霏」之西湖美景的陪襯，是則這一份「詩人相得」之情，固真當為千古所稀，至今日讀之，猶使人艷羨不已。而在寫了如此美好的景物情誼之後，其下蘇氏遂寫入了今日之別情與他日之期望，曰：「約他年、東還海道，願謝公、雅志莫相違。」在這二句中蘇軾用了一個有關東晉謝安的典故，據《晉書．謝安傳》所載，謂謝安功業既盛，頗為權臣所嫉，「及鎮新城，盡室而行。造泛海之裝，欲須經略粗定，自海道還東。雅志未就，遂遇疾篤」。蘇氏用謝安之故事，正在表現他今日雖被召還朝，然必不忘歸隱之志，他日亦將東還，與參寥重會於杭州，此固為當年謝安之「雅志」，亦即今日蘇軾之「雅志」也，而曰「願謝公、雅志莫相違」，以一個「願」字的期望，與下面「莫相違」三個字相結合，則又於期望之中表現了無限憂恐之意。蓋一則對入朝之召固不免有憂讒畏譏之心，再則對年命無常亦不免有死生離別之慨。所以下面乃寫出了「西州路、不應回首，為我霑衣」數句的結尾。其中又用了一則與謝安有關的故事，蓋據《晉書》所載，謝安出鎮新城後不久，「遂遇疾篤」，其後「詔遣侍中慰勞，遂還都」，「輿入西州門」，未幾即病歿。是其「東還」之志意，乃終於未能成就。謝安有甥，名羊曇，素為安所愛重，謝安既歿，羊曇行不由西州路。一日因飲醉，不覺遂至州門，左右告之，羊曇遂慟哭而去。這自然是一件極可悲慨的故事。蘇軾用之，雖然取了否定的語氣，說「不應回首，為我霑衣」，欲以自慰慰人，然而究其實，則豈不是因為蘇氏心中也正有如此的一份死生離別之悲的憂恐？綜觀此詞，則一起之開闊健舉，確如天風海濤之曲，而前片結尾之「白首忘機」也大有超曠之懷。然而中間幾度轉折，既有古今盛衰之慨，又有死生離別之悲，更慮及入朝從政之堪危，知交樂事之難再，百感交集，併入筆端。所謂「中有幽咽怨斷之音」者，此詞足可為其代表作矣。

說秦觀詞二首

畫堂春

落紅鋪徑水平池，弄晴小雨霏霏。杏園憔悴杜鵑啼，無奈春歸。　柳外畫樓獨上，憑欄手撚花枝。放花無語對斜暉，此恨誰知。

秦觀是北宋詞壇上一位重要的作者，這一則自然是因為他的詞特別具有一種婉約纖柔的特點，再則也因為這種特點，與詞之性質有特別相近之處。因此當詞之發展，已經在蘇軾手中達到了詩化之高峰以後，秦觀詞的成就，就更有了一種對詞之本質重新加以認定的意義。而其後較秦觀時代較晚的一些作者，如賀鑄、周邦彥諸人，其作風乃多近於秦，而並不近於蘇，所以陳廷焯《白雨齋詞話》（卷一）乃謂：「秦少游自是作手，近開美成，導其先路。」然則秦觀的詞在宋詞發展中的重要性，也就由此可以概見一斑了。而更可注意的則是秦觀詞中所表現的婉約纖柔之特點，乃全出於其心靈中一份敏鋭善感之天性的資質，所以雖然是對詞之本質的回歸，然而與以前五代的《花間集》和北宋初年的晏殊、歐陽修諸人的詞風，則又各有不同。《花間集》中的作品大都為歌筵酒席之艷歌，其纖柔婉麗之品質，乃是與現實之女性結合有密切之關係者，而並不必為作者個人心性品質之流露，這是秦觀詞之所以與《花間集》中一些纖柔婉麗之作，表面上作風雖然看似相近，實際上卻有所不同的緣故。至於晏、歐的一些小詞，則又因為他們在學問事功方面各有過人的成就，因此在他們的小詞中，也就隱然結合了個人的懷抱修養，如此也就不僅是其心性本質單純自然之流露了，這是秦觀詞之所以與晏、歐的某些纖柔婉麗的小詞雖看似相近，而實際上卻也有所不同的緣故（關於這些詞人在風格方面的細緻的差別可參看我以前在《四川大學學報》所發表的《靈谿詞説》論各家詞之文稿）。所以，劉熙載在其《藝概．詞曲概》中乃云：「秦少游詞得《花間》《尊前》遺韻，卻能自出清新。」馮煦在其《宋六十一名家詞例言》中，亦云：「他人之詞，詞才也；少游，詞心也，得之於內，不可以傳。」這些評語都不失為對秦觀詞的體會有得之言，現在我們就將以這一首《畫堂春》詞為例證，來對秦觀詞的此種出於心生之本質的婉約纖柔之特點，一一加賞析。

這首詞是一首傷春之詞，這自是一望可知的。而傷春原是自唐五代以來，詞人所經常敍寫的一個主題。即以《花間集》而言，如溫庭筠《菩薩蠻》詞的「楊柳又如絲，驛橋春雨時」，韋莊《謁金門》詞的「滿院落花春寂寂，斷腸芳草碧」，便都是寫傷春之情的小詞。還有晏殊《浣溪沙》詞的「滿目山河空念遠，落花風雨更傷春」，歐陽修《玉樓春》詞的「直須看盡洛城花，始共春風容易別」，也都是寫傷春之情的小詞。但溫、韋所寫的乃是以男女之相思離別為主的傷春之情；而晏、歐所寫的一則表現了圓融的觀照，一則表現了豪宕的意興，都隱然有個人的襟抱修養流露於其間（參看《四川大學學報》所刊拙著《靈谿詞說》中論各家詞之文稿）；可是秦觀這一首小詞所寫的，卻只是由於春歸之景色所引起的一片單純鋭感的柔情。開端的「落紅鋪徑水平池，弄晴小雨霏霏。杏園憔悴杜鵑啼」三句，全從眼中耳中所見所聞之春歸的景物寫起，而且全不用重筆，寫「落紅」只是「鋪徑」，寫「水」只是「平池」，寫「小雨」只是「霏霏」，第三句寫「杏園」雖用了「憔悴」二字，明寫出春光之遲暮，卻也不是落花狼藉風雨摧殘的重筆，而是在「憔悴」中仍然有着含斂的意致。所以下一句雖明寫出「春歸」二字，也只是一種「無奈」之情，並沒有斷腸長恨的呼號。這種纖柔婉麗的風格，正是秦觀詞的一種特點。

至於此詞之下半闋，則由寫景而轉為寫人，換頭之處「柳外畫樓獨上，憑欄手撚花枝」兩句，情致更是柔婉動人。試想「柳外畫樓」是何等精緻美麗的所在，「獨上」「憑欄」而更「手撚花枝」，又是何等幽微深婉的情意。如果就一般花間詞風的作者而言，則「柳外畫樓獨上」的精微美麗的句子，他們或許也還寫得出來，但「憑欄手撚花枝」的幽微深婉的情意，就不是一般作者所能夠寫得出來的了。而秦觀詞的佳處還不僅只如此而已，他的更為難能之處，是在他緊接着又寫了下一句的「放花無語對斜暉」，這才真是一句神來之筆。因為一般人寫到對花的愛賞都只不過是「看花」「插花」「折花」「簪花」，甚至即使寫到「葬花」，也都是把對花的愛賞之情，變成了帶有某種目的性的一種理性之處理了。可是秦觀這首詞所寫的從「手撚花枝」到「放花無語」，卻是如此自然，如此無意，如此不自覺，更如此不自禁，而全出於內心中一種敏銳深微的感動。當其「撚」起花枝時，是何等愛花的深情，當其「放」下花枝時，又是何等惜花的無奈。在這種對花之多情深惜的情意比較下，我們就可以見到一般人所常常吟詠的「花開堪折直須折」的情意，是何等庸俗而且魯莽滅裂了。所以「放花」之下，乃繼之以「無語」，便正因為此種深微細緻的由愛花惜花而引起的內心中的一種幽微的感動，原不是粗糙的語言所能夠表達的。而又繼之以「對斜暉」三個字，便更增加了一種傷春無奈之情。何則？蓋此詞前半闋既已經寫了「落紅鋪徑」與「無奈春歸」的句子，是花既將殘，春亦將盡，而今面對「斜暉」，則一日又復將終。以前歐陽修曾經寫過一組調寄《定風波》的送春之詞，其中有一首的開端兩句，寫的就是：「過盡韶華不可添，小樓紅日下層檐。」其所表現的一種春去難留的悲感，是極為深切的。秦觀此句之「放花無語對斜暉」，也有極深切的傷春之悲感，但卻並未使用如歐陽修所用之「過盡」、「不可添」、「下層檐」等沉重的口吻，而只是極為含蓄地寫了一個「放花無語」的輕微的動作和「對斜暉」的凝立的姿態，但卻隱然有一縷極深幽的哀感襲人而來。所以繼之以「此恨誰知」，才會使讀者感到其心中之果然有一種難以言說的幽微之深恨。周濟在其《宋四家詞選·序論》中，即曾云：「少游最和婉醇正。」又云：「少游意在含蓄，如花初胎，故少重筆。」像《浣溪沙》（漠漠輕寒上小樓）及《畫堂春》這兩首詞，便都可以作為這些評語的印證。也許有人會以為像這些銳感多情的小詞，並沒有甚麼深遠的意境可言，然而這種晶瑩敏銳的善於感發的資質，卻實在是一切美與善德的根源。關於此意我在《迦陵論詞叢稿》的《後敍》中已曾有所論述，就不擬在此重述了。

踏莎行

霧失樓台，月迷津渡，桃源望斷無尋處。可堪孤館閉春寒，杜鵑聲裏斜陽暮。　驛寄梅花，魚傳尺素，砌成此恨無重數。郴江幸自繞郴山，為誰流下瀟湘去。

在北宋的詞人中，秦觀原是以獨具善感之「詞心」著稱的一位作者，馮煦在其《宋六十一名家詞例言》中即曾云：「他人之詞，詞才也；少游，詞心也，得之於內，不可以傳。」所以在他的詞中，往往能寫出一種極為纖細幽微的感受，即如其《浣溪沙》（漠漠輕寒上小樓）一首及《畫堂春》（落紅鋪徑水平池）一首，便都是極能代表此種鋭感之詞心的著名的好詞。而當他在仕途上遇到挫傷，因新舊黨爭而被貶逐之後，他也就以其極鋭感的詞心，體受到了極深重的悲苦。因此在他晚期的詞作中，遂由早期的纖柔婉約轉入了一種哀苦淒厲的境界。這一首《踏莎行》詞，就是他晚年由處州又被貶到郴州以後所寫的，最能表現他此種哀苦淒厲之心情的一篇代表作品。

本來秦觀既是以獨具鋭感之詞心為其特色，所以他一向的長處原在於能對景物及情思，作出最精確的捕捉和描述，而且更善於將外在之景與內在之情，作出一種微妙的結合。即如其《浣溪沙》（漠漠輕寒）一首，其中的「自在飛花輕似夢，無邊絲雨細如愁」兩句，表面原只是寫「飛花」「絲雨」的外在景物，然而其「似夢」「如愁」的描述形容，卻傳達出一種極微妙的情思；再如其《畫堂春》（落紅鋪徑）一首，其中的「憑欄手捻花枝」及「放花無語對斜暉」諸句，他所要傳達的原是傷春的情意，而他所寫的卻只是外在的形象與動作；其他如秦觀的一些名詞之警句，像他的《減字木蘭花》（天涯舊恨）一首，其中的「欲見回腸，斷盡金爐小篆香」兩句，是把極抽象的斷腸之情，作了極具體的形象化的喻寫；而他的《滿庭芳》（山抹微雲）一首，其中的「多少蓬萊舊事，空回首、煙靄紛紛。斜陽外，寒鴉數點，流水繞孤村」，則是將無限懷思感舊之情，都融入了外在的煙靄、斜陽、寒鴉、流水的景色之中了；至於他的《八六子》（倚危亭）一首，其中的「夜月一簾幽夢，春風十里柔情」兩句，次句雖然用的是杜牧之詩意，但放在此一聯中，卻因為與前面的「夜月一簾」相映襯且相對偶，於是「春風十里」也成了一個鮮明的形象，而繼之以「幽夢」「柔情」，遂使得抽象之情思，都加上了具象的形容。凡此種種例證，當然都足以說明，秦觀在將抽象之情思與具象之景物作互相生發、互相融會或是互相擬比之敍寫時，確實有他極為出色的成就。

但我以為這一首《踏莎行》詞之開端的「霧失樓台，月迷津渡，桃源望斷無尋處」三句，與其結尾的「郴江幸自繞郴山，為誰流下瀟湘去」二句，則較之前述諸例證對形象與情意之敍寫安排，尤有值得注意之處。何則？先就「霧失樓台」三句而言，則舉諸例證中所寫之景物，乃大都為現實中實有之景物，而「霧失樓台」三句所寫者，則是現實中並不實有之景物，此其可注意者一；再就「郴江幸自繞郴山」二句而言，則前舉諸例證之景物所映襯或擬比者，尚不過為人間一般共有之情思，而「郴江」二句，卻是藉景物對宇宙提出了一個無理的究詰，大有《楚辭．天問》之意，此其可注意者二。

現在我們先談「霧失樓台」三句，我之所以認為其所寫之景物並非實有者，蓋以在此三句之下，作者原來還明明寫有「可堪孤館閉春寒，杜鵑聲裏斜陽暮」的描述。而這兩句所寫的獨自閉居在客館春寒之中的人物，和耳中所聞的杜鵑的不如歸去的哀啼之音，與眼中所見的斜陽西下的暮色漸深之景，這才是現實中果然實有的情境。至於「霧失樓台」三句，則不過是詩人內心中的深悲極苦，所化成的一片幻景的象喻。首句的「樓台」，令人聯想到的是一種崇高遠大的形象，加上了「霧失」

二字，則是這種崇高遠大之境界，已經被茫茫的重霧所完全掩沒無存；次句的「津渡」，令人聯想到的是可以指引和濟渡的出路，而加之以「月迷」二字，則是此一可以予人指引和濟渡的出路，也已經在朦朦的月色中完全迷失而不可得見；三句的「桃源」，令人聯想到的是陶淵明在《桃花源記》中所描述的「黃髮垂髫，並怡然自樂」的一片樂土，而繼之以「望斷無尋處」，則是此一樂土之根本並不存在於人間。由此看來，可見此三句之所敘寫者表面雖也是具象之景物，卻不同於前舉諸例中的現實中之景物，而是進入了一種含有豐富象徵意義的幻想中之境界了。這在小詞的發展演進中，實在是一件極值得注意的開拓和成就。至於秦觀之所以能寫出此類作品，最重要的原因，自然是由於其銳敏之心性與悲苦之遭遇的相互結合，遂以其銳感深思中之悲苦，凝聚成如此深刻真切的飽含象徵意味的形象。至於觸引他產生此種象喻之想的，則我以為其主要之關鍵，實當在第三句的「桃源」二字。蓋因當時秦觀正貶居在郴州，在湖南境內，而世傳桃花源在武陵，亦在湖南境內。正是這種巧合，引起了這一位銳感之詞人的豐富的想像，為我們留下了這一首在詞境中特具開創意味的小詞，這種成就，實在是極可注意的。而當我們對此三句詞所象徵的絕望悲苦之情有所了解以後，我們便可以明白作者在此三句象徵之語，和下二句之「孤館閉春寒」及「杜鵑聲裏斜陽暮」的寫實之語中間，所加入的「可堪」二字的作用了。蓋「可堪」者，原為「豈可堪」，也就是「不堪」之意。正因為先有了前三句對絕望悲苦之心情的象徵的敍寫，「高樓」之希望既「失」，「津渡」之引濟亦「迷」，「桃源」在人世之根本「無尋」，然後對身外之「孤館」「春寒」，「鵑」啼春去、「斜陽」日「暮」之情境，乃彌覺其不可堪也。

至於下半闋過片之「驛寄梅花，魚傳尺素，砌成此恨無重數」三句，則是極寫遠謫之恨。據秦觀年譜，就在他寫了這首詞的第二年，他便又自郴州被遷貶到橫州。又次年，又被遷貶到雷州。他在雷州曾寫了一篇《自作輓詞》，其中曾有「家鄉在萬里，妻子天一涯」及「奇禍一朝作，飄零至於斯。弱孤未堪事，返骨定何時」之語（《淮海集》卷四十）。可知秦觀在遷貶以後，並無家人之伴隨，其冤謫飄零之苦，思鄉感舊之悲，一直是非常深重的，曰「驛寄梅花，魚傳尺素」便正是極寫其思鄉懷舊之情。上一句用的是江東之陸凱寄梅花與長安之路曄的故事，據《太平御覽》卷十九引《荊州記》云：「陸凱與路曄為友，在江南寄梅花一枝詣長安與曄，並贈詩云：『折花奉秦使，寄與隴頭人，江南無所有，聊寄一枝春。』」下一句用的是古樂府詩《飲馬長城窟》的詩意。蓋以該詩中曾有「客從遠方來，遺我雙鯉魚，呼兒烹鯉魚，中有尺素書」之句（《昭明文選》卷二十七），故以「魚傳尺素」代表寄書信意。總之，這兩句所寫的乃是懷舊之多情與遠書之難寄，所以乃繼之以「砌成此恨無重數」，極寫遠謫離別之悲，造成了無窮的深恨。而秦觀在此處所用的「砌」字，則又是把抽象的「恨」之情意，作了一種具象的「砌」之描述。「砌」者何？磚石之砌築也。曰「砌成此恨」，則其恨之積累之深重與堅固之不可破除，從而可想見矣。在如此深重堅實之苦恨中，所以乃寫出了後二句的「郴江幸自繞郴山，為誰流下瀟湘去」的無理問天之語。據《苕溪漁隱叢話》（前集）引《冷齋夜話》謂少游寫此詞，東坡讀之，「絕愛其尾兩句，自書於扇，曰：『少游已矣，雖萬人何贖。』」本來一般人所常用的悼念賢才之語，原是「百身莫贖」，而此一傳聞之故實，乃曰「萬人何贖」，也足可見此二句詞的感人之深，以及對秦觀的悼念之切了。

至於此二句詞之感人者何在，則私意以為，其主要之因素蓋亦由於此兩句詞可以提供出寫實與象喻兩個層次的內涵，而其用意又在可解與不可解之間，因之在表面所寫之情景以外，乃更增加了一種神秘而無理性的氣氛，也就更增加了它的吸引和感動人的力量。現在我們先談其第一層寫實的意義，則郴江之水源出於湖南省郴縣之黃岑山，是所謂「郴江」之「繞郴山」者也。出山以後，乃北流而入耒水，又北經耒陽縣，至衡陽而東入於瀟湘之水，是所謂「流下瀟湘去」者也。此原為天地自然之山川，本無任何情感可言者也。至於就第二層象喻之意義言之，則此一位銳感多情之詞人秦觀，在其歷盡遠謫思鄉之苦以後，乃竟以自己之心想像為郴江江水之心，於是在「郴江」之「繞郴山」的自然山水中，乃加入了「幸自」兩個有情的字樣，又在「流下瀟湘去」的自然現象前，加上了「為誰」兩個詰問的辭語，於是遂使得此二句所敍寫的自然山川，平添了一種象喻的意義。因此無情之郴江郴山乃頓時化為有情，而使得郴水竟然流出郴山且直下瀟湘不返的造物之天地，乃愈加冷酷無情矣。於此我們如果一念及前面所引的秦觀《自作輓詞》中的「奇禍一朝作，飄零至於斯」的話，就可以體會出，他對於離開郴山一去不返的郴江江水，曾經注入了多少他自己的離鄉遠謫的長恨了。而所謂「為誰流下」者，則正是秦觀自己對於無情之天地，乃竟使「奇禍一朝作」的深悲極怨的究詰。

像這種深隱幽微，而又苦怨無理的情意，原是極難以理性去解說和欣賞的。因此王國維在其《人間詞話》中，雖然也曾讚美秦觀這一首《踏莎行》詞，謂其「詞境」「淒厲」，但王氏所稱美者，只是前半闋結尾的「可堪孤館閉春寒，杜鵑聲裏斜陽暮」兩句，而卻認為蘇軾之欣賞此詞後半闋結尾的這兩句詞是「猶為皮相」。

其原因我以為就正由於在這首詞中，實在只有「可堪孤館閉春寒」兩句，是從現實之景物，正面敍寫其貶謫之情境，而其他諸句，則多為象喻或用典之語，這與王氏平時所主張的「以自然之眼觀物，以自然之舌言情」的欣賞標準，當然不甚相合，何況此詞末二句，又寫得如此隱曲而無理，因之王氏對於蘇軾之欣賞此兩句詞的心情，乃不能完全理解，所以乃謂之為「皮相」。而蘇軾之欣賞此兩句詞，則很可能是因為蘇軾也是一個親自經歷了遠貶遷謫之苦的人，所以儘管此二句詞寫得隱曲而且無理，蘇軾讀之卻自然引起了一種直覺的感動。總之，蘇軾與王國維之所賞愛的因素雖然各有不同，卻也都不失為各有一得之賞。

至於我個人的看法，則以為就詞中意境之發展而言，實在當以此詞首尾兩處所使用的象徵的手法，和所蘊涵的象喻的意義為最可注意。而且我還以為，秦觀早期詞作中所表現的纖柔婉約之風格，雖然也有其獨具之特色，使人被其敏銳善感之「詞心」所感動，但那還只不過是由其天賦之資質所形成的一種特色而已。至如我們現在所討論的這首《踏莎行》詞，則是以其天賦之銳敏善感之心性，更結合了平生苦難之經歷，然後透過其多年寫詞之藝術修養，而凝聚成的一種使詞境更為加深了的象喻層次的開拓。這是我們在論秦觀詞時，所絕不該忽視的他的一點重要成就。

說周邦彥詞一首

渡江雲

　　晴嵐低楚甸，暖回雁翼，陣勢起平沙。驟驚春在眼，借問何時，委曲到山家。塗香暈色，盛粉飾、爭作妍華。千萬絲、陌頭楊柳，漸漸可藏鴉。　　堪嗟。清江東注，畫舸西流，指長安日下。愁宴闌、風翻旗尾，潮濺烏紗。今宵正對初弦月，傍水驛、深艤蒹葭。沉恨處，時時自剔燈花。

　　周邦彥為北宋詞人中集大成之作者，開南宋詞之先聲，這一點在詞之發展史上，固早為論者所公認。關於周邦彥詞在藝術方面之成就，如其長於勾勒描繪，善於運化詩句，精於音律結構，以及其風格之渾成和雅，凡此種種長處，也早為識者所共見。只是關於周詞之內容意境方面的評價，則論者之見仁見智，歷來乃頗有異辭。蓋早自張炎之《詞源》，即已曾譏其「意趣卻不高遠」；王世貞之《弇州山人詞評》

亦曾謂其「能作景語，不能作情語」；劉熙載之《藝概．詞曲概》亦曾謂：「美成詞信富艷精工，只是當不得一個貞字。」關於王國維則雖然在其晚年所寫的《清真先生遺事》中對周詞之藝術成就表現了相當的推崇，然而在其早年所寫的《人間詞話》中，也曾對周詞之意境加以譏議，說「美成深遠之致不及歐秦」，又謂其「創調之才多，創意之才少」，這些評語便都是對其內容意境方面表示不滿的。但另一方面，則也有對周詞之意境極致讚美者，即如陳廷焯之《白雨齋詞話》，即曾云：「美成詞極其感慨，而無處不鬱。」又謂：「今之談詞者，亦知尊美成，然知其佳而不知其所以佳，正坐不解沉鬱頓挫之妙。」又舉周氏之《蘭陵王》（柳陰直）、《滿庭芳》（風老鶯雛）及《菩薩蠻》（銀河宛轉三千曲）諸詞，以為其「言中有物，吞吐盡致」，「沉鬱頓挫中別饒蘊藉」，「哀怨之深，亦忠愛之至」。不過陳廷焯雖極為讚美周詞，但他的解說卻不夠詳明，而且陳氏自己也曾承認周氏之詞往往有「令人不能遽窺其旨」的遺憾。因此近人之編寫詞選及文學史者，對於周詞之內容遂頗多評詆，即如胡雲翼之《宋詞選》，就曾稱周詞所反映的是「冶蕩無聊的生活，風格不高」，劉大傑之《文學發展史》也曾謂周詞「除了一部份描寫妓女的情愛以外，大都是無病呻吟的寫景詠物之作」。其實周邦彥生當北宋新舊黨爭之際，對於政海滄桑確實頗多深慨，只不過一則因為他寫得含蓄深蘊使人不易覺察，再則也因為周氏在當時的政爭中，是被人目為新黨之人，而在舊日傳統之眼光中，則常有一種偏護舊黨而鄙薄新黨的成見，所以後世論詞者便往往不肯從此一角度來解說周詞。

其實，只要我們對周氏生平略加考察，便可以知道他的詞中之含有政治方面的感慨，原是極為可能的。蓋周氏之入汴都為太學生，乃正當神宗元豐初年變行新法之際。其後不久周氏就獻上了讚美新法的《汴都賦》，為神宗所欣賞，遂自太學生一命為太學正。及至哲宗元祐初年高太后用事起用舊黨之人，周氏遂於不久後被出官在外，流轉多年。及至紹聖年間，哲宗正式親政，於是舊黨之人又相繼被貶出，而新黨之人乃陸續被召回。於是周邦彥便也於此時又被召回汴京，且曾重獻《汴都賦》。只不過這時的周邦彥，在閱歷滄桑以後，已經不復是早期炫學急進的少年，而是一位委順知命的恬退的長者了。從他晚期的一些詞作來看，如其《蘭陵王》（柳陰直）、《瑞龍吟》（章台路）諸作，便該都是在其表面所寫的對柔情之追念中，隱藏有政海滄桑之慨的。只不過這些詞都寫得極為含蓄，可以吟味，但都不宜於指說。唯有現在我們所要討論的這一首《渡江雲》詞，則對其喻託之意稍微露有端倪，現在我們就將這首詞略加評析。

首先此詞第一句就點明了「楚甸」，據王國維《清真先生遺事》，以為周氏客荊州「當在教授廬州之後，知溧水之前」。但此詞卻並非此時所作，而當為其第二次被召入京時重過荊州之作（請參看《靈谿詞說》中拙著《論周邦彥詞》一文）。這首詞從表面看來，其前半闋不過泛寫春日之景物而已。俞陛雲《唐宋詞選釋》即曾謂此詞「上闋言楚江作客，春光取次而來，皆平敘景物」。其所說雖是，然而這實在卻只是這首詞表面所寫的第一層意思而已。至於此詞之下半闋，俞氏雖也曾提出「其寫懷全在下闋」之說，然而俞氏對其所寫之懷的理解，則只是「宴闌人散，送行者皆自崖而返。而扁舟孤客，泊葦荻荒灘，與冷月殘燈相對。此詞與柳屯田之曉風殘月，皆善寫客愁者」。其所說亦未能得其真義。現在當我們對周邦彥之性格與遭遇以及寫作此詞之時間與地點，都有了進一步的認識以後，就可以對之作較深一層的探索了。如我們在前文之所敍述，周邦彥自元祐初年出為廬州教授，至紹聖年間之再被召還京師，其間蓋已有十年之久。在此十年中，時代既曾有新舊黨人之廢興的兩次劇變，周邦彥在閱歷世變之餘，其早年寫賦求進之鋭氣，也已經消磨殆盡。因之此次再度蒙召入京，一方面雖然也有驚喜之情，而另一方面卻同時也不免懷着很深的悲慨和恐懼。此詞開端「晴嵐低楚甸，暖回雁翼，陣勢起平沙」數句，表面所寫雖是在荊州水途中所見到的春至陽回的景色，但實在已經隱喻了時代的政治氣氛之轉變，尤其值得注意的是「暖回雁翼，陣勢起平沙」二句，表面上所寫雖是雁陣之起飛，但實際上卻已經隱喻着一些因政治情勢改變，而又紛紛得意回朝的新黨的人士。下面的「驟驚春在眼，借問何時，委曲到山家」數句，表面是寫春天到來時，春光也來到了山中的人家，但此處實隱含有自指之意，暗喻自己在此次政局轉變中，也再度被召還朝的這件事。以下自「塗香暈色」一直到上半闋的結尾數句，表面上所寫的自然仍是春光之美盛，而實際上所隱喻的，則正是政局轉變後，新黨之人競相趨進的形勢。對於這首詞中前半闋所可能具有的隱喻之意有了理解後，我們就會明白何以作者在下半闋的開端，竟忽然用了「堪嗟」兩個字，來承接前面所敍寫的美麗的春光了。

如果說前半闋藉春天景色所託喻的是政局的轉變，以及在此一轉變中，自己也隨着政局之新形勢而被召還朝的意外的驚喜，那麼下半闋所寫的則正是伴隨着這種驚喜所同時產生的，對這種榮悴無常禍福難料的，新舊黨人互相傾軋之多變的政壇的一種悲慨和恐懼。據強煥《片玉詞序》謂周氏知溧水縣時，曾為後園之亭台命名為「姑射」「蕭閒」，則其對競進的心之逐漸泯除，已可概見。何況他在溧水還寫有極著名的《滿庭芳》（風老鶯雛）一首詞，其中的「且莫思身外、長近樽前」諸詞句，也同樣表現了一種淡泊世事的心情。而他在此次蒙召赴京，將要離開溧水前，所寫的《花犯》（粉牆低）一首詞，也曾藉着對梅花的感情，表現了對溧水的閒靜恬適遠離世紛的生活的依戀。當我們有了這種認識以後，我們就可以了解他在此首《渡江雲》下半闋開端所寫的「堪嗟。清江東注，畫舸西流，指長安日下」所蘊涵的對於蒙召赴京一事之矛盾恐懼之心理了。其「清江東注」一句，所寫的實不僅指眼前的江水而已，同時也暗喻了他對於江南的依戀，這種依戀，既包括了對他曾任過縣令的溧水的依戀，也包括了對他自己的故鄉錢塘的依戀；而下句的「畫舸西流」，則正指今日奉召入京的旅程，其中的矛盾對比，自是顯然可見的。再者，對舊日的士大夫而言，其一生所追求者，既以仕進為人生之主要目標，則被召還京師，便原該是一件可喜的事，而周邦彥在這一首詞中，卻表現了如此深沉的嗟嘆和矛盾，則其原因究竟何在？於是周氏在下面的「愁宴闌、風翻旗尾，潮濺烏紗」，馬上就寫出了他的矛盾恐懼的癥結之所在，原來他所愁懼的乃是政爭翻覆之無常。所謂「愁宴闌」者，正是預先愁想之意，「宴闌」之所指，則是預愁今日如雁陣飛起的、「塗香暈色」的驟然貴顯的一批新黨之士，一旦「宴闌」下台，則或者便不免將要受到如今日下台的舊黨人士所受到的同樣的排擠和迫害，所以才在此一句之下，馬上承接了「風翻旗尾，潮濺烏紗」兩句，暗喻了政治上的風雲變幻。「旗」字既可使人聯想到一種權勢黨派的標幟，「烏紗」更可使人體味到政治上的官職和地位，而曰「風翻」，曰「潮濺」，則暗喻此種權勢和地位之一旦傾覆的危險。這種用語和承接，都是要在我們體會到其中的託喻之意以後，才能夠理解的。俞陛雲評説此詞，竟以為果然有離別之宴，謂此詞為「宴闌人散」以後之作，而忽略了「愁宴闌」之「愁」字，原為預先愁想之意，那便因為他對此詞所隱喻的真正意旨未能完全體會的緣故。至於此詞結尾之處的「今宵正對初弦月，傍水驛、深艤蒹葭。沉恨處，時時自剔燈花」數句，才是此詞中真正全用寫實之筆之處，表現出水程夜泊孤獨寂寞中滿懷心事的情景。

透過對於這一首《渡江雲》的寫作之時地，及其內容之深一層含義的分析，我們對周邦彥詞之意境，當然有了更多的了解。但我不是主張一定要以託喻之意去解釋周詞。因為周邦彥在性格中既原來具有浪漫不羈而且愛好音樂的一面，則其作品中當然存有不少愛情之詞與應歌之作。因此我以為對待周詞一般大概可以取三種不同之態度。其一是可以但視之為愛情之歌曲，不必更推求任何深意者，如其詞集中風格與《花間》相近的一些令詞，以及長調中如《拜星月慢》（夜色催更）一首之寫對幽歡佳會的懷念，以及《解連環》（怨懷無託）一首之寫別後相思的怨情，像這一類詞，我們便只當欣賞其動人之情事與精美之藝術，而不必更推求甚麼言外之含義。其二是對作品之本身，雖不必確指為有任何深遠之含義，然而當我們對周邦彥之時代、生平和性格、遭遇都有了較深之認識以後，卻可以使讀者從其中吟味出一種深遠之意蘊者。如其《齊天樂》（綠蕪凋盡台城路）一首，讀者便可以從其中吟味出一種滄桑之慨和遲暮之悲。再如其《玉樓春》（桃溪不作從容住）一首小令，表面所寫雖然是離別今昔之感，但卻全以極富於象喻之形象出之，遂使讀者讀之也自然可以引發一種深遠之聯想者。若此之類雖是供讀者吟味，但卻都不必確指其有任何託喻之意。其三則是果然有託喻之意可以確指者，即如我們所舉的《渡江雲》（晴嵐低楚甸）一首，就屬於此一類作品。像這類作品，我們在指說其託喻之意時，實當取極為審慎之態度，而不可落入牽強的比附之中。

關於如何判斷作品中是否確有託喻，我以前在《常州詞派比興寄託之說的新檢討》一文中，曾提出過三項衡量的標準，以為：「第一當就作者生平之為人來作判斷，第二當就作品敘寫之口吻及表現之神情來作判斷，第三當就作品產生之環境背景來作判斷。」（見《迦陵論詞叢稿》）如果我們用這三項標準來對此《渡江雲》一詞試加衡量，則其一，周邦彥此詞蓋寫於其出官外州縣已有十年之久後，其為人性格已由少年時之不羈與急進，轉為閱盡世變滄桑以後的淡泊恬退。而且據樓鑰《清真先生文集序》之所記述，周邦彥此次蒙召還京以後，也是「雖歸班於朝，坐視捷徑，不一趨焉」，這種性格之形成，自然與他對當日黨爭中仕途之升沉禍福之憂懼有很大的關係。此其合於第一項衡量標準者也。其二，此詞中所敘寫之口吻神情，不僅在下半闋中的「指長安日下」和「風翻旗尾，潮濺烏紗」數句中之「長安」「旗尾」「烏紗」等字樣，顯然可見其含有喻託之意，就是在前半闋中的「暖回雁翼，陣勢起平沙」及「塗香暈色，盛粉飾、爭作妍華」數句，其託喻之含義也是隱然可想的。即如杜甫就曾有「君看隨陽雁，各有稻粱謀」（《登慈恩寺塔》）之句，將隨陽追暖的雁，比喻作謀求稻粱利祿的競進之人；而辛棄疾也曾有「卻笑東風從此，便熏梅染柳，更沒些閒」（《漢宮春》）之句，將春色的熏梅染柳，比喻韓侂胄當國時，以恢復之議對功名之士的號召（見台灣現代國民基本知識叢書中之鄭騫《詞選》）。像這些詞句中所用的語彙和敘寫的口吻，就都或隱或顯地表現了託喻之意。此其合於第二項衡量標準者也。其三，則此詞寫於紹聖年間，哲宗已經親政，舊黨多被貶謫，而新黨重新得勢之際。是其寫作之時代環境，也證明了此詞有託喻之可能，此其合於第三項衡量標準者也。正因為有如此種種相合之處，所以我才敢大膽指明此詞之果有託喻之意。不過，像這種完全合乎三項衡量標準的作品，在周邦彥詞中並不多。所以我們雖可以因此詞之證明，對周詞之意境，在閱讀時可以有較深之意會及較多之聯想，但在解說周詞時，則仍當極為小心謹慎，不要輕易作過份指實的託喻的解說。這也是我們在評賞周邦彥詞時，所不得不注意及之的。

說辛棄疾詞二首

辛棄疾的《祝英台近》

祝英台近　晚春

寶釵分，桃葉渡，煙柳暗南浦。怕上層樓，十日九風雨。斷腸片片飛紅，都無人管，更誰勸流鶯聲住？　鬢邊覷，試把花卜歸期，才簪又重數。羅帳燈昏，哽咽夢中語：「是他春帶愁來，春歸何處？卻不解帶將愁去！」

一般人論創作，常喜歡將之分為「主觀的」與「客觀的」兩種態度，其實「主觀」、「客觀」只是讀者就外表所見的一個浮淺的分別。若就作者來說，則每一位大詩人都同時是「主觀的」也是「客觀的」，惟其是「主觀的」所以能「入」，能「入」才能對所感受的情趣有深刻的體會，其作品才有內容。也惟其是「客觀的」所以能「出」，能「出」才能對所感受的情趣有超然的觀賞，才能描寫。一個人對歡喜快樂或愁苦悲哀都木然無所感受，或感受得不深，固然不會寫出動人的作品來；反之，一個人若雖能感受，而歡喜快樂時只顧哈哈大笑，愁苦悲哀時只顧痛哭流涕，絲毫沒有觀賞的餘裕，也不會寫出好的作品來。所以在作者寫作的態度上來說，我們並不能強為之分別「主觀」和「客觀」，可是作者的個性畢竟不能全同，有些人較為熱情，有些人較為冷靜。在熱情者則寫作時雖取客觀的觀賞態度，而其所見者仍為熱情；在冷靜者則寫作時雖也有主觀的體認，而其所體認者仍為冷靜。所以前者表現於作品便顯得「主觀」顯得「有我」，後者表現於作品便顯得「客觀」顯得「無我」。王靜安先生《人間詞話》就曾將詞的境界分為「有我」與「無我」，他說：「有有我之境，有無我之境。『淚眼問花花不語，亂紅飛過鞦韆去』，『可堪孤館閉春寒，杜鵑聲裏斜陽暮』，有我之境也；『採菊東籬下，悠然見南山』，『寒波澹澹起，白鳥悠悠下』，無我之境也。」高明先生在《中國修辭學研究》第四節《意境》一篇中談到「無我之境」時，便又反駁王靜安先生《人間詞話》說：「境既是由我而寫，就不能無我……若不是元好問的心懷『澹澹』、『悠悠』，哪裏能見到寒波的澹澹而起，白鳥的悠悠而下？……像這樣的詩句，雖無我相，確是有我。」

前面的廢話寫了很多，其實我的意思只是要說明辛棄疾的感情熱烈，所以在他的作品中不易見到純冷靜客觀的寫景之作，而我又恐怕一般人對「主觀」「客觀」二辭有所誤會，所以不得不先下一番解說。使人知道所謂「主觀」「客觀」只是為讀者欣賞批評時方便立論，原是無關於作者之寫作態度；又使人知道其表現之於作品而成為「有我」與「無我」兩種境界者，原也只是由於作者之個性有熱烈與冷靜之不同，而並不能真的無我。就以這一首《祝英台近》來說，「煙柳暗南浦」與「斷腸片片飛紅」二句都是寫景，「飛紅」一句因為有「斷腸」二字，自然明明白白可以看出是「主觀」是「有我」，而「煙柳」一句卻並沒有明明白白表示感情的字眼，但「煙柳暗南浦」五個字讀起來卻仍不如前面列舉的「寒波澹澹起，白鳥悠悠下」二句冷靜客觀，仍然顯得「有我」，這正因為作者的個性不同。所以辛稼軒寫景，儘管他沒有一個表示感情的字，而我們卻仍可看出他感情的熱烈與力量的充沛。如同他另一首詞中的「點火櫻桃，照一架荼蘼如雪」一句，沒有一個寫情的字，然而「點火」二字寫得多麼熱烈，「照」字一個字又寫得多麼有力。《水滸傳》寫武松在鴛鴦樓上殺完了人，在壁上題了九個字：「殺人者打虎武松是也。」金聖嘆批曰：

「請試擲地，當作金石聲。」稼軒這兩句詞真使人有「擲地作金石聲」的感覺。若沒有稼軒的感情與力量絕寫不出這樣的句子來，這一首《祝英台近》的「煙柳暗南浦」一句亦然，雖只有短短五個字，然而視野之廣遠，樹木之蓊鬱，只用一個「暗」字便寫得遮天蓋地而來，雖沒有前所舉「點火櫻桃」二句的響亮，而沉厚過之。這正是我在另一篇談稼軒《滿江紅》（家住江南）詞所說的英雄之手段，也正是稼軒性格之表現。稼軒確實不愧為一位英雄詩人。

說到英雄，自然該是堅強勇敢，要能提得起，能放得下。然而在這首《祝英台近》一詞中「怕上層樓，十日九風雨」二句，卻寫得其如此無可奈何。能使一個英雄說出如此無可奈何的話來，這真是最大的悲哀。稼軒是英雄，然而稼軒生當國破家亡的南宋，即以此一點悲哀而論，則稼軒雖是英雄，要提起也如何能提起？要放下又如何能放下？所以有人以為稼軒此詞是象徵之作，是藉男女之思寫家國之痛。其實不論其所寫是男女之思還是家國之痛，作品中所表現的就是作者對人生整個的體驗，也就是作者全人格的湧現，所以王靜安先生《人間詞話》說：「大詩人所造之境必合乎自然，所寫之境亦必鄰於理想。」法國心理學家德臘庫瓦（Dalactoix）在他的《藝術心理學》一書中說：「藝術就是創造，是人力。藝術的意象向來不是自然事物的拓本，它是藝術家創造出來融化事物的。」我有時偶或在課餘之暇，和學生講到一本小說或一篇故事，最煞風景的是在講完後，他們對這小說或故事中所表現的意象，以及用以表現的技巧絲毫無所體會，而只是追問：「老師，這些人物和事情是真的還是假的呢？」這真是兜頭一盆冷水，常使我悵然若失，默然良久。記得有一次講到人類理想幻滅的悲哀，我曾舉我的老師所作的一首《臨江仙》小詞「記向春宵融蠟，精心肖作伊人。燈前流盼欲相親，玉肌涼有韻，寶靨笑生痕。

可惜朱明烈日，炎炎銷盡真真，也思重試貌前身，幾回終不似，放手淚沾巾」為例說：哪一個人在年輕時沒有理想？哪一個人不把自己的理想刻劃得非常美妙？這就是「春宵融蠟」，「肖作伊人」。而「燈前流盼欲相親，玉肌涼有韻，寶靨笑生痕」三句所表現的意象又是多麼美麗而生動！不論你的理想是甚麼，你不是都曾把它想像得如此美麗而生動嗎？但是「可惜朱明烈日，炎炎銷盡真真」，當你離開學校走進社會，由青年步入中年時，你猛然偶一止足回顧，便會驀地發現你的理想早已隨着你的似錦華年消逝得無影無蹤了。你起初一覺察時，也許情有未甘「思重試貌前身」，然而現實生活的重擔拖累着你，到了「幾回終不似」的時候，也只好「放手淚沾巾」了。當然我這樣解釋只是我個人讀此詞一時的感覺，因為「大詩人所造之境必合乎自然，所寫之境亦必鄰於理想」，所以只要是一篇好的作品，則其所象徵者至廣至高，仁者見仁，智者見智，深者見深，淺者見淺，對稼軒此《祝英台近》一詞亦正不必拘泥於男女之情抑家國之痛也。至於一般人寫男女之情而流於卑下者，正因為他們寫情慾，更無絲毫理想，所以不能使讀者有所感發。這當然是作者對不起讀者，若是作者作品中雖有理想，而讀者卻只斤斤於字句之間，則又是讀者對不起作者了。但我要再申述一句，我所謂「理想」，乃指作品所表現的意象，至於穿鑿附會比附事實者正與死於句下者同病。

稼軒此詞「怕上層樓，十日九風雨」二句，是多麼無可奈何的心情，俗語說「不如意事常八九」，命運之無憑，人事之無常，稼軒雖是英雄，而對此「十日九風雨」的環境也畢竟無可奈何，何況在人生中諸如「風雨」之類非人力所可改變挽回的事情正多。能使稼軒那樣的英雄說出這樣無可奈何的話來，真是要提起如何能提起，要放下如何能放下！常人只認得稼軒粗獷豪放，對於這一類詞句當多多體會。又如稼軒另一首《滿江紅》之「天遠難窮休久望，樓高欲下還重倚，拚一襟寂寞淚彈秋，無人會」，其「天遠難窮」兩句，與這一首《祝英台近》之「怕上層樓」兩句意境頗相似，只是「樓高欲下還重倚」一句於無可奈何之中卻還更有着一種孔老夫子的

「知其不可而為之」的精神，英雄固英雄，悲哀也真是悲哀。而「拼一襟寂寞淚彈秋，無人會」二句，則更是前所舉俗語「不如意事常八九」的下一句轉語「可與人言無二三」，寂寞之極，正是悲哀之極。一般人學稼軒，若只學其粗獷豪放，而不能體會他感情的深厚綿密，則未免失之皮相了。

接下去「斷腸片片飛紅，都無人管，更誰勸流鶯聲住」三句，更進一步來寫無可奈何的情境。落紅自飛，流鶯自啼，飛者既挽不住，啼者也勸不住。人類力量之薄弱，生活之悲哀，更復何言？曾經有位作家寫一篇文章談詩的隱與顯，他說：「寫景的詩要顯，寫情的詩卻要隱。」並且舉溫庭筠的《憶江南》「梳洗罷，獨倚望江樓，過盡千帆皆不是，斜暉脈脈水悠悠，腸斷白蘋洲」一詞為例，說此詞收語就近於顯，「如果把『腸斷白蘋洲』五字刪去，意味更覺無窮」。他這個例子，可以說舉得極其恰當。但我卻覺得有些寫情之作，雖然寫得顯，也同樣使人覺得意味無窮，而且深摯有力，《古詩十九首》的「思君令人老」就是一個好例。即同樣用「斷腸」二字來看，如同韋莊《浣花詞》中《應天長》一首「綠槐陰裏黃鶯語，深院無人春晝午，畫簾垂，金鳳舞，寂寞繡屏香一炷。　碧天雲，無定處，空有夢魂來去，夜夜綠窗風雨，斷腸君信否」，這「斷腸」二字便用得極深摯，並不因其顯而缺乏感發的力量。所以我以為詩的好壞，不在寫情的隱與顯，而在所寫之情的深淺厚薄。大抵感情真摯深厚者，寫得顯更足以見其深厚，而感情浮薄份量不夠者，則寫得隱，倒頗有使人莫測高深之妙。稼軒此詞「斷腸片片飛紅」一句的「斷腸」二字，雖然或不及韋莊之「斷腸君信否」，但卻比溫庭筠的「腸斷白蘋洲」樸實誠摯得多了。

後半闋「鬢邊覷，試把花卜歸期，才簪又重數」寫得極纏綿細緻。說「鬢邊」，說「花」，則人之美自在想像之中；說「才簪」，說「重數」，則感情之誠摯又自在言語之外矣。記不清在甚麼地方看到這樣一句詩說：「渾難解脫情癡處。」這句詩並不好，因為他寫得太笨拙，太庸俗，不美。然而說到「情癡」之「難解脫」，則倒是真的。常常我們懷念一個人的時候，就會時時刻刻有那個人的影子在我們心上徘徊，即使你有意想擺脫，自己對自己說「懷念無益」「不必懷念」甚至「不該懷念」，然而卻偏偏擺脫不掉。正如王實甫《西廂記》所說的：「待颺下，教人怎颺？」只是王實甫的「教人怎颺」寫得較「渾難解脫」一句生動而有情致，至於稼軒的「鬢邊覷，試把花卜歸期，才簪又重數」則寫得蘊藉而美。

最後一節：「羅帳燈昏，哽咽夢中語：『是他春帶愁來，春歸何處？卻不解帶將愁去！』」清醒時是「花卜歸期」，睡眠中是「哽咽夢中語」。稼軒這一首詞真是一往情深。而「是他春帶愁來，春歸何處？卻不解帶將愁去」這三句所寫的情境，也是人生中常有的經驗，常常無意中在某一時間、某一地點，由某一件事情、某一位人物帶給你一種感情，其後雖然時移、境遷、事往、人非，而當初由它所帶來的情感，卻永留在心中，再也去不掉了。陸放翁《菊枕》詩說：「驚回四十三年夢，燈暗無人說斷腸。」「四十三年」，逝去的時間不可謂之不久，而「斷腸」情感卻未曾隨時間而俱逝。在我們過去的生活中，有多少哀愁？到如今「春歸何處」？為甚麼不能「帶將愁去」呢？

寫到這裏，已快要結束了，而翻回頭來一看卻發現這一首詞的首二句「寶釵分，桃葉渡」沒有交代。其實這二句詞不用解說，只一看「寶釵分」三個字便知道寫的是離別。「桃葉渡」的典故也並不生僻，據《古今樂錄》記載，晉王獻之有侍妾名桃葉，獻之送別桃葉時，臨渡曾作歌贈之，則「桃葉渡」三字也仍是寫離別而已。其實這一首詞的第三句「煙柳暗南浦」的「南浦」也是用的江淹《別賦》的「送君南浦，傷如之何」的典故。只是「煙柳暗南浦」一句比「寶釵分，桃葉渡」二句給人的意象更為具體而明顯。王靜安先生《人間詞話》曾談到「隔」與「不隔」的分別，大概所表現的意象鮮明，使人一見便感到作品中的情趣者便是「不隔」，反之則是「隔」。「南浦」一句雖也用典，然而無害於其所表現的意象與情趣，所以「不隔」，「寶釵分，桃葉渡」則稍「隔」矣。因此我們知道詩詞的好壞不在用典與否，而在用典的「隔」與「不隔」。用典用得好，不但「不隔」，而且因所用典故之聯想更可以增加作品之情趣；用典用得不好，則堆砌一批荒僻生澀的辭字簡直使人不知所云了。「寶釵分，桃葉渡」二句，在這首詞中當然不能說有功，但也不至於有過，便因為這二句還寫得平易，沒有堆砌生僻的毛病。所以稼軒這一首《祝英台近》畢竟不失為一篇美好而完整的作品。

從一首《水龍吟》看辛棄疾詞一本萬殊之特質

關於辛棄疾及其詞，歷來評詞者對之已曾有過不少論述。一般說來，辛氏之為一位忠義奮發之詞人，這原是讀者對辛詞之共同印象。徐釚在《詞苑叢談》卷四《品藻》一篇中即曾引黃梨莊之語曰：「辛稼軒當弱宋末造，負管樂之才，不能盡展其用，一腔忠憤，無處發洩……故其悲歌慷慨抑鬱無聊之氣，一寄之於詞。」因此辛棄疾在詞一方面之成就，實在可以説乃是他的收復中原之志意在現實方面失敗後，所轉化出來的一種一體兩面之結果，這當然是我們欣賞辛詞時所當具有的一點最基本的認識。不過，值得注意的則是，辛詞之感發生命的本質，雖以英雄失志的悲慨為主，然而他的詞卻又在風格與內容方面，表現出多種不同樣式與不同層次的變化。關於這種由一本演為萬殊的變化，私意以為其演化之情況蓋有幾點值得注意之處。第一我們該注意到的是，辛詞中感發之生命，原是由兩種衝擊的力量結合而成的。一種力量是來自他本身內心所凝聚的帶着國家之恨的想要收復中原的奮發的衝力，另一種力量則是來自外在環境的，由於南人對北人之歧視以及主和與主戰之不同，因而對辛棄疾所形成的一種讒毀擯斥的壓力，這兩種力量之相互衝擊和消長，遂在辛詞中表現出了一種盤旋激蕩的多變的姿態，這自然是使得辛詞顯得具有多種樣式與多種層次的一個主要的原因。第二我們該注意到的，則是辛詞中之感發生命，雖然與當日的政局及國勢往往有密切之關係，但辛氏卻絕不輕易對此作直接的敍寫，而大都是以兩種形象作間接的表現：一種是自然界的景物之形象，另一種則是歷史中古典之形象。這種寫法，一則固然可能由於辛氏對於直言時政有所避忌，再則也可能是由於辛氏本身原具有強烈的感發之資質，其寫景與用典並不僅是由於有心以之為託喻，而且也是由於他對於眼前之景物及心中之古典，本來就有一種豐富的聯想及強烈的感發。這自然是使得辛詞顯得具有多種變化與多種層次的另一個重要的原因。辛棄疾曾經寫過一首題為「過南劍雙溪樓」的《水龍吟》詞，足可以作為例證來說明我們前面所提到的辛詞中的幾種特質。全詞是：

舉頭西北浮雲，倚天萬里須長劍。人言此地，夜深長見，斗牛光焰。我覺山高，潭空水冷，月明星淡。待燃犀下看，憑欄卻怕，風雷怒，魚龍慘。　峽束蒼江對起，過危樓，欲飛還斂。元龍老矣，不妨高臥，冰壺涼簟。千古興亡，百年悲笑，一時登覽。問何人又卸，片帆沙岸，繫斜陽纜。

這首詞可以說就是辛棄疾結合了景物與古典兩方面的素材，把內心中之兩種互相衝擊的力量，表現得極為曲折也極為形象化的一首好詞。

要想了解其好處何在，我們首先便要對這首詞的題目略加說明。題中的「南劍」乃宋代州名，古為七閩之地，漢武帝元封年間於此置南平縣，唐高祖武德三年於此置延平軍。肅宗上元元年改為劍州。宋太宗太平興國四年因蜀有劍州，乃加「南」字以別之，稱南劍州。元成宗大德六年改為延平路，明代改稱延平府。清代延之，領南平等縣，屬今日福建省。據《南平縣志》所載，謂：「雙溪樓在府城東，又有雙溪閣，在劍津上。」又載：「劍津一名劍溪，又名龍津，又名劍潭，城東西二溪會合之處。昔時有寶劍躍入潭，化為龍。故名。」（以上所敘分別見《南平縣志》卷一之《歷代沿革表·第二》，卷四之《名勝志·第六》及卷三之《山川志·第四》）以上是有關此詞題目之地理背景的記敘。至於所謂「寶劍躍入潭，化為龍」則又牽涉一則歷史故事。蓋據《晉書·張華傳》所載，謂當時斗牛之間常有紫氣，張華聞豫章人雷煥妙達象緯，詢之，煥曰：「寶劍之精上徹於天耳。」又問在何郡，煥曰：「在豫章豐城。」華乃補煥為豐城令。到縣掘獄屋基，得一石函，內有雙劍，一曰龍泉，一曰太阿。煥遂送一劍與張華，留一劍自佩。及張華被誅，失劍所在。煥卒後，其子為州從事。持劍行經延平津，劍忽於腰間躍出，墮水，使人沒水取之，不見劍，但見兩龍，各長數丈。沒者懼而返。須臾，光彩照水，波浪驚沸，於是失劍（見《晉書》卷三十六《張華傳》）。以上是有關此地的歷史上的傳述。對此詞題目中的地理和歷史的背景都有了認識以後，我們就可以對此詞一加評析了。

先看開端兩句，首句之「西北浮雲」，既可以為眼前之景物，亦可以喻指淪陷之中原；次句之「長劍」既可以指有關此地之歷史傳說，亦可以喻示作者想要恢復中原之壯志。而曰「舉頭」則把遙遠的「西北浮雲」，也就是所喻指的淪陷的鄉國之恨寫得何等真切分明；曰「倚天萬里」則又把傳說中之神劍，也就是所喻示的作者的壯志寫得何等雄傑不凡。即此二句，也已經足可見出辛詞的層次之深曲及其感發之強烈了。以下「人言此地，夜深長見，斗牛光焰」三句，則既是緊扣住題目寫有關「南劍雙溪樓」之歷史故實，是上沖斗牛中的神劍之光焰難消，也是作者的收復中原之壯志的慷慨長存。以下「我覺山高，潭空水冷，月明星淡」三句，則驀然由前三句所表現的高揚激奮而轉入了另一種空寂淒冷的情調，這種轉變，一方面既是寫他由冥想中的有關此地的往昔之神劍的傳說，而折返到了現實的此地的眼前之景象，另一方面則也象喻了作者由自己理想中的收復中原之壯志，而跌入了現實中的被擯斥和冷落的不足以有為的現實的境遇。舉頭仰視則是月明星淡的冷漠無情，低頭下望則是水冷潭空的淒寒空寂，然則昔日上沖斗牛的神劍之精華今日乃究竟何在？作者的收復中原之壯志又究竟何日得償？以辛棄疾之感情志意的深切堅強，當然絕不是一個輕言放棄的人，於是下面的「待燃犀下看，憑欄卻怕，風雷怒，魚龍慘」數句，乃寫出了他想要有所追尋的心意，和在追尋時所可能遇到的危險和阻礙。蓋當年之神劍既傳說是躍入潭中，所以辛棄疾乃用「待燃犀下看」一句，寫出了他想要到潭水中去尋覓神劍的願望。而由此一句，遂又引出了辛棄疾對於另一則古典的聯想。原來在《晉書》的《溫嶠傳》中，曾記述有一則故事，說溫嶠曾由牛渚磯經過，其地「水深不可測，世云其下多怪物，嶠遂燃犀角而照之，須臾，見水族覆火，奇形異狀，或乘馬車着赤衣者」云云（見《晉書》卷六十七《溫嶠傳》）。不過，辛棄疾在此處用溫嶠「燃犀」之典故，與前面所用的張華「神劍」之典故，其方式與作用則並不盡同：前面的「神劍」之典故，是用其整個故事為全詞之骨幹，以切合題意而喚起全篇之感發；此處用「燃犀」之典故，則不過取溫嶠曾見水中有水族魚龍精怪之一義而已。而此數句亦有兩層含義，表面是寫欲向深潭中尋覓神劍的艱難不易，而暗中卻也喻示了辛棄疾自己如果想要實現收復中原之壯志，所可能遇到的讒阻和迫害。而且「風雷」「魚龍」諸字樣，原來也頗易於引起讀者有關政治性之託喻的聯想，蓋早在唐代李白之《遠別離》一詩中，即曾有過「雷憑憑兮欲吼怒」及「君失臣兮龍為魚」等詩句，前者可以喻當政者之威權迫害，後者可以喻朝廷形勢之變化無常，辛棄疾詞與李白詩所託示之喻意當然並不相同，但「風雷」「魚龍」

等字樣之可以引起政治託喻之聯想，則是相同的。以上是此詞之前半闋。其所敘寫的景物之形象與古典之形象，已經喻示了作者之壯志與現實環境之衝擊，並且作了多種層次的對比。

至於下半闋過片之「峽束蒼江對起，過危樓，欲飛還斂」幾句，第一層意思固是正面寫南劍雙溪樓所在之地理形勢。我們在前文已曾根據《南平縣志》介紹過，說雙溪樓「在劍津上」而劍津也就是「劍潭」，為「城東西二溪會合之處」。據《延平府志》卷二《山川》之記敘，謂：「西溪源出長汀縣……東流至順昌，與邵武溪合流……至沙溪口與沙縣溪合流四十里至劍潭，與東溪接。」又謂：「東溪源出浦城、崇安、松溪三縣，凡五派合流，會於建寧城外，南流一百二十里至劍溪，遂合流而下，俗呼丁字水，又名南溪。」辛詞所云「峽束蒼江對起」就正是寫西溪及東溪二水在此峽口會合之形勢。而觀夫前所引《延平府志》有關二水之敘述，則東西兩溪既皆曾匯納沿途諸水而合流，是則其水勢必極為澎湃洶湧，而在此地驟然為山峽所約阻，則兩水相對流入時，其相互衝擊排蕩的力量之強大自可想見，故曰：「峽束蒼江對起，過危樓，欲飛還斂。」這幾句，不僅極為生動真切地寫出了在雙溪樓上所見的兩水會合之激蕩的形勢，而且承接着上半闋，也正好把前片所喻示的作者的收復之壯志與現實讒阻的矛盾，作了一個極為形象化的總結。是則「欲飛還斂」者，固是眼前之水勢，而同時也就正是辛棄疾內心中的激蕩悲憤的情懷。所以下面的「元龍老矣，不妨高臥，冰壺涼簟」三句，作者自己乃從前面託喻的隱藏的陰影中，正式顯現到讀者的面前。可是在這種由隱而顯的承接中，辛棄疾卻又並不接着前面激蕩的情懷作敍寫，反而轉變為一種悠閒平靜的筆調，寫出了「高臥」和「冰壺涼簟」的句子，因而給了讀者更多尋思的餘味。

而且在此處辛棄疾又用了另一個典故，原來「元龍」乃是三國時代「名重天下」的陳登的字，據《三國志》卷七《魏書》七《陳登傳》，及裴松之註引《先賢行狀》之記述，陳登為人蓋「深沉有大略，少有扶世濟民之志」，曾任廣陵太守，「明審賞罰，威信宣佈」，曾經平定海賊，圍攻呂布，以功加封為伏波將軍，年三十九病卒。其後許汜與劉備並在荊州牧劉表座上，共論天下人物。許汜曰：「陳元龍湖海之士，豪氣不除。」備問汜：「君言豪，寧有事耶？」汜曰：「昔遭亂，過下邳，見元龍，元龍無客主之意。久不相與語。自上大床臥，使客臥下床。」備曰：「君有國士之名，今天下大亂，帝王失所，望君憂國忘家，有救世之意，而君求田問舍，言無可採，是元龍所諱也，何緣當與君語？如小人，欲望百尺樓上，臥君於地，何但上下床之間耶？」辛棄疾用這一則典故，蓋有幾層取意。其一是陳登與許汜的對比，陳登有「扶世濟民之志」，而許汜則求田問舍但求個人之安居，所以辛氏在另一首《水龍吟》（楚天千里清秋）詞中，便也曾說過「求田問舍，怕應羞見，劉郎才氣」的話，表示了對於只求個人安居而不關心國家的如許汜一類之人的鄙棄，也暗示了辛棄疾自己不求個人安居，而一意以收復中原為職志的用心。

這本該是辛棄疾用此一典故的本意。可是在這一首詞中，辛氏在使用此一典故時，卻又更加了一層轉折之意，蓋當年之陳元龍本以扶世濟民為己志，不求個人安居，而現在則以陳元龍之志來自比的辛棄疾，則已經年華老去，壯志難成，是則也不妨但求個人之安居矣。詞中的「冰壺涼簟」就正表示在炎夏中有清涼之飲料與涼爽之竹席的舒適安樂的生活。而「高臥」兩個字，則是辛棄疾在把此一則典故加以轉化使用時，一個表示反諷之意的關鍵。因為在《陳登傳》中陳氏之高臥上床本是表示對於但求個人安居的許汜的輕視，因而也顯示着陳登之不求個人安居的志意之遠大。可是此處辛氏之「不妨高臥」一句，則是斷章取義，把「高臥」轉化成了一種無所事事的閒居的形象，以原來表示壯志的字樣來表現閒居，這正是辛氏在反諷中所透露的，對於自己的壯志無成的嘲笑和悲慨。於是下面的「千古興亡，百年悲笑，一時登覽」三句，辛棄疾遂將典故中的古人古事，與現在自己的今人今事，作了一個綜合的總結。得劍的張華，燃犀的溫嶠與高臥的陳登，都已經在歷史中消逝，而人間之盛衰興亡，其推演循環，乃正復滄桑未已。而今日自淪陷區歸正南來的辛棄疾其當年突騎渡江的壯聲英概，與今日屢遭讒擯的感慨哀傷，無論其為悲為笑，蓋亦皆將在歷史之長流中消逝無存。個人一世之百年，與歷史興亡之千古，相較起來，自然微不足道，而辛棄疾卻偏偏在今日雙溪樓的一時登覽之中，對歷史上的千古興亡與自己個人的百年悲笑，在景物與典故的相互生發之聯想中，引起了觸緒紛來的平生萬感。只不過辛氏卻又並未明寫其感慨，而只寫了「一時登覽」四個字，把感慨都留在言外未加說明。

關於這種言外之慨，我們可以引用辛棄疾另一首《水龍吟》（楚天千里清秋）詞中的「江南遊子，把吳鉤看了，闌干拍遍，無人會，登臨意」數句，來互相參看：其所謂「登臨意」，就正可以作為此詞之「一時登覽」的註腳；而其所謂「江南遊子」所表現的南來以後的失志之悲，也可以作為此詞開端的「西北浮雲」一句所表現的對淪陷之中原的難以或忘的說明；至其所謂「吳鈎」則又恰好與此詞「長劍」相應合。而且我們在前面還曾引用他那一首《水龍吟》詞中的「求田問舍，怕應羞見，劉郎才氣」數句，來作過對這一首詞中的「元龍老矣，不妨高臥」數句的說明，不過那首詞是正用，這首詞是反諷。是則此二首《水龍吟》詞，就其感發生命之本質言之，固皆為其平生志意與理念本體之呈現。只不過「楚天千里清秋」一首，其慷慨激昂之氣多為正面之流露，而此調則頗多幽隱曲折之致，且曾使用反諷之筆法。所以在「楚天千里清秋」一詞結尾，辛氏乃明白寫出了自己的悲慨，說：「可惜流年，憂愁風雨，樹猶如此。倩何人喚取，紅巾翠袖，揾英雄淚。」而這一首詞中，則不僅「一時登覽」之句未明言自己之悲慨，而且在最後的結尾，也只以悠閒淡遠之筆，描寫了一幅眼前的景物之形象，說：「問何人又卸，片帆沙岸，繫斜陽纜。」此三句，在一方面固可以視為承接上一句之「一時登覽」而來，是寫登覽中所見的眼前之景象。而另一面則在此詞前面之多重喻示的襯托中，此結尾三句於是就也提供給了讀者更深一層的喻託之聯想。蓋「卸帆」「繫纜」原都是表現船之停泊不再前進的形象，也喻示了南宋朝廷之耽溺於眼前之苟安，不再想收復中原的一種頹靡的心態。何況辛棄疾還對於繫纜的船，用了「斜陽」兩字的形容。而「斜陽」兩字，在辛詞中往往有喻示漸趨衰亡的南宋國勢之含義。即如其另一首著名的《摸魚兒》（更能消幾番風雨）一詞，其結尾之處的「休去倚危欄，斜陽正在，煙柳斷腸處」

三句，便是很好的例證。羅大經《鶴林玉露》（卷一）即曾云：「斜陽煙柳之句，比之『未須愁日暮，天際乍晴陰』者異矣，在漢、唐時，寧不賈種豆種桃之禍哉！」許昂霄《詞綜偶評》亦云：「結句即義山『夕陽無限好，只是近黃昏』之意，斜陽以喻君也。」這些說法，都可以與此詞之「繫斜陽纜」一句相參看。

本來辛棄疾的好詞甚多，但因篇幅的限制，我們無法多加選說。不過，我們前面既曾將其「楚天千里清秋」一首《水龍吟》詞與這一首《水龍吟》詞作了約略的比較，而如果我們再將他的「更能消幾番風雨」的《摸魚兒》詞參照來看，則《摸魚兒》一詞開端的「更能消幾番風雨」便也正可以與另一首《水龍吟》詞中的「可惜流年，憂愁風雨」相參看。而《摸魚兒》詞中的「天涯芳草無歸路」一句，則也可以與另一首《水龍吟》的「休說鱸魚堪鱠，盡西風季鷹歸未」數句相參看；還有《摸魚兒》詞中的「脈脈此情誰訴」一句，亦可以與另一首《水龍吟》詞中的「無人會，登臨意」二句相參看。至於就我們現在所討論的這一首《水龍吟》詞而言，則除了「斜陽」一句可以與《摸魚兒》中的「斜陽」一句相參看以外，還有這首《水龍吟》詞中的「憑欄卻怕，風雷怒，魚龍慘」數句，與《摸魚兒》詞中的「蛾眉曾有人妒」一句，所喻託的既同樣是對於讒擯的憂懼，是則其情意固亦有相似之處。

所以，我在前文中就曾經提出來說：辛詞之感發生命的本質原以「英雄失志」的悲慨為主，只不過由於一則其感發生命中原來就具含有兩種互相衝擊的力量，此兩種力量又往往因時地境遇之不同，而可以有彼此間迭為消長的變化的情形，故其詞之風格乃展現為多種不同之情調與面貌，再則其詞中藉以表現感發生命的各種觸引喻託的媒介，或用眼前之景物，或用歷史之古典，也各有性質不同之形象。何況當他用典時，其使用之態度與方法，又有正反賓主之各種的變化，這當然是使得辛詞表現得曲直剛柔多彩多姿的另一個原因。就以本文所提到的這兩首《水龍吟》詞及一首《摸魚兒》詞而論，其所蘊涵的感發生命之本質雖然是一貫的，然而其風格面貌，卻已經表現了各自不同的變化。其一首《水龍吟》（楚天千里），自眼前現實之景物起興，當下就承接了「獻愁供恨」和「江南遊子」諸句，對自己的感情作了直接的抒寫；可是這一首「舉頭西北浮雲」的《水龍吟》詞，則通篇大都以景物及古典之形象為喻示，直到「元龍老矣」三句，才在古典中顯出了自己的影子，而卻還用了反諷的筆法，並未作直接的抒寫。何況開端的「舉頭西北浮雲，倚天萬里須長劍」的雄傑的氣勢和口吻，也與結尾處的「卸帆」、「繫纜」的閒淡的筆法和口吻，造成了另一種反諷的對比。所以這一首詞的幽隱曲折的變化，較之「楚天千里清秋」一首的慷慨激昂，便已經在風格上有了很大的不同。只不過其開端之「長劍」的形象還保留了一些「慷慨激昂」的氣勢。可是他的《摸魚兒》（更能消幾番風雨）一詞，則通篇都是以暮春之景色及女子之哀怨為喻託之形象，遂在風格上又表現了一種幽咽纏綿的風貌，所謂「百煉鋼」化為「繞指柔」，才人伎倆乃真有不可測者矣。

希望我們對於這一首「舉頭西北浮雲」的《水龍吟》詞所作的討論說明，以及我們把這一首《水龍吟》詞與另一首「楚天千里清秋」之《水龍吟》詞，和《摸魚兒》（更能消幾番風雨）一詞所作的相互比較，可以就辛詞一本萬殊的特色，提供給讀者一點小小的參考。而這一首《水龍吟》詞中的「峽束蒼江對起，過危樓，欲飛還斂」三句，我以為也恰好可以作為對辛詞之感發生命的兩種衝擊力量的極為形象化的說明。這正是我何以在辛棄疾那麼多首著名的好詞中，卻單單只選取了這一首詞來加以討論的緣故。

說吳文英詞一首

齊天樂　與馮深居登禹陵

三千年事殘鴉外，無言倦憑秋樹。逝水移川，高陵變谷，那識當時神禹。幽雲怪雨。翠萍濕空梁，夜深飛去。雁起青天，數行書似舊藏處。　寂寥西窗久坐，故人慳會遇，同剪燈語。積蘚殘碑，零圭斷壁，重拂人間塵土。霜紅罷舞。漫山色青青，霧朝煙暮。岸鎖春船，畫旗喧賽鼓。

吳文英詞一向以晦澀見稱，近世編撰文學史及詞選的一些人，如劉大傑、胡適、胡雲翼諸人，都曾經對吳詞加以譏評，以為其所作「大半都是詞謎」，是「套語與古典」的「堆砌」，「他的長調幾乎沒有一首可讀的」。但清代的一些詞評家，卻曾經對吳詞備至推崇，如戈載之《宋七家詞選》即曾稱其「運意深遠，用筆幽邃，煉字煉句，迥不猶人。貌觀之雕繢滿眼，而實有靈氣存乎其間」。周濟之《宋四家詞選・序論》亦稱其「立意高，取徑遠，皆非餘子所及」，又云：「夢窗奇思壯采，騰天潛淵，返南宋之清泚，為北宋之穠摯。」關於吳文英詞之特色及成就，我以前寫過一篇標題為「拆碎七寶樓台——談夢窗詞之現代觀」的文稿（見《迦陵論詞叢稿》），曾對之作過較詳細的論述，以為吳詞之往往予人以晦澀難解之印象，主要蓋有二因：其一是在敍寫方面往往以時間與空間作交錯之雜糅；其二是在修辭方面往往但憑一己直覺之感受，再加之以喜歡運用生僻之典故，遂使一般讀者驟讀之不能體會其意旨之所在。但如果仔細加以研讀，能尋得入門之途徑，便可發現吳詞在「雕繢滿眼」的「晦澀」「堆砌」的外表之內，是確實有一片「靈氣存乎其間」，而且「立意」之「高」，「取徑」之「遠」，也是確實具有一份「奇思壯采」的。現在我們就將以這首《齊天樂》詞為例證，來對吳文英詞略加賞析。

這首詞既是題為「與馮深居登禹陵」，我們就當先對題目中的馮深居及禹陵略加說明。馮深居名去非，在南宋理宗寶祐年間曾為宗學諭，因為反對當時的權臣丁大全而被免官，與吳文英相交甚久。所以這首詞中頗有言外之深慨，這是從馮氏之為人及其與吳文英之交誼而可以推知的。至於禹陵則為夏禹之陵，在浙江紹興縣南之會稽山。吳文英為四明人，是禹陵固正在其故鄉附近之地。所以吳氏對禹陵所流傳之古蹟名勝，乃特別有一種親切之感情，這也是可以理解的。何況夏禹王之憂民治水，在中國古代帝王中又是功績最為卓偉、用力最為勤勞的一位。而南宋的理宗之世則任用權臣，國事日非，感今懷古，吳文英在與馮深居同登禹陵之際，自當有無限滄桑之深慨。所以一開端便以「三千年事殘鴉外」七個字，把讀者引向了一片遠古蒼茫之中。所謂「三千年」者，一則為歷史年代之實據，蓋自夏禹之世至南宋理宗之世，固已實有三千數百年之久。再則「三」字與「千」字之數目，在直感上亦足以予讀者一種久遠無窮之感。而「三千年」之下又加一個「事」字，則千古興亡之史蹟，乃大有觸緒紛來之勢矣。而又繼之以「殘鴉外」三個字，就「殘鴉」而言，固當是登臨時之所見。昔杜牧《登樂遊原》詩有句云「長空澹澹孤鳥沒，萬古銷沉向此中」，此正為「殘鴉」二字所予人之景象與感受。至於「外」字，則歐陽修《踏莎行》詞有句云：「平蕪盡處是春山，行人更在春山外。」就夢窗此詞而言，則是殘鴉蹤影之沒固已在長空澹澹之盡頭，而三千年往事之銷沉則更在此已消逝之殘鴉影外，於是時間與空間，往古與今日乃於此七字中結成一片，以無際之荒遠寥漠之感，向讀者侵逼包籠而來。其所以彌深此無可追尋之荒遠之感者，蓋因夢窗當日曾抱有無限追懷之一念爾。然則夢窗當日所登臨者何地？則禹陵也。所追懷者何人？則禹王也。是禹王固正有其可以引人懷思追念者在也。夫在夏禹當世，人民之所患者，厥唯洪水猛獸而已；而禹王之所致力者，即正在消滅此一人類之大患。而人世之戰亂流離，憂患苦難，乃有千百倍於當年之洪水猛獸者。然則今日之世，豈復能更有一人，如當日禹王之具有拯拔人類、消滅大患之宏願偉力者乎？此正夢窗之所以望殘鴉而追懷三千年之往事者也。

然而禹王不復作，前功不可尋，所見者唯殘鴉影沒，天地蒼茫，則何地可為託身之所乎？故繼之則云：「無言倦憑秋樹。」《論語》有之云：「予欲無言。」又曰：「夫復何言。」其所以「無言」者，正自有無窮不忍明言、不能盡言之痛也。然則今日之登臨，於追懷感慨之餘，其所能為者，亦唯「倦憑秋樹」而已。此處着一「倦」字，其疲倦之感，自可由登臨之勞倦而來，此楊鐵夫《箋釋》之所以云：「次句落到『登』字也。」然而此句緊承於首句「三千年事」之下，則其所負荷者，固隱然亦正有千古人類於此憂患勞生中所感受之茶然疲役之悲在也。是則於此心身交憊之餘，豈不欲得一依倚棲傍之所？而其所憑倚者，則唯有此一蕭瑟凋零之秋樹而已。人生至此，更復何言，故曰「無言」也。其下繼云「逝水移川」，則東流之逝水，其水道固已幾經遷移；曰「高陵變谷」，則聳拔之高山乃竟淪為深谷。是禹王之宏願偉力，雖有足以使千百世下仰若神人者，然而其當年孜孜矻矻所疏鑿，欲以垂悠悠萬世之功者，其往跡乃竟谷變川移一毫而不可識矣，故曰「那識當時神禹」也。三千年事，無限滄桑，而河清難俟，世變如斯，則夢窗之所慨者，又何止逝水、高陵而已哉。

以下陡接「幽雲怪雨。翠蓱濕空梁，夜深飛去」三句，貌觀之，此等句固正不免於「雕繢滿眼」「堆垛」「晦澀」之譏，蓋以在此數句中之「翠蓱濕空梁」一句，極難索解也。夫「梁」者，固當為禹廟之梁。據《大明一統志．紹興府志》載云：「禹廟在會稽山禹陵側。」又云：「梅梁，在禹廟。梁時修廟，忽風雨飄一梁至，乃梅梁也。」又引《四明圖經》：「鄞縣大梅山頂有梅木，伐為會稽禹廟之梁。張僧繇畫龍於其上，夜或風雨，飛入鏡湖與龍鬥。後人見梁上水淋漓，始駭異之，以鐵索鎖於柱。然今所存乃他木，猶絆以鐵索，存故事耳。」（按：《爾雅．釋木》：「梅，楠。」郝懿行《義疏》云：「梅或作楳……《詩正義》引孫炎曰：『荊州曰梅，揚州曰楠。』《一切經音義》二十一引樊光云：『荊州曰梅，揚州曰楠，益州曰赤梗，葉似豫樟，無子也。』……蓋皆以梅楠為大木，非酸果之梅。」今所傳梅梁，或當為楠木之屬）夫禹廟既在禹陵側，則夢窗當日登臨足跡之所至，或瞻望之所及，必曾及於此廟，所可斷言者也。至於禹廟之梅梁及張僧繇畫龍於風雨中飛去之說，則以生為四明人之夢窗，必當極熟悉於此種種有關四明之神話及傳說，故此詞乃有「幽雲怪雨。翠蓱濕空梁，夜深飛去」之言。「蓱」字原與「萍」字相通，然而「萍」乃水中植物，梁上何得有「萍」？及見《大明一統志》及《四明圖經》所載，然後乃知此句必非泛指，原來禹廟之梁乃有如許神怪之傳聞在也。則另一最可能之解釋，當為梁上果然有水中之萍藻，而此萍藻則為飛入鏡湖之梁上之神龍所沾帶之鏡湖之萍藻。然而此一說法必須有充足之根據始得成立。蓋以就中國詩詞中一般用事之習慣而言，皆必須謹守本事，不可妄自增改。據《大明一統志》及《四明圖經》所載，則此神話之傳聞中並無梁上有萍藻之記載，是則夢窗不得於此妄以「蓱」字為指梁間有鏡湖之萍藻，讀者更不得以個人之想像謂禹廟之梁間竟有鏡湖之萍藻，這正是此句詞之難於索解之故。其後我在美國哈佛大學燕京圖書館中查得一極珍貴之資料，即嘉慶戊辰重鐫采鞠軒藏版之陸游序本南宋嘉泰《會稽志》，其卷六《禹廟》一條竟載有禹廟梁上有水草之記載，云：「禹廟在縣東南一十二里……梁時修廟，唯欠一梁，俄風雨大至，湖中得一木，取以為梁，即梅梁也。夜或大雷雨，梁輒失去，比復歸，水草被其上，人以為神，縻以大鐵繩，然猶時一失之。」

此條所敍，《大明一統志》《大清一統志》、康熙《會稽志》並皆不載，然而欲以梁上有水草說此詞，則必須得此一根據方為可信。然而嘉泰《會稽志》則又不載張僧繇畫龍事，故必須以嘉泰《會稽志》與《四明圖經》合看，然後方知夢窗此詞之「翠蓱濕空梁，夜深飛去」數語乃真可謂無一字無來歷矣。是此數句，乃正寫禹廟梁上神龍於風雨中「飛入鏡湖與龍鬥」，「比復歸，水草被其上」之一段神話傳聞也。而夢窗之用字造句，則極恍惚幽怪之能事。蓋「翠蓱濕空梁」一句，原當為神梁化龍飛返以後之現象，而次句「夜深飛去」方為此現象發生之原因，是神梁先飛去入鏡湖與龍鬥，飛返時始有湖中水藻沾帶於梁上也；而夢窗卻將時間因果顛倒，先置「翠蓱濕空梁」一句突兀怪異之現象於前，又用一不常見之「蓱」字以代習用之「萍」字。夫「蓱」與「萍」二字雖通用，然而一則用險僻之字始更增幽怪之威，再則「蓱」字又可使人聯想及於《楚辭·天問》之「蓱號起雨」一句，乃大有「幽雲怪雨」一時驚起之意。彊村先生於夢窗詞校勘最精，且曾獲觀明萬曆年間太原張廷璋氏舊鈔本，其校本之獨取「蓱」字，自非無見。總之，此三句所予人之一片恍惚幽怪之感及渺茫懷古之思，固極為真切鮮明。讀者正可自此數句中對此充滿神話色彩之古廟生無窮之想像。蓋夢窗之詞所予人者，往往但重感受，而不重說明，神理意味極活潑而深切，唯不作明言確指耳。此正詆夢窗者之所以譏之為晦澀，譬夢窗者之所以稱其詞為「天光雲影，搖蕩綠波，撫玩無斁，追尋已遠」者也。

後二句，則又就眼前景物寄慨。曰「雁起青天」，形象色彩均極鮮明，知此景必為白日而非黑夜所見，然後知前三句「夜深」云云者，全為作者憑空想像憑弔之言，並非實有也。此正前二句之運筆之所以出之以如許幻變神奇之故。而此句「雁起青天」四字，乃又就眼前景物以興發無限今古蒼茫之慨，故繼之云「數行書似舊藏處」也。據《大明一統志．紹興府志》載：「石匱山，在府城東南一十五里，山形如匱。相傳禹治水畢，藏書於此。」又《大清一統志．紹興府志》載：「宛委山，在會稽縣東南十五里，會稽山東三里。上有石匱，壁立干雲，升者累梯而上。《十道志》：『石匱山，一名宛委，一名玉笥，一名天柱，昔禹得金簡玉字於此。』《遁甲開山圖》云：『禹治水，至會稽，宿衡嶺。宛委之神奏玉匱書十二卷，禹開之，得赤珪如日，碧珪如月，是也。』」是會稽之宛委石匱山，固舊傳有藏書之說；雖然所傳者有夏禹於此得書或於此藏書二說之不同，然而要之此地之傳有藏書則一也。然而遠古荒忽，傳聞悠邈，唯於青天雁起之處，想像其藏書之地耳。而雁行之飛，其排列又正有如書上之文字，此在夢窗《高陽台．豐樂樓》一詞中，即有「山色誰題，樓前有雁斜書」之句可以為證。是則三千年前當日所傳之藏書固已渺不可尋；今日所見者，唯青天外之斜飛雁陣彷彿猶作當年書中之文字而已。時移世往，遼闊蒼茫，無限滄桑之慨，正與開端「三千年事殘鴉外」及「那識當時神禹」諸句遙遙相應，而予讀者以無窮悵惘追尋之深痛。以上前半闋全以「登禹陵」之所慨為主。

後半闋「寂寥西窗久坐，故人慳會遇，同剪燈語」，始寫入馮深居，呼應題面「與馮深居」四字。以章法言，固屬用筆周至；而以意境言，則以下數句，乃合三千餘年歷史滄桑之感，與個人一己離合今昔之悲，融為一體，錯綜並舉，而與前半闋之登臨遙遙相應，於是而馮深居遂與吳夢窗同在此登臨之深慨之中，而三千年往事乃亦倏然而來至此西窗燈下矣。此三句詞，乃用李義山《夜雨寄北》「何當共剪西窗燭，卻話巴山夜雨時」之詩句，自無可疑。夫西窗剪燭共話，原當為何等溫馨之人事，而夢窗乃於開端即以「寂寥」二字，又接以「久坐」二字，其所以久坐不寐之故，正緣於此一片寂寥之感耳。昔杜甫《羌村》詩有句云：「夜闌更秉燭，相對如夢寐。」其《贈衛八處士》又有句云：「人生不相見，動如參與商。今夕復何夕？共此燈燭光。少壯能幾時？鬢髮各已蒼。」其如夢、參商之感，其少壯幾時之悲，正皆為足以令人興寂寥之感者也。故夢窗於「寂寥西窗久坐」之下，乃接云「故人慳會遇，同剪燈語」，此情此景，豈非與杜詩所云「人生不相見」及「夜闌更秉燭」之情景，正復相似乎？此三句，一氣貫下，全寫寂寥人世、今昔離別之悲。

以下陡接「積蘚殘碑，零圭斷璧，重拂人間塵土」三句，初觀之，此三句似與前三句全然不相銜接，然而此種常人以為晦澀不通之處，實正為夢窗詞之特色所在。蓋夢窗詞往往但以感性為其連貫之脈絡，而極難以理性為明白之界劃及說明。此種特色原為長於觸發及聯想之一類詩人之所獨具。此詞「積蘚殘碑，零圭斷璧」諸句，一方面固全就感性抒寫，予人以一片時空錯綜之感；一方面則又以靈氣運轉，使無數故實翩翩起舞生姿。茲就其所用之故實而言，所謂「積蘚殘碑」者，楊鐵夫《箋釋》以為「碑指窆石言」，引《金石萃編》云：「禹葬會稽，取石為窆石，石本無字，高五尺，形如秤錘，蓋禹葬時下棺之豐碑。」據《大明一統志．紹興府志》載：「窆石，在禹陵。舊經云：禹葬會稽山，取此石為窆，上有古隸，不可讀，今以亭顯之。」知楊氏《箋釋》以碑指窆石之說為可信。昔李白《襄陽歌》云：「君不見晉朝羊公一片古碑材，龜頭剝落生莓苔。」自晉之羊祜迄唐之李白，不過四百餘年而已，而太白所見羊公碑下之石龜，則固已剝落而生莓苔矣。然則自夏禹以迄於夢窗，其為時既已有三千餘年之久，則其窆石之早已霉苔滿佈，斷裂斑剝，固屬事之當然者矣。着一「積」字，足見苔蘚之厚，令人慨歷年之久；着一「殘」字，又足見其圮毀之甚，令人興覽物之悲。而其發人悲慨者，尚不僅此也，因又繼之以「零圭斷璧」云云。前釋「數行書似舊藏處」一句時，已曾引《大清一統志》，知有「宛委之神奏玉匱書十二卷……得赤珪如日，碧珪如月」之說。又據《大明一統志》載：「宋紹興間，廟前一夕忽光之，得古珪璧佩環藏於廟。然今所存，非其真矣。」按「珪」古「圭」字，是關於夏禹之陵廟既早有圭璧之傳說，而在南宋當時，或者廟藏之中果然亦尚留有圭璧之遺物。夫圭璧者，原為古代侯王朝會祭祀之所用，而今着一「零」字，着一「斷」字，則零落斷裂，無限荒涼，然則禹王之功績無尋，英靈何在？徒只古物殘存，供人憑弔而已。故繼之云：「重拂人間塵土。」於是前所舉之積蘚之殘碑，與夫零斷之圭璧乃盡在夢窗親手摩挲拂拭之憑弔中矣。「拂」字上更着一「重」字，有無限低回往復多情憑弔之意，其滿腹懷思，一腔深慨，固已盡在言外。

然而此句之尤妙者，則在夢窗於前半闋自「三千年事」迄「舊藏處」，全寫日間登臨之所見、所感；後半闋開端「寂寥西窗久坐」三句，則全寫夜間故人燈下之晤對；然後陡接「積蘚殘碑」三句，又回至日間之登臨。全不作層次分明之敍述與交代。於是，忽而為西窗之剪燈共語，忽而為禹廟之斷壁殘碑；忽而為黑夜，忽而為白晝；忽而為人事之離合，忽而為歷史之今古。而夢窗之所以不為之作明白之劃分者，正緣在夢窗之感覺中，此時空之隔閡固早經泯滅而融為一體矣。蓋殘碑斷壁之實物，雖在白晝登臨之陵廟之上，而殘碑斷壁之哀感，則正在深宵共語者之深心之內也。夫以「慳」於「會遇」之故人，於「剪燈」夜「語」之際，念及年華之不返、往事之難尋，其心中固已早有此一份類似斷壁殘碑之哀感在也。故其下乃接云：「重拂人間塵土。」「塵土」而曰「人間」者，正以其並不但指物質上之塵土而已，同時乃兼指人事間之種種塵勞之污染而言者也。夫人之一生，固曾有多少往事、多少舊夢、多少理想與熱情，然而年去歲來，塵勞污染，乃漸漸磨損消亡，於今在記憶之中，亦不過一一皆如塵封之斷壁殘碑而已。而當故人話舊之際，此久經塵埋之種種，乃復依稀重現；然則豈非剪燈共語之際，亦復正即為拂拭塵土之時？是則「積蘚殘碑」三句，雖為日間登臨之所見，然實亦為夜語時心中之所感。此正所以夢窗乃以此三句陡接上三句，而全不作劃分說明之故。於是乎一己之人事，乃因此而融會於三千年歷史之中，而更加深廣；而三千年之歷史，亦因其融會於一己人事之中，而更加切近。此種時空交糅之寫法，正為夢窗特長之所在，未可遽以晦澀目之也。

其後「霜紅罷舞。漫山色青青，霧朝煙暮」三句，又以飛揚之筆，另開出一新境界。自情事之中跳出，別從景物着筆，而以「霜紅」一句，隱隱與開端次句之「秋樹」相呼應。然此三句之妙，尚不僅在其承轉呼應之陡峻靈活而已，而更在其意境所包籠之深遠高妙。昔東坡《赤壁賦》有云：「自其變者而觀之，則天地曾不能以一瞬；自其不變者而觀之，則物與我皆無盡也。」夢窗此二句之意境，實與之大為相似。然而東坡仍只是理性之說明，而夢窗則全為意象之表現。「霜紅罷舞」，其變者也；「山色青青」，其不變者也。彼經霜之葉，其生命固已無多，竟仍能飾以紅之色、弄以舞之姿；唯此紅而舞者，亦何能更為久長，瞬臨罷舞之時，是則雖有無限流連愛戀之意，而亦終歸於空滅無有而已。故曰：「霜紅罷舞。」此一無常變滅之悲，而夢窗竟寫得如此哀艷淒迷。又繼之云「漫山色青青，霧朝煙暮」，則其不變者也。是無論其為霧之晨，為煙之夕，而此青青之山色，則亙古不變者也。又於其上着一「漫」字，「漫」字有任隨、枉自之口氣，其意若謂霜紅罷舞之後，唯有任隨山色之枉自青青於霧朝煙暮之中而已。逝者已矣，而人世長存，其間原已有無窮今古滄桑之感；而此二句，乃又正為禹陵所見之景色，而此景色又並不限於登臨時當日之所見而已。霜紅有一朝罷舞之時，山色無改其青青之日，其情意之深廣，乃有包容千古興亡之悲，而又躍出於千古興亡之外之感。夢窗運筆之妙、託意之遠，於此可見。

結二句「岸鎖春船，畫旗喧賽鼓」，初觀之，亦不免有突兀之感。蓋前此所言，如「秋樹」，如「霜紅」，明明皆為秋日之景色，而此句竟然於承接時突然着一「春」字，若此等處，唯大作者始能不為硜硜瑣瑣但知拘守之小家態，而後能有此騰躍籠罩之筆。如杜甫之《秋興》八首，前七首皆從秋景着筆，而於第八首乃突然湧現一「佳人拾翠春相問」之句，翁方綱評杜甫此句曾有「神光離合……一彈三嘆」之言。夢窗此句之妙，庶幾近之。蓋開端之「倦憑秋樹」，乃是當日之實景；至於「霜紅罷舞」，則已不僅當日之所見而已，而乃包容秋季之全部變化於其中；至於「山色青青」，則更於其中透出暮往朝來、時移節替之意。於是而秋去冬來，於是而冬殘春至，則千年春日之時，於此山前當可見岸鎖舟船，處處有畫旗之招展，時時聞賽鼓之喧嘩。然則此何事也？據《紹興府志．祠祀志》載：「禹廟之建，起於無餘祀禹之日。《吳越春秋》：『無餘從民所居。春秋祀禹於會稽。』……宋（太祖）建隆二年，詔先代帝王陵寢令所屬州縣遣近戶守視，其陵墓有墮毀者亦加修葺。（太祖）乾德四年，詔吳越立禹廟於會稽，置守陵五戶，長吏春秋奉祀。（高宗）紹興元年，詔祀禹於越州。（光宗）紹熙三年十月，修大禹陵廟。」又《大清一統志·紹興府志·大禹廟》載：「宋元以來，皆祀禹於此。」然則此詞之「畫旗」、「賽鼓」，必當指祀禹之祭神賽會也。蓋我國舊稱祭神之會曰賽會，而於賽會中多有擊鼓雜戲之表演，故曰「畫旗喧賽鼓」。「畫旗」，當指舟船儀仗之盛；「喧」字，當指「賽鼓」之喧嘩。然而夢窗乃將原屬於「鼓」字之動詞「喧」字置於「畫旗」二字之下，作「畫旗」與「賽鼓」中間一聯繫結合之字面，則畫旗招展於喧嘩之賽鼓聲中，乃彌增其盛美之感，旗之色與鼓之聲遂結合而為一矣。

而至於必曰「岸鎖春船」者，雖然據《大清一統志》所載，歷代之祀禹多有春、秋二次之祠祀，然而一則可能今歲秋祠之期已過，則繼之而來者自當為明歲之春祠，故曰「春船」。此最淺拙之解釋也。而且根據嘉泰《會稽志》卷十三《節序》條記載云：「三月五日，俗傳禹生之日，禹廟遊人最盛。無貧富貴賤傾城俱出，士民皆乘畫舫，丹堊鮮明，酒樽食具甚盛，賓主列坐，前設歌舞。小民尤相矜尚，雖非富饒，亦終歲儲蓄以為下湖之行。」（原註：下湖，蓋鄉語也）是則年年春日禹廟前歌舞賽會之盛，猶可想見。此正所以上一句「岸鎖春船」之必着一「春」字也。再則，此詞通首以秋日為主，其情調全屬於寥落淒涼之感，曰「殘鴉」，曰「秋樹」，曰「寂寥」，曰「霜紅」，今於結尾之處突然着一「春」字，而且以「旗」「鼓」之美盛喧嘩，為全篇寥落淒涼之反襯，餘波蕩漾，用筆悠閒，一若果然可以春日之美盛移代而忘懷此秋日之淒涼者。然而細味詞意，則前所云「霧朝煙暮」句，已有無限節序推移之意，則春日之美盛豈不仍復有歸於秋日淒涼之時，則此處之一「春」字，夢窗固於其中隱有無限盛衰更迭之感也。聊且更有言者，則今年於「秋樹」「霜紅」之時，夢窗固曾來此登臨憑弔，然而明年春日之時，縱有旗鼓之盛，而此日登臨之夢窗乃或者竟不知何往矣。故而蕩開筆墨，遙遙着一「春」字，無限哀戚盡寄託於遙想之中，則年去歲來，春秋代序，此盛衰今古之悲乃層出而不窮，因之夢窗之所慨乃亦不限於此一日之登臨而已矣。夫禹王不作，往跡難尋，而人世之陵夷遷替，乃正復如春秋節序之無常。此二句出語極閒遠，一若悠然有忘愁之意，然而含義則極深切，足以包籠歷史與人事種種之盛衰成敗於其中。昔周濟《介存齋論詞雜著》稱夢窗詞云：「意思甚感慨，而寄情閒散，使人不易測其中之所有。」觀夫此詞之結尾二句，其信然矣。

說王沂孫詞一首

天香 龍涎香

孤嶠蟠煙，層濤蜕月，驪宮夜採鉛水。汛遠槎風，夢深薇露，化作斷魂心字。紅瓷候火，還乍識、冰環玉指。一縷縈簾翠影，依稀海天雲氣。

幾回殢嬌半醉。剪春燈、夜寒花碎。更好故溪飛雪，小窗深閉。荀令如今頓老，總忘卻、樽前舊風味。謾惜餘薰，空篝素被。

這是王沂孫的一首極為著名的詞，收錄在他的詞集《花外集》中，編錄為第一首。所詠的是「龍涎香」，當然是一首詠物的詞。關於詠物詞之發展，此處不暇詳論。不過王沂孫寫作這一首詠物詞的歷史背景，卻與我們評賞這一首詞有很密切的關係，因此我們在評賞此詞之前，不得不先對其寫作背景略加介紹。王沂孫大約生於南宋理宗之世（據夏承燾《唐宋詞人年譜》），正史無傳，其所賴以傳世者，不過僅有六十餘首小詞而已。當南宋滅亡時，王沂孫大約只有三十多歲，而他的故鄉會稽又距離南宋之都城臨安很近，所以王沂孫實在是一個曾經身歷亡國之痛的南宋的末代詞人。而在南宋滅亡後，元朝初年有一個總管江南浮屠的胡僧名楊璉真伽者，曾經盜發在會稽的南宋諸帝后之陵墓。據云當時理宗之屍，啟棺如生，或謂含珠有夜明者，發墓者遂倒懸其屍樹間，瀝取水銀，如此三日夜，竟失其首。其餘慘狀不及備述，而遺骨則委棄於草莽之間。有義士名唐珏者，聞而悲憤，遂與友人林德暘邀集里中少年，收諸帝后遺骸共葬之（可參看陶宗儀《輟耕錄》之《發宋陵寢》一則及周密《癸辛雜識》中《楊髡發陵》一則之記述）。其後唐珏與王沂孫以及其他一些詞人，如周密、張炎、陳恕可、仇遠等共十四人，曾經結社填詞，分詠「龍涎香」「白蓮」「蓴」「蟬」「蟹」等五題，藉詠物之詞以寄託遺民亡國之痛，結集為《樂府補題》，共收錄了三十七首詞。王沂孫的這首詞被編錄為《樂府補題》中的第一首，也足見他這首詞之受人推重之一斑了。其後清代的端木埰曾經對於此詞之託意作過一些猜測的解說（見王鵬運四印齋所刻《花外集》附錄）。不過端木埰之說，有時不免過於穿鑿比附，並不可盡信。而近世一些編撰詞選及古代文學史的人，則又常指其為晦澀難解。我們現在將先就其藝術特色略加介紹，再從其藝術效果所予人的感發聯想，對其所喻託的故國之思略加闡述。至於對王沂孫詞整體的評價，則我以前曾寫過《碧山詞析論》一文，已收入《迦陵論詞叢稿》之中，讀者可以參看，就不在此贅述了。

這首詞之所以使一般讀者覺得晦澀難解，第一是因為我們對龍涎香的產地、性質、製造和焚爇的過程通常都一無所知，第二是因為碧山對這種名貴的龍涎香又有着他自己銳敏而且獨特的感受和想像，因而使人覺得對於詞中的一些意象和修辭難以理解。現在就讓我們對龍涎香先作一個簡單的介紹。據《嶺南雜記》的記載云：「龍涎於香品中最貴重，出大食國西海之中，上有雲氣罩護，則下有龍蟠洋中大石，臥而吐涎，漂浮水面，為太陽所爍，凝結而堅，輕若浮石，用以和眾香，焚之，能聚香煙，縷縷不散。」又云：「鮫人採之，以為至寶，新者色白……入香焚之，則翠煙浮空，結而不散。」其實所謂龍涎香者，蓋為海洋中抹香鯨之腸內分泌物，並非龍吐涎之所化。據《辭海》所載，抹香鯨為海上鯨魚之一種，有長達五六丈者，鼻孔位於頭上，常露出水面噴水，大概這就是其所以被人想像為龍，而且傳說其上常有雲氣罩護的緣故。碧山此詞開端三句「孤嶠蟠煙，層濤蛻月，驪宮夜採鉛水」，便是敍寫詩人對於龍涎所產之情景的想像。「孤嶠」實在指的就是傳說中龍所蟠伏的海洋中大塊的礁石，而曰「孤」、曰「嶠」，便立刻使讀者對其所寫之地增加了無數孤絕而奇幻的想像。至於「蟠煙」二字所寫的蟠繞的雲煙，當然指的就是傳說中之所謂「上有霧氣罩護」，而碧山在「煙」字上用一「蟠」字，便使人又覺得「孤嶠」上的雲煙不僅是在其上縈浮罩護而已，更可以由「蟠」字的「蟲」字邊而想到龍蛇之類的「蟠」伏。短短的四個字，碧山已寫出了他對於龍涎之產地，也就是蟠龍所居之海嶠的無窮奇妙的想像。次句「層濤蛻月」，則是寫鮫人至海上採取龍涎時之夜景。碧山又用了一個「蛻」字，也有着「蟲」字邊，同樣可使人聯想到龍蛇之類的動物，蓋月光在層濤中的閃動，正如同自層層波浪的蛻退中吐湧而出，而層層波浪之蛻退，又正似龍蛇之類鱗甲的蛻退。此一「蛻」字，初看起來雖似覺頗為生澀，其實既緊扣住了題目中的「龍涎」所引起的對於「龍」之聯想，也真切地寫出了層濤浮動的海上月光閃動的情景，是用得極奇妙而又極為恰當真切的一個字。而且此一「蛻」字，正好與上一句的「蟠」字遙遙相對，在文法上造成了極工整的一聯偶句，同樣強烈地暗示着對於神話中所傳說的「龍」之想像。直到下面的一個單句「驪宮夜採鉛水」，碧山才加以較為敘述性的說明。「驪」字蓋指驪龍而言，「驪宮」謂驪龍所居之地，遙應首句「蟠煙」的「孤嶠」。「夜」字指鮫人採取龍涎之時間，遙應次句的「層濤蛻月」之夜色。然後繼之以「採鉛水」，才正式點明採取龍涎之事。而且用「鉛水」以代龍涎，為讀者提供了極為多義的暗示：其一，龍涎原非純水，而是含有可以凝結為浮石之物質的一種液體，故曰「鉛水」；其二，「鉛」字又可使人聯想到「丹鉛」、「鉛粉」等物，既可暗示其白色，又可暗示其香氣，且暗藏神話中採煉鉛丹之想；其三，唐代詩人李賀之《金銅仙人辭漢歌》，曾有「憶君清淚如鉛水」之句，李詩原藉漢宮中金人承露盤被魏人移去之事寓寫盛衰興亡之感，碧山用於此句中，則既可暗示龍涎被鮫人採去永離其舊所依附之「驪宮」，也可暗寓碧山對故國之懷念。像這種豐富的聯想和暗示，正是碧山詞的一大特色。至於就章法結構而言，則從首句「孤嶠」之寫地，次句「蛻月」之寫夜，至此句「採鉛水」之寫事，為一大頓挫。

龍涎既已被採離「驪宮」，於是次一句之「汛遠槎風」便寫其相去之已遠。「汛」字為潮汛之意；「槎」字則用張華《博物志》「有人居海上，年年八月見浮槎去來不失期」的故事，暗指鮫人乘槎至海上採取龍涎，隨風趁潮而遠去，於是此被採之龍涎遂永離故居不復得返矣。繼之以「夢深薇露」，則是接寫此龍涎被採去以後之遭遇。「薇露」蓋指薔薇水而言。據宋代陳敬所撰之《香譜》所載，於《薔薇水》

一則下云：「大食國花露也……以之灑衣，衣敝而香不滅。」而且薔薇水又正為製造龍涎香時所需要的一種重要香料，也就是前引《嶺南雜記》中所云「用以和眾香」中之一種，據《香譜》云製龍涎香時須取龍涎與薔薇水共同研和。然則此遠離故土之龍涎當其在「薇露」之香氣中共同研碾之時，對其過去之一切自當有無限之懷思，對其未來之一切亦當有無窮之夢想，故曰「夢深薇露」也。碧山既將龍涎視為如此有情之物，於是此有情之龍涎遂於經過一番研碾之後化而為「斷魂」之「心字」矣。「心字」原來正是一種篆香的形狀，明楊慎《詞品》即曾載云：「所謂心字香者，以香末縈篆成心字也。」南宋的另一位詞人蔣捷，在其《一剪梅》詞中，即曾有「心字香燒」之語。南宋的名詩人楊萬里在《謝鬍子遠郎中惠蒲太韶墨報以龍涎香》一詩中也曾有「遂以龍涎心字香，為君興雲繞明窗」之句，可見「心字」原為龍涎香被製成之後所可能實有之形狀，只是碧山在「心字」前又加了「斷魂」二字，則此「心字」便不僅是寫實而已，且更象喻着有情之龍涎化為「心字」之形狀以後的淒斷的心魂了。自「汛遠槎風」之遙遠的追憶，經過「夢深薇露」之磨碾的相思，到「化作」「心字」的淒斷的心魂，碧山又以其豐富的想像、深銳的感受，在同樣的兩個偶句、一個單句的形式中，表現了情意方面的又一段章法的頓挫。

以下「紅瓷候火，還乍識、冰環玉指。一縷縈簾翠影，依稀海天雲氣」，則寫龍涎被焙製成的各種形狀和被焚爇時的情景。據《香譜》所載，龍涎香之製，須用「慢火焙，稍乾帶潤，入瓷盒窨」。「紅瓷」當即指存放龍涎香之紅色的瓷盒。「候火」則當指焙製時所需等候的適當之慢火。至於「冰環玉指」則當指龍涎香製成之形狀，即《香譜》所載「造作花子佩香及香環之類」。當時與碧山同賦龍涎香的詞人，如周密即曾有「寶玦佩環爭巧」之句，唐藝孫亦有「金猊旋翻纖指」之句，其所謂「佩環」「纖指」便都是指被製成之龍涎香的各種形狀。只不過周密和唐藝孫所寫的都只是毫無感情的物之形狀，雖極精巧卻並不能使人動情。而碧山卻把「冰環」與「玉指」連言，則恍如寫女子之纖手玉環，遂使讀者頓生無數多情之想像。何況前面還有着「乍識」二字，彷彿真有着初睹佳人之驚喜，層層幻出，極意以有情的筆法寫出了龍涎香之珍貴難得及其形狀之精美，而且由「乍識」二字引出了與龍涎香相對之人，為後半闋之寫人事也預先埋下了伏筆。這是碧山又一個章法的安排。於是繼之以「一縷縈簾翠影，依稀海天雲氣」，才歸結到龍涎香之開始被焚爇。這兩句不僅真切地寫出了龍涎香被焚時「翠煙浮空，結而不散」的實在的情景，而且更在簾前一縷翠影的縈迴中，暗示了多少雖然經過磨碾焚燒而依然難以銷毀的繾綣的相思，更在海天雲氣的依稀想像中，暗示了多少對當年海上的「孤嶠蟠煙」的懷念。於是就在這一縷香煙的縈迴縹緲中，碧山把對於龍涎香的敍寫，從採取、製造到焚爇，作了一個總結的大停頓。

下半闋從「幾回殢嬌半醉」到「小窗深閉」，碧山則蕩開筆墨，不再作對於龍涎香本身的敍寫，而開始回憶起當年在焚香之背景中的一些可懷念的情事來。曰「幾回」，便已是懷想之辭，謂當年曾有「幾回」也。「殢嬌半醉」的「殢」字原為慵倦之意，此句寫半醉時的嬌慵之態，從敍寫之口吻來看，自當為男子眼中所見女子之情態，然而碧山卻只以客觀之筆墨敍寫所見之人，而並未及於男女感情之一字，因為碧山此詞的主題，原在寫「香」而並非寫「人」，與其說焚香為當時人事之背景，毋寧說人事為焚香時情景之襯托。繼之以下一句的「剪春燈、夜寒花碎」，仍以客觀之筆接寫女子之動作。質言之，原不過寫一女子之剪燈花而已，然而「燈」則曰「春」，「花」則曰「碎」，便顯出了無限嬌柔旖旎之情調，襯以中間的「夜寒」二字，則以窗外之寒冷反襯窗內之溫馨。故繼之乃云「更好故溪飛雪，小窗深閉」，便正是寫在窗外的嚴寒飛雪的反襯下，才更顯得在「深閉」的「小窗」中「殢嬌半醉」之人的「剪春燈」之情事之為「更好」也。曰「故溪」，可見此原為當日故園家居時所經常享有之情事，又遙遙與前面的「幾回」相呼應。不過，碧山之所謂「更好」者，實在並不僅是在窗內剪燈之溫馨的情事而已；他所謂「更好」者，實在乃是焚香在「小窗深閉」之中方為「更好」也。因為龍涎香之所以可貴，原在其有着一種「翠煙浮空，結而不散」的特質，《香譜》中載龍涎香的焚爇，即曾云當在「密室無風處」。可見此一段表面雖是寫人事，而句句意中卻都有龍涎香在，於是龍涎香遂在碧山筆下與往昔可懷戀之生活整個融為一體。作者此種用心，讀者固不可不察，而在章法上，此一節之鋪敍亦自為一大段落。

其後繼之以「荀令如今頓老，總忘卻、樽前舊風味」二句，則是一段突然的反接，把前面所着意描寫的焚香、剪燈等溫馨旖旎的情事，驀然一筆掃空，有無限悲歡今昔之感在於言外。「荀令」指的是三國時代曾做過尚書令的荀彧，據習鑿齒《襄陽記》所載云：「荀令君至人家坐幕，三日香氣不歇。」李商隱詩也曾有「荀令香爐可待薰」（《牡丹》）及「橋南荀令過，十里送衣香」（《韓翃舍人即事》）之句，可見「荀令」原以喜愛熏香著名。今碧山詞云「荀令如今頓老，總忘卻、樽前舊風味」，正謂如今之荀令已經老去，無復當年愛熏香之風情況味矣。「老」字前着一「頓」字，便寫得光陰之消逝、年華之老去恍如石火、電光之疾速。又着以「樽前」二字，則正與前面之「殢嬌半醉」相呼應，可見其溫馨如彼之往事，固久已長逝無回，甚至在記憶中也難於追憶了，故曰「總忘卻」也。然而從前面的敍寫看來，則往事分明仍在心目，又如何便能遽爾「忘卻」，可知此「總忘卻」三字中，固有無窮之哀感在也。故繼之以「謾惜餘薰，空篝素被」八個字，寫出了無限往事雖空而舊情難已的悲慨。「篝」字指的是熏香用的熏籠，古人往往焚香於籠中，而置衣被等物於其上熏之。如今既已不復有熏香之事，是「篝」內已「空」矣，而猶張「素被」於其上，明知其無益而仍復之者，則正因為對當日所殘留的一縷香氣之難以忘懷也。然而此「餘薰」雖然尚在，而往事則畢竟難回，故曰「謾惜餘薰」也。「謾」字通「漫」，徒然無益之意；「惜」者，愛戀而珍惜之也。碧山此詞，於結尾之處，對於一種難以挽回的長逝的悲哀，寫得低回婉轉、悵惘無窮，所寫的主題雖然只是無生命、無感情的龍涎香，而且借用了許多典故來作為鋪陳的資料，可是透過作者的感覺和想像以及組織和安排，卻使「人」與「物」交感相生，把所詠之「物」生動地化為了有情。這種表現的技巧，是極為值得重視的。

以上我們對於這首詞的「詠物」的一方面已作了詳細的討論，其次我們所要討論的當然就是其中「託意」的問題了。我以前在《常州詞派比興寄託之說的新檢討》

一文中，曾經提出過：「即使是對於確有寄託的詞，如果在解說時採取字比句附妄加指實的態度，也是難以使人完全信服的。」所以我對於碧山這首詞，就也絕不願像過去說詩一樣逐句去猜測。不過，從我們在前面所討論過的碧山之時代、身世以及《樂府補題》中一些詠物詞的寫作背景來看，這首詞之有寄託之意，又確實是極有可能的。因此，我們所能做的，實在只該是就當時碧山之遭際來設想：當他在寫這首詞時，所可能引起的究竟是些怎樣的情意呢？首先從題目的「龍涎香」來看，這種香料既相傳為龍口中所吐之涎，其所可能引起的第一個聯想，實在就是當時理宗之屍被掘出後曾經為盜墓者倒懸於樹間以瀝取水銀之事。因此，碧山詞中的「驪宮夜採鉛水」一句，除了表面所寫的鮫人至龍宮中採取龍涎之事，也可能有着理宗被人瀝取水銀並採取其口中含珠之聯想，因為《莊子》中既早有「探驪得珠」之說，而且以龍來象喻帝王也原為中國古老之傳統。不過，這種提示也只是說碧山當日或者可能有此一聯想而已，讀者卻絕不可也絕不必依此一聯想而去作逐句的推尋。再則，據夏承燾《樂府補題考》之考證，南宋諸陵之被掘，蓋在元世祖之至元十五年，當時陸秀夫正擁立帝昺於海上之厓山，次年便負帝蹈海而死。《補題》諸詞當亦作於發陵之次年，因此，碧山此詞中「孤嶠」「槎風」「海天雲氣」等敍寫，未始不可能暗中寓寫了作者對厓山覆亡的一份懷思哀悼之情。至於此詞後半闋所寫的「殢嬌半醉」等生活情事，表面上自然只是寫作者自己對往事的追懷，然而這種今昔悲歡之慨，卻也未始不可以有自個人而推及國事之更廣的聯想。據史書所載，南宋直到覆亡之前不久，朝廷上下還耽溺在苟且的宴安享樂之中，因此，碧山在這首詞中對往事的追懷，便也正反映了當時一般士大夫之習於宴安的生活情態。而此詞最後在結尾時所表現的哀思悵惘，當然也是亡國後士大夫的嘆息呻吟，徒有「謾惜」之情，而無奈「篝」之已「空」，往事也終於如被焚盡的香煙一樣飄逝而不返了。

齊天樂　蟬

一襟餘恨宮魂斷，年年翠陰庭樹。乍咽涼柯，還移暗葉，重把離愁深訴。西窗過雨。怪瑤佩流空，玉箏調柱。鏡暗妝殘，為誰嬌鬢尚如許？　銅仙鉛淚似洗，嘆移盤去遠，難貯零露。病翼驚秋，枯形閱世，消得斜陽幾度？餘音更苦。甚獨抱清高，頓成淒楚？謾想薰風，柳絲千萬縷。

這首詞在《樂府補題》中，於詞調之下有一段短短的題序云：「餘閒書院擬賦蟬。」「餘閒書院」當然還是諸詞人集會之所。至於此書院之主人，則夏承燾在《樂府補題考》中，以為乃王英孫。英孫為南宋少保王克謙之子，義士唐珏等皆其館客，收葬六陵遺骸之事，出資主其事者實即王英孫。夏氏的考證似頗為可信。當時碧山在集會中所賦同題同調的詞實在共有兩首。不過在編輯的次第上，卻並未被編列在一起。從詞的內容來看，此兩首詞用辭和用意都有相近之處，似乎是同一題目的重賦，而二者並無相連貫的關係。這一首詞的辭句在《花外集》中與在《樂府補題》中也微有不同。從這些跡象來看，碧山在寫作此詞時，似乎曾對之屢加修訂，該是他一首極為精心結撰的作品。我們所抄錄的是《四部備要》據四印齋本校刊的《花外集》的版本，是一般選本中最常見的版本。為了節省篇幅，我們不擬作詳細的版本考訂的工作，其有必須加以說明者，則將於以後分析此詞時再予註明。現在就讓我們先對於這首詞來略作欣賞和解說的分析。

此詞之開端與前所舉之《天香》一詞微有不同，《天香》一詞之「孤嶠蟠煙」先從與龍涎香有關之想像寫起，此詞之「一襟餘恨宮魂斷」則先從與蟬有關之典故寫起。據《古今注》載云：「牛亨問曰：『蟬名齊女者何？』答曰：『齊王后忿而死，屍變為蟬，登庭樹嘒唳而鳴，王悔恨，故世名蟬曰齊女也。』」李商隱《韓翃舍人即事》詩即曾有「鳥應悲蜀帝，蟬是怨齊王」之句。可見此一則故實所予人的感受，原是表現人生之憾恨，其深切綿長有化為異物而依然難已者在，故曰「一襟餘恨」也。「宮魂」，當然指的就是齊王后之魂。着一「斷」字，既有悲哀使人斷魂之意，也暗示了齊王后之魂魄在化為蟬的一段過程中的淒斷飄零。繼之以「年年翠陰庭樹」，則是接寫其化而為蟬以後之生活情事。從表面看來，此斷魂所化之蟬，既年年得在庭樹之翠陰中棲息，原該是一件可以欣慰的事。然而李商隱《蟬》詩即曾有「五更疏欲斷，一樹碧無情」之句，蓋庭樹無知，對於哀蟬之遺恨，固不能為任何之慰解也，因此無邊之翠陰遂盡化而為無邊之寂寞矣。於是下二句乃接寫此哀蟬在寂寞無情之翠陰中呻吟和掙扎，或者「乍咽涼柯」，在寒冷的高枝上嗚咽，或者「還移暗葉」，移身向濃暗的枝葉下深藏。而無論其在涼柯之上或暗葉之中，總之餘恨難已。追懷往事，空有離愁，故繼之以「重把離愁深訴」也。曰「深訴」，曰「重把」，總之是極寫其「離愁」之深切而且無有盡時。而「訴」字則也正是喻指着蟬的「嘒唳而鳴」。把蟬的生態和齊王后斷魂的長恨，透過了想像和修辭作了完美的結合，這正是碧山的特長。而從開端到此句，自前生之餘恨直寫到今日之愁訴，是此詞之第一個大段落。

下面「西窗過雨」一句，由大自然中一個小小的變化，引出了窗內之人對窗外之蟬的相對的想像。「過雨」之事，就蟬而言，自然是其生活中的一個打擊和變故，而碧山則並不直接寫此哀蟬在經過此一變故後的驚恐，卻要藉着窗內之人的感覺來暗示蟬之被驚起，故曰：「怪瑤佩流空，玉箏調柱。」「瑤佩」和「玉箏」都是暗寫蟬被驚起時振翅飛去的聲音。「柱」指箏上的弦柱，「調柱」正謂蟬飛去之聲如女子之調弄弦柱，「流空」則謂蟬翼相觸摩之音正如女子佩玉之相敲擊的聲音自空中流過也。着一「怪」字則表示窗內之人在聽到此種聲音後之驚怪。而此種聲音既被人想像為女子之「瑤佩」「玉箏」矣，故下文乃繼之以「鏡暗妝殘」，把蟬完全想像成了一個哀傷憔悴的女子。古人有「女為悅己者容」之說，如今則妝鏡已因生塵而暗，人亦不復再妝飾為容，則女子之憔悴無歡可知。而下面碧山卻突作反筆，接寫了一句「為誰嬌鬢尚如許」，在章法上表現了一個極大的轉折和回蕩。蓋此一女子雖然悲傷憔悴無意於容飾，而其頭上之鬢髮則有無待容飾而自然嬌美者在，蓋極寫此女子麗質天成之難以棄毀。然而嬌鬢雖美而賞愛無人，故以「為誰」二字問之。自前句之「妝殘」承以此句之「嬌鬢」是一種反跌，以問句出之，益增其蕩漾回旋之致。碧山之以「嬌鬢」寫此女子之美，一方面當然是承接着前面的「瑤佩」「玉箏」二句對女子之想像而來，而另一方面則其中實在更含有一則與蟬有關的典故。原來《古今注》曾載云「魏文帝宮人……有莫瓊樹，乃製蟬鬢，縹緲如蟬」，原謂女子之一種髮型如蟬翼的樣子，於是後世遂有人以「玄鬢」為蟬之象喻，如駱賓王《在獄詠蟬》一詩，即曾有「那堪玄鬢影，來對白頭吟」之句，便是以「玄鬢」來喻指蟬的。碧山此句明明是用此一故實，然而卻與前面對女子之聯想完全打成一片，不着一點牽強之跡。而且「玄鬢」之典出於魏文帝之宮人，又正與開端齊王后屍化為蟬的傳說互相呼應，正所謂「隸事處以意貫串，渾化無痕」者也。於是前半闋對蟬之敍寫，就在這種反折的疑問和慨嘆中作了結束。

下半闋「銅仙鉛淚似洗，嘆移盤去遠，難貯零露」，以典故與想像相結合，為斷魂的蟬又寫出了另一番可哀傷的境界。「銅仙」句用的當然是李賀《金銅仙人辭漢歌》的典故，「銅仙」之「鉛淚似洗」，正因其已被魏之宮官自漢宮之中移去。次句之「盤」即指金銅仙人手中所掌之承露盤，已與「銅仙」同被移去，遠離漢之宮殿，故今漢朝舊宮遺址中，既已無承露之盤，則又如何能貯存天上之零露乎？表面上似全寫此一則故實，好像與所詠之蟬全無干係，而其實碧山之用承露盤的典故，卻原自蟬之相傳以餐風飲露為生之一聯想而來，而又暗中寓託了盛衰興亡之慨。總之，此哀蟬既已無露可飲，則其生命亦已危在旦夕，故繼之乃云「病翼驚秋，枯形閱世，消得斜陽幾度」。蟬翼本薄，而更加一「病」字，又繼之以「驚秋」二字，則此病弱之薄翼，其不能經受秋日之淒寒可知。「形」而曰「枯」，則此蟬已面臨於僵死之地，又繼之以「閱世」二字，「閱」者，歷也，「閱世」正謂經歷人世時序推移盛衰冷暖之巨變，則此瀕於僵死之枯形又何能堪此乎？故繼之以「消得斜陽幾度」。「消」者，禁受之意，謂如此之「病翼」「枯形」，又能禁受得幾度斜陽日落之淒涼景況？蓋極言其時日之無多也。

然而此生雖休而此心難已，故繼之乃云「餘音更苦」。「餘音」者，生命將終前最後之吟喚也，則其悲苦自然更有甚於前半闋所寫的「深訴」的「離愁」，故曰「更苦」。而碧山之所以從「深訴」直寫到「餘音」，還不僅只是因為這一種生命將終之哀感而已，更因為「嘒唳而鳴」原是作為蟬這種生物的生命之特色。而在更苦的餘音之中，將要僵死的蟬遂對自己之一生作了一次最後的回顧，故繼之乃云「甚獨抱清高，頓成淒楚」。在這一句中「清高」的「高」字，有些選本多作「商」字。關於版本的問題，我在前面已曾提到《花外集》與《樂府補題》多有不同之處，如：「翠陰庭樹」，《補題》作「庭宇」；「離愁深訴」，《補題》作「低訴」；「西窗過雨」，《補題》作「西園」；「瑤佩流空」，《補題》作「金錯鳴刀」；「鏡暗妝殘」，《補題》作「鏡掩」；「移盤去遠」，《補題》作「攜盤」。如果以兩種版本相較，則無疑似乎都以《花外集》之版本為勝，如：「庭樹」較「庭宇」更能切指蟬所棲息之地；「深訴」較「低訴」更為強烈有力；「西窗」較「西園」更可強調窗外與窗內的蟬與人之相對的關係；「瑤佩流空」較「金錯鳴刀」更可顯示出蟬飛過時雙翼相觸摩之聲音的柔脆；「鏡暗」之表現鏡面塵遮較「鏡掩」更為自然；「移盤」是就蟬而言，謂其可以飲露之盤已被移去，較「攜盤」之就金銅仙人而言者，更切合詠蟬之主題。凡此種種，其為義之較勝皆屬顯然可見。意者《樂府補題》中所收，蓋當年集會時碧山倉猝之作，《花外集》所收者，則為經過碧山修改後之定本，故後世諸家選本多取《花外集》之本為據。不過其中卻有一個字在諸家選本中多有異文，那就是此句的「清高」，在諸選本中往往被刊作「清商」。初看起來，「清商」似正可與上一句之「餘音」相承接，以描寫其音調之淒清。然而仔細一想，則「清商」實在有許多不妥之處：其一是在談到聲音曲調之時，一般很少用「抱」字作動詞，而此句則云「獨抱」，似非指向外播散之聲音而言者；其二若作「清商」，仍指聲音而言，則緊接着的下句之「淒楚」便也當指聲音之淒楚而言，如此則自「餘音」以下，三句都連着寫音調，便顯得既相重複又相矛盾，所以比較之下似仍以作「清高」為勝。「清高」者，蓋就蟬之生活言，既棲身於樹枝高處，又復餐風飲露，不食人間煙火，則其所象喻之人品，自屬於清高之一型。昔駱賓王《在獄詠蟬》一詩，便曾有「無人信高潔」之句。李商隱的《蟬》詩，也曾有「本以高難飽」及「我亦舉家清」之句，都可以為證。此二句「甚獨抱清高，頓成淒楚」，便正是寫蟬在對往事的追懷中，感慨於自己雖獨抱清高之志節，然而匆遽間乃竟落得如此翼病、形枯之下場，故曰「頓成淒楚」。「頓」字有驟然而意外之感；「楚」字原指荊楚之刑具，引申為苦楚、痛苦之意。前面更着一「甚」字，是疑問之口氣，意謂以「獨抱清高」之志節，何以竟落得「頓成淒楚」之結果。蓋極慨其所遭遇之悲苦，正與前面的「餘音更苦」相承接。寫到這裏，此斷魂所化之蟬固已哀傷至極，可是碧山下面卻忽然承以「謾想薰風，柳絲千萬縷」，驀然撇開眼前之悲苦，轉而回憶起往日的歡欣，是筆法的又一次大轉折，為這一首詞的結尾留下了無窮蕩漾低回之感。「薰風」指自南方吹來的和風，相傳昔日帝舜曾作《南風之歌》，其辭曰「南風之薰兮，可以解吾民之慍兮」，可見薰風之可以令人欣愉。何況隨風起舞的還有着千萬縷飄拂的柳絲，大可以作為蟬的棲身之所，對於蟬而言，那當然正是其生命中一段最美好的日子。而今則年華已逝，往事難尋，只有在餘音的哀苦中，對當日的繁華歡樂作徒然的追想而已，故曰「謾想」也。這種轉折蕩漾的筆法，正為碧山詞之一大特色。與前一首《天香》之結尾的「謾惜餘薰」可相參看。

以上我們既討論了這首詞在詠物方面的一層意義，現在我們便也將要對這首詞中的寄託之意一作分析。關於這首詞的託意，在四印齋所刻的《花外集》後面，附有王鵬運的一篇跋文，曾引端木埰之說云：「『宮魂』字，點出命意。『乍咽』『還移』，慨播遷也。『西窗』三句，傷敵騎暫退，燕安如故。『鏡暗』二句，殘破滿眼，而修容飾貌，側媚依然，衰世臣主全無心肝，千古一轍也。『銅仙』三句，宗器重寶均被遷奪，澤不下究也。『病翼』二句，更是痛哭流涕，大聲疾呼，言海島棲流，斷不能久也。『餘音』三句，遺臣孤憤，哀怨難論也。『謾想』二句，責諸臣到此尚安危利災，視若全盛也。」從這首詞寫作的時代背景，及詞中所用的語彙和典故來看，其有託意，該是可以斷言的。不過像端木埰之一字一句去比附，完全以猜謎的方式來作解說，當然使得讀者對之難以完全信服了。何況據夏承燾的考證，《樂府補題》中所收詠物諸詞，蓋皆作於元世祖至元十五年之後，如此則端木埰所云「敵騎暫退，燕安如故」之猜測，當然就與當時之歷史背景不盡相合。所以端木埰之說，無論就方法或內容而言，可以說都有不可信之處，這也正是其所以被胡適譏諷為「信口開河，白日見鬼」的緣故。可是，如果我們便把這首詞中的託意完全抹殺不提，那當然也不是在評賞這一類詞時所當取的態度。因此，我們便該把其中所可能有的聯想和提示略作說明。首先，「宮魂」二字可能有兩點提示：一則就用字而言，「宮」字可以暗示對朝廷覆亡的哀思；再則就用典而言，齊王后屍化為蟬的傳說，也可使人聯想到南宋諸后妃陵墓經過發掘後屍骨被棄於草野之悲慘。何況在當年掘墓時，還曾經相傳於孟后陵曾得一髻，其上尚有短金釵云云。南宋有名的遺民詩人謝翺，還曾為此賦《古釵嘆》一詩，其中有「白煙淚濕樵叟來，拾得慈獻陵中髻，青長七尺光照地，髮下宛轉金釵二」之句。因此，碧山此詞，便不僅可能有對於后妃陵墓被掘的悲慨，而且其詞中之「為誰嬌鬢尚如許」之句，便也可能有着對於自孟后陵掘出之髮髻的聯想。其次，「銅仙鉛淚」三句，也可能有兩點提示：一則就其用李賀《金銅仙人辭漢歌》之典故而言，當然可能含有一種盛衰興亡的易代之悲；再則就當時之歷史背景言，臨安之淪陷，諸陵之被掘，事實上也的確有很多宗器重寶就曾經被遷奪而去。至於「病翼驚秋，枯形閱世」二句，則對於身經亡國之痛的碧山而言，當然更可能有着一份切身的悲慨。「斜陽幾度」一句，也可以使人聯想到南宋自臨安之陷、帝㬎之被擄，繼之以端宗之歿及帝昺之蹈海的節節敗亡。而「獨抱清高，頓成淒楚」二句，則也可以使人聯想到南宋的一些士大夫，往往自命清高，空談心性，而對於國事之險危則一無補救。一旦覆亡，亦不過但餘淒楚而已。至於結尾的「薰風」兩句，就其所表現之意象，以及有關帝舜之《南風歌》的聯想而言，則當然很可能喻示有作者對於故國承平之日的一份懷戀。

以上所言，只是為了供給讀者一些提示，說明以碧山之時代和身世，就其所用之詞彙、典故以及作品中的意象，所可能引起的一些有關託意的聯想而已。我們的這種解說方式，是完全以詩歌本身所具有之感發的力量為依據的，也就是說就詩歌本身所表現的感發之力而言，已足夠提示給我們，作者在寫作時很可能更懷有一種表面之文字以外的感動，這種感動才是寫寄託之詞的一種基本要素。作者既不是以作謎語的方式去作詞，說者也不可以用猜謎語的方式去說詞，這一點是我們所必須分辨清楚的。而且感發所引起的聯想，原可以有相當之自由，作者在一篇作品中便也可以有多種之託意；而說者所可能做到的，則只是把這種種託意的可能，就作者身世之經歷及作品各方面之表現所可能引起的聯想，提供給讀者作為參考而已。

說陳子龍詞一首

點絳唇 春日風雨有感

滿眼韶華，東風慣是吹紅去。幾番煙霧，只有花難護。　　夢裏相思，故國王孫路。春無主。杜鵑啼處，淚染胭脂雨。

這是陳子龍詞中的具有憂患意識之作。

這首詞的題目乃是「春日風雨有感」。僅以此一標題而言，就已經隱含了一種引人產生喻託之想的潛能。首先是「風雨」一詞在中國詩歌之傳統中早就成為可以引人產生喻託之想的一個語碼。《詩經．鄭風》中有一篇標題為「風雨」的詩篇。《毛傳》以為「風雨」所喻言的乃是「亂世」。而後世的詞人則更常以「風雨」喻言人生中的種種挫傷和苦難。即如蘇軾在其貶居黃州之後所寫的《定風波》（莫聽穿林打葉聲）一首詞中，就曾有「回首向來蕭瑟處，也無風雨也無晴」之句；辛棄疾在南渡以後不能實現其北伐之壯志而遭到挫折打擊時，所寫的《水龍吟》（楚天千里清秋）一首詞中，也曾有「可惜流年，憂愁風雨」之句。這些詞句中的「風雨」所喻託者，固正為作者在生活中所經歷的挫折和苦難。以陳子龍的時代及身世而言，此詞題中的「風雨」之含有喻託之潛能，當然是極為可能的。而更可注意的則是此詞之標題，在「風雨」之上還有「春日」兩字。夫「春日」所代表者自然應是萬紫千紅的美好的季節，而「春日」之「風雨」，自然也就喻示了外在的挫傷打擊對一切美好之事物所造成的破毀和摧殘。但此標題所寫的卻還不只是「春日風雨」，而是在「春日風雨」之環境中作者因「有感」而引發的一種幽微深隱的內心的感發活動，故曰「春日風雨有感」。昔況周頤論詞之創作，就曾提出說：「吾聽風雨，吾覽江山，常覺風雨、江山外有萬不得已者在，此萬不得已者，即詞心也。」夫「詞心」曰「萬不得已」，則此詞心之為真誠深摯更復要眇幽微，自可想見。此詞既是「風雨」「有感」，與況氏所謂「風雨、江山外有萬不得已者」固正有暗合之處。而況氏對此難以言說之「詞心」，還曾更加以引申說明，謂：「吾蒼茫獨立於寂寞無人之區，忽有匪夷所思之一念，自沉冥杳靄中來。吾於是乎有詞。洎吾詞成，則於頃者之一念若相屬若不相屬也。而此一念方綿邈引演於吾詞之外，而吾詞不能殫陳，斯為不盡之妙。」（《蕙風詞話》卷五）而陳子龍的這一首《點絳唇》詞，可以說就恰好是表現了這一種「綿邈引演」的「不盡之妙」的作品。

先看這首詞開端的「滿眼韶華，東風慣是吹紅去」兩句，如我在《迦陵隨筆》中論及「感發之作用」、「感發之聯想」和「感發之本質」幾篇文稿中之所討論，一首詞中所傳達的感發之力量的大小強弱，原來都當以其文本中所蘊涵的感發之潛能為依據。而形成此潛能的因素則在於其文本中的具有微妙之作用的一些字質語法等的顯微結構。即以此《點絳唇》詞的開端兩句而言，其首句「滿眼韶華」之所指者，固當為眼前春日之景物的萬紫千紅。也許有人會以為詩歌中的形象要以鮮明具體為好，然而陳氏此句「滿眼韶華」的概括的敍述，卻實在傳達出了「萬紫千紅」之鮮明具體的敍寫所不能傳達出來的更豐富的潛能。因為具體的形象雖有鮮明真切的好處，但往往也有了約束和局限。「萬紫千紅」所指者只能是春日的花朵，而「滿眼韶華」則可以包舉天地間之鳥啼、花放、雲行、水流等一切春日的美好景物和形象。而且「滿眼」的「滿」字既可以給讀者一種豐富的包舉之感，「眼」字又可以給讀者一種如在目前的真切之感。因此，這一句雖是極抽象的概念的敍寫，卻充滿了飽滿的精力，寫出了春日韶華之盛美。但下句的「東風慣是吹紅去」則在與上句的承接之中表現出一個有力的反跌，直恍如禪家的當頭棒喝，不僅把上一句的「滿眼韶華」一筆掃空，而且更表現得如此悲哀無奈。曰「東風」，正與題目中的「春日風雨」之「風」相應合，象喻了春日中的一份摧傷打擊的力量；曰「慣是」，則顯示出此挫傷打擊之不斷地發生。又繼之以「吹紅去」三個字，「吹」字寫摧傷之力的來到，「紅」字為被摧的韶華之美好，「去」字寫韶華之終於斷盡難留。短短的三個字，充份寫出了一切美好事物終被摧殘殆盡之無可遁逃。只此開端兩句，實已喻現了一幅充塞於天地之悲劇的場景，而下面的「幾番煙霧，只有花難護」兩句，則是對前三句的推演和承應。曰「幾番」，乃用以呼應前句的「慣是」，進一步寫外來的摧傷打擊之不斷發生、無可遁逃，只不過前句的「東風」是一種單純的摧傷的力量，而此一句的「煙霧」則其情致乃更為哀婉淒迷，所表現的已不只是單純的摧傷，而是在霧朝雨暮中的不斷的銷蝕和承受。至於「只有花難護」一句，則是對前一句「吹紅去」的承應，此句之「花」，自然就是上一句的「紅」。只不過上句的「吹紅去」所寫的還僅只是美好之事物被摧毀的一個現象而已；而這一句的「只有花難護」所寫的則已是詞人對此一現象的深切哀悼，曰「只有」，曰「難護」，其充滿悲苦的痛惜而無可奈何的一片情意，實在寫得極為深切哀婉。

如果只從表面情意來看，此詞上半闋四句所敍寫者，原只是在春日中風雨摧花的一種大自然的現象，以及詩人對此自然界現象所產生的一種哀感之情而已；然而卻由於此開端的「滿眼韶華」之概念的包舉，「慣是」和「幾番」的口吻之重複，以及「吹紅去」三個字以重點所表現的悲劇感，遂使得這一首小詞隱然有了可以引生言外之聯想的豐富潛能。如果就陳氏之生平及其時代言之，則陳氏與柳如是的一場愛情悲劇，以及陳氏所身歷的家國憂患，當然都可能是使其形成此種感發之潛能的一些重要因素，所以此詞前半闋之所寫，實可以同時兼含其兒女之情與憂患之思，只不過因其下半闋有「故國」字樣，我遂將此詞歸入了家國憂患之思的作品。其實，這首詞除去「故國王孫路」一句表現了較明顯的家國之思外，其他各句同時也兼含有兩種悲慨的潛能。即如「夢裏相思」一句，其所指者就可以既是「故國重歸」的「夢裏相思」，也可以同時又是「幾回魂夢與君同」的「夢裏相思」。總之，無論其為家國之思或兒女之情，「夢裏相思」所表現的都是一種魂夢牽縈的深摯懷念。只有下面的「故國王孫路」一句，才較明白地點明了家國的悲慨。

而這一句的妙處，實乃在於最後一個「路」字。蓋以「故國王孫」四個字較為明白易解，杜甫在安史之亂長安淪陷玄宗出奔以後，就曾寫有標題為「哀王孫」的一首詩，表現了對故國亂亡首都淪陷之際皇室王孫流離失所的悲慨，而明末敗亡之情況正有類於此，故曰「故國王孫」。至於「路」字之妙，則使人聯想到《楚辭・招隱士》一篇中的「春草生兮萋萋，王孫遊兮不歸」，而其所謂「春草生」的處所，自應就是王孫遠遊而不歸的天涯路。現在陳子龍乃以一「路」字直承於「故國王孫」之下，於是遂產生了多重的聯想作用：一則可以從「路」字聯想到王孫的不歸，於是遂更加深了對於家國敗亡後的懷思和悲慨；再則又可以因「路」字而聯想到「春草萋萋」，而由此回應到題目中的「春日風雨」，而使之增加了一種「清明時節雨紛紛，路上行人欲斷魂」的淒怨迷離之致。

凡此種種，自然都是詩人在「春日風雨」中，「吾聽風雨，吾覽江山」後所引發的一種「萬不得已」的詞心。而結之曰：「春無主。杜鵑啼處，淚染胭脂雨。」「春無主」三個字寫得真是有無窮的幽怨。夫「滿眼韶華」既然已都被東風吹盡，而「相思」「故國」又已經歸去無從，春去難留，問天不語，則此春光之長逝，乃更有何人為主？故曰「春無主」，短短三個字寫出了心斷望絕以後而又無可奈何的一片深情。更繼之以「杜鵑啼處，淚染胭脂雨」，夫「杜鵑」之為物亦可以使人有多重之聯想：一則杜鵑之啼聲，相傳其音有如「不如歸去」之說，如此則可以與前面的「王孫路」相承應，表現已經歸去無路以後而依然想要歸去的一份刻骨的相思；再則杜鵑鳥之啼，可以代表春光之消逝，如此則可以與前面的「滿眼韶華，東風慣是吹紅去」相承應，表現有一份韶華不返、落紅難護的深悲；三則在中國文學傳統中更相傳有蜀望帝死後其魂魄化為杜鵑的傳說，如此則可以與「故國」相承應，表現有對故國君主的一片悼念和懷思。而在此多層次的悲懷悼念之中，最後以「淚染胭脂雨」五字的痛哭之淚作了全篇整體的結束，不僅筆力沉着深摯，而且字字都與通篇的敍寫有着呼應和承接。「淚」字和「雨」字都與這首詞題目中的「風雨」之「雨」字相呼應，蓋以此詞之標題原是「春日風雨有感」，上半闋的「東風」一句，有「風」而無「雨」，所以特在結尾之處明白點出「雨」字，此其呼應之一。再則「胭脂」兩字則與此詞上半闋之「吹紅去」和「花難護」兩句相呼應。曰「紅」，曰「花」，曰「胭脂」，遂使春日風雨中之花朵一化而為憂患苦難中之人事，花上的雨滴也就是人間的淚點，其潛能之豐富，象喻之深廣，而且層層呼應，把一片傷痛之情寫得如此纏綿往復，百轉千回。這真是一首可以作為陳子龍令詞中之既具有憂患意識且蘊涵有豐富之潛能的代表作的好詞。

踏莎行 寄書

無限心苗，鸞箋半截。寫成親襯胸前折。臨行檢點淚痕多，重題小字三聲咽。兩地魂銷，一分難說。也須暗裏思清切。歸來認取斷腸人，開緘應見紅文滅。

這是陳子龍詞中純寫柔情的本事之作。

據陳寅恪《柳如是別傳》考證，此詞蓋為陳子龍與柳如是的酬和之作。柳氏有同調同題詞一首云：「花痕月片，愁頭恨尾。臨書已是無多淚。寫成忽被巧風吹，巧風吹碎人兒意。 半簾燈焰，還如夢裏。銷魂照個人來矣。開時須索十分思，緣他小夢難尋你。」（此據大東書局一九三二年影印董氏誦芬室《眾香詞》引錄。《別傳》以為「你」字為「味」字之訛寫）從這兩首詞之牌調與題目之相同，及「開時須索十分思」與「開緘應見紅文滅」等辭意相近來看，《別傳》以為當為陳、柳兩人酬和之作，此說當屬可信。

此一類詞，私意以為可歸屬於以寫現實中具體的愛情與美女為主的作品。此一類作品雖然在喚起讀者之感發與聯想的潛能方面似有所不足，然而卻不僅仍具有屬於詞所特有的一種纖柔婉約之美，而且還更有一種質直真切的屬於唐五代艷詞之本色的特質。關於唐五代時的這種質直真切的艷詞，有一些讀者也許會因其缺少言外引人聯想的感發之潛能，而不予重視；另一些讀者也許又會因其過於質直、過於香艷而不欲對之加以稱述。然而這種筆法質直、情感真摯的寫愛情的艷詞，卻正是其後之所以能發展出多層次之感發潛能的一項基礎。關於此點，我以為在歷代詞評家之中，當以況周頤為對之最有深切的體認，且曾作過大膽的肯定。即如況氏在評顧敻詞時，即曾謂：「顧敻艷詞多質樸語，妙在分際恰合。」又云：「顧太尉，五代艷詞上駟也。工致麗密，時復清疏，以艷之神與骨為清，其艷乃入神入骨。」又曾對歐陽炯的一些艷詞也極致讚美，謂其「艷而質，質而愈艷。行間句裏，卻有清氣往來」。（此評語不見於況氏《蕙風詞話》，而據龍榆生《唐宋名家詞選》轉錄）如果持此一標準以衡量陳子龍的這一類純寫愛情的令詞，我們就會發現陳氏之詞確乎與之頗有相合之處。即以此詞而論，如其「寫成親襯胸前折」之句就頗有「艷而質，質而愈艷」的特色，而其「歸來認取斷腸人，開緘應見紅文滅」等句，則又頗有「清氣往來」其間。

這一類詞雖然未必能引發讀者甚麼豐富的感發與聯想，但無疑這類作品的質樸深摯的本色的感情質地，卻正是陳子龍詞之所以能「直接唐人」而且能發展出其富於感發潛能之成就的基本原因。而陳子龍之所以能寫出這一類艷詞，則除去他與柳如是的一段遇合使其在生活方面經歷了與唐五代詞人相近似的「綺筵公子，繡幌佳人」的生活以外，另一方面更值得注意的，則是陳氏自己對詞之寫作竟有重視這一類詞的觀念和勇氣。即如他在《幽蘭草詞序》中曾說：「自金陵二主以至靖康，代有作者，或濃纖婉麗，極哀艷之情，或流暢淡逸，窮盼倩之趣。然皆境由情生，辭隨意啟，天機偶發，元音自成。」又云：「吾友李子、宋子（指李雯及宋徵輿），當今文章之雄也，又以妙有才情，性通宮徵，時屈其班、張宏博之姿，枚、蘇大雅之致，作為小詞，以當博弈。予以暇日，每懷見獵之心，偶有屬和，宋子匯而梓之曰《幽蘭草》。」（《安雅堂稿》上）從這一段話來看，則陳氏之不鄙薄這一類「哀艷」「盼倩」之作，其觀念固屬顯然可見。何況他還曾明白表示了他之寫作此一類令詞，原來乃是「以當博弈」「見獵」心喜的遊戲之作。而我以為也就正是由於他這種並非出於有心造作的隨意自然的寫作態度，才使他掌握了唐五代宋初之令詞所特有的一種活潑而富於感發的基本特質。

說朱彝尊詞一首

朱彝尊是清朝初年一位著名的學者，他不僅是文學家，而且兼通經史，著作宏富。但本文卻並不想對他作全面的研究，而只是想簡單地討論他的一首愛情詞。現在就讓我們先把這首小詞抄錄出來一看：

桂殿秋

思往事，渡江干。青蛾低映越山看。共眠一舸聽秋雨，小簟輕衾各自寒。

這首詞曾經被清末民初的詞學家況周頤所激賞。在況氏的《蕙風詞話》中，於論及朱彝尊「金風亭長」之詞時，曾記述有一段談話，謂：「或問國初詞人當以誰氏為冠？舉金風亭長對。問佳構奚若？舉《搗練子》云『思往事，渡江干……小枕輕衾各自寒』云云。」（按況氏所舉之《桂殿秋》，即朱氏之《桂殿秋》詞；而誤引「小簟」為「小枕」）[1]如果按況氏的評語來看，則朱氏的這一首《桂殿秋》詞，簡直成了一代清詞的壓卷之作。那麼這一首小詞的好處又究竟何在呢？可惜況氏對此一點卻絲毫也未加說明。現在我就想就我個人之所體會和理解，就這首詞之好處何在，略作一些理論的探討。朱氏這首詞明顯地是一首愛情詞，要想說明這首詞的好處，我們就不得不先對朱氏之愛情詞，以及中國自《花間集》以來之愛情詞的傳統與特質，都先作一些簡單的介紹。

朱彝尊所留下來的詞作，除去已編入《曝書亭集》的《江湖載酒集》三卷，《靜志居琴趣》一卷，《茶煙閣體物集》二卷，《蕃錦集》一卷以外，還有未編入集中的他在早年所寫的《眉匠詞》一卷[2]，共計有八卷之多。在這八卷詞中自然有不少敍寫愛情之作，如果我們對之略加觀察，就會發現這些愛情詞實在有着多種不同之性質。一類是屬於少年時代習作性質的模仿《花間》之作，如其在《眉匠詞》中所收錄的《菩薩蠻》（闌干橫處鶯啼急），及《謁金門》（風惻惻）諸詞屬之；又一類是屬於集句性質的遊戲之作，如其在《蕃錦集》中所收錄的一些集唐人詩句的作品屬之；再一類則是把美女當做「物」來敍寫的，如其《茶煙閣體物集》中所收錄的一些詠物之作屬之。以上三類，雖然也有敍寫愛情的辭句，但嚴格說起來，卻都不能算為真正的愛情詞，我們可以把這些作品姑置不論。此外朱氏真正敍寫愛情的詞，則又可分為三類。第一類其所寫者雖為男女間之情愛，但卻只不過是飲酒聽歌逢場作戲時的贈伎之作，如其在《江湖載酒集》中所收錄的《釵頭鳳》（逢呂二梅），及《一斛珠》（贈伎餅兒）等作品屬之。這類作品雖也寫得活潑生動，但卻並無特別過人之處，亦可姑置不論。第二類所寫者，雖也是男女間之愛情，但卻並非作者自己之愛情，而是把別人的愛情故事，當做自己寫作時可以表現詞才與詞情的一個好題目，如其《江湖載酒集》中所收錄的《高陽台》（橋影流虹）一詞屬之。但所有以上的這些愛情詞卻都並不是朱氏的最好的作品，朱氏最好的愛情詞是他敍寫自己之一段私情的作品，那就是他所寫的一卷《靜志居琴趣》。這一卷愛情詞曾被清代詞學家陳廷焯所稱賞，謂：「竹垞《江湖載酒集》灑落有致；《茶煙閣體物集》組織甚工；《蕃錦集》運用成語，別具匠心，然皆無甚大過人處。唯《靜志居琴趣》一卷，盡掃陳言，獨出機杼。艷詞有此，匪獨晏、歐所不能，即李後主、牛松卿亦未嘗夢見，真古今絕物也。」[3]我們所要評說的這一首《桂殿秋》詞，雖然是收在《江湖載酒集》中，而並不是收在《靜志居琴趣》中的作品，但這首詞之所以好，則實在與朱氏在《靜志居琴趣》中所寫的一段愛情本事有着密切的關係。因此在我們評說《桂殿秋》詞之前，就不得不先對朱氏《靜志居琴趣》中所寫的愛情本事，略作簡單之介紹。

《靜志居琴趣》共收詞八十三首，全部皆為愛情詞。這八十三首詞固誠如陳廷焯之所言，確實可以稱得上是寫愛情的艷詞中之「盡掃陳言，獨出機杼」的作品。從表面看來，這些詞之所以寫得與眾不同，固應是由於寫作手法之不同，但若究其所以要用不同之手法來寫作的原因，則實在應該乃是由於其所敍寫之愛情故事之與眾不同的緣故。關於此一卷愛情詞之本事，朱氏在他自己所寫的《風懷》詩中，也曾經有所透露。其後清人之詩話詞話中也曾約略述及，而以冒廣生所寫的《風懷詩案》中之所考為最詳。[4]此外朱氏自己的詩文集中也有不少敍寫可供參證之處。綜合來看，則朱氏此一段愛情故事，實為舊社會婚姻不能自主之情況下的一樁愛情悲劇。現在就讓我們把此一愛情悲劇之梗概，略加敍述。

據朱氏為其妻子所撰寫的《亡妻馮孺人行述》之記敍，馮孺人諱福貞，為歸安縣教諭馮鎮鼎之女。馮氏全家一度曾居住於朱氏之故里嘉興之碧漪坊，與朱氏之祖居甚近。有費姥者常與兩家有往來，曾對朱母唐孺人屢言馮女之賢。唐孺人遂託費姥為媒，為朱彝尊與馮女定親。但當時朱氏家貧，力不能納幣，於是當朱氏年十七時，遂入贅於馮氏。[5]朱氏在《靜志居琴趣》中所寫的，就是朱氏與他的一個妻妹間所發生的愛情故事。蓋朱氏既已入贅，則與其妻妹便已形同家人，而當時馮氏此女則僅不過為一十歲之女童而已。朱氏與馮女雖有青梅竹馬之誼，但當時固應並無私情之事。據冒廣生《風懷詩案》之所考，以為馮女後曾許嫁，然未嫁而夫死。朱氏與馮女本可效皇英故事。冒氏曾引朱氏之詩，以證成其說。而馮母則為其女另擇一富家子為婿，故朱氏所作《嫁女詞》有「媒人登門教裝束，黃者為金白為屋。阿婆嫁女重鏤刀，何不東家就食西家宿」之句。至於朱氏入贅馮氏後，則僅賴里中授徒為生，幾至難於自給。是以朱氏與其妻妹雖兩相有情，然而卻終未能效皇英故事。其後於順治十三年，朱氏應廣東高要縣知事楊雍建之聘，赴嶺南往課其子，兩年後始返。適值馮女嫁後歸寧於家，意者其婚姻或不如意，遂於是年冬朱氏攜全家移居梅里後與馮女相互定情。時距朱氏入贅與馮女初識之時，蓋已有十四年之久矣。

從以上我們所能考知之朱氏在《靜志居琴趣》中所寫的愛情詞之本事來看，我們已可清楚地見到，朱氏所寫的愛情詞與傳統《花間》及北宋令詞中所寫之愛情詞的一個極大的差別，那就是愛情之對象的身份之不同。而由於身份之不同，遂形成了其敍寫之態度與口吻之不同，因之遂又造成了其美感特質之不同。以下我們就將對這其間的種種差別，略作簡單之分析。

一般說來，《花間》與北宋初年之艷詞，其性質既大都乃是在歌筵酒席間娛賓遣興的曲子，其所寫之愛情對象自然便只是歌唱這些曲子的歌伎與酒女一流人物。在這種情況下，此類艷詞遂形成了兩種不同性質的作品：一類是純以男性口吻寫男子對女子之愛悅者，如歐陽炯的《浣溪沙》詞中所寫的「相見休言有淚珠。酒闌重得敍歡娛。鳳幃鴛枕繡金鋪。　蘭麝細香聞喘息，綺羅纖縷見肌膚，此時還恨薄情無」之類作品屬之；又一類則是男性作者卻假託女子之口吻而寫女性之戀情者，如溫庭筠之《南歌子》所寫的「倭墮低梳髻，連娟細掃眉。終日兩相思。為君憔悴盡，百花時」之類作品屬之。前一類詞大都為男性作者自寫其對女性之愛慾，且其對象又大都為歌伎與酒女，故其風格乃於敍寫現實之愛悦與情慾中往往表現得淫靡而輕佻。至於後一類作品則既大都為男性作者假託女性口吻之作，而在中國文學傳統中，則不僅美人香草早有喻託之説，而且更往往以男女之愛情喻君臣之關係，所以這一類用女性口吻所寫的愛情詞，遂可以在其表面所寫的男女愛情以外，更能引起讀者許多言外之聯想。五代之溫、韋，與北宋之晏、歐，其被推為意境高遠有要眇幽微之意者，就大都屬於此種第二類之作品。至於朱彝尊的《靜志居琴趣》中之愛情詞，則固其所敍寫之對象乃是一位良家女子，而且其所敍寫之情意，又是不被一般社會倫理所容許的一種難以明言的戀情，因之其敍寫之口吻與態度，自然就與一般之寫歌伎與酒女者，有了很大的不同。清代的陳廷焯不僅曾稱美朱氏的這一卷詞為「盡掃陳言，獨出機杼」的「古今絕構」，而且還曾特別指出其佳處之所在，謂「竹垞艷詞，確有所指，不同泛設，其中難言之處，不得不亂以他詞，故為隱語，所以味厚」[6]。陳氏之言，極為有見。下面就讓我們舉引朱氏《琴趣》中的一首詞例來一看：

鵲橋仙 十一月八日

一箱書卷，一盤茶磨，移住早梅花下。全家剛上五湖舟，恰添了、個人如畫。月弦新直，霜花乍緊，蘭槳中流徐打。寒威不到小篷窗，漸坐近、越羅裙衩。

先談此詞所用的牌調「鵲橋仙」，本來一般人之用此牌調者，其所寫必多為七夕牛女相會之故事，但朱氏卻在此一牌調下，分明註出了「十一月八日」五個字，在這種表面之矛盾中，朱氏實在隱寓了他自己的一段隱秘的戀情。據楊謙所撰之《朱竹垞先生年譜》，順治十五年六月朱氏自嶺南歸，十一月初八日移居梅里荷花池。[7]朱氏自己所寫的《風懷》詩中，亦曾有「同移三畝宅，並載五湖航」之句。且據冒廣生《風懷詩案》之所考，朱氏與嫁後之馮女的再度重逢，就正在朱氏移居的不久之前，而移居時朱氏遂與馮女有一度同舟共載之機會。此詞開端數句，其所寫者固當為現實中的移居梅里之情事。開端之「書卷」「茶磨」，蓋朱氏自寫其家境之清貧，身無長物。「移住早梅花下」則寫現實中移居梅里之情事。但這幾句的寫實之筆，在同時卻也表現出了一種極為清雅之趣味。若更結合下面所寫的「全家剛上五湖舟，恰添了、個人如畫」三句來看，我們就可體會出來，朱氏之所以會把一次如此清貧的移居，寫得如此之具有清雅脫俗之美，實在主要都是因為在舟上添了個「如畫」之人的緣故。而也就正因為有了這一個人，遂使得詩人竟將一艘移家的船，想像成了范蠡攜西施而離世遠遊的「五湖」之「舟」。至於下半闋的開端三句，應該也是寫實之筆。「月弦新直」句所寫的正該是陰曆「初八」之月亮的形象。「霜花乍緊」句所寫的，則也該正是陰曆十一月的節候。「蘭槳中流徐打」句所寫的也該正是行船的現實情境。本來「弦月」之不圓滿，「霜花」之不溫暖，「打槳」之不穩定，所寫的種種外在情境，原都不是美滿之象喻，但朱氏筆鋒一轉，接寫了「寒威不到小篷窗，漸坐近、越羅裙衩」三句，遂使一切境皆隨心轉，在小小的「篷窗」一角，竟然化生出了一個遠離外在「寒威」之侵襲的，獨屬於二人之間的小天地。至於此一小天地之形成，其實只不過是因為有了一位穿着「越羅裙衩」之人，使作者得有一個「漸坐近」的機會而已。句中「越羅」所顯示的貴美之感，「裙衩」所顯示的女性之感，對於「漸坐近」之人當然都構成了一種強力的吸引。而且暗示出了在此種引力之下的，一種想要逾越的嚮往。但我們都不要忘記，「剛」才「上」「舟」的，卻原是「全家」。如此則在眾目睽睽之下，是其雖有強力的逾越之嚮往，而都又有着終於無能逾越的強力之拘限，而也就正是在這種強力的內在嚮往與強力的外在拘限之極大的矛盾痛苦中，才使得朱氏把這兩句詞，寫得如此之掩抑低回，如此之隱秘深微，而又如此之使人怦然心動。

如果把朱氏的這首詞，與我們在前面所談到的五代北宋的一些愛情詞相比較，我們就會發現朱氏的這首詞，可以說實在乃是介於我們前面所提出的五代宋初兩類愛情詞之中間的一類作品。我們若將朱氏此詞與那些男性作者對歌伎酒女所寫的，直接任縱地表現男性之愛慾的輕佻浮薄之作比照而觀，則朱氏此詞自然顯得幽微隱曲，要比那些淫靡的艷詞意境深厚得多了。但另一方面，則我們如果把朱氏此詞與五代北宋那些男性作者假託女性口吻所寫的，那些引人生言外託喻之想的作品相比較，則朱氏此詞所寫的實在仍是以男性口吻出之的對女性之愛慾，雖然因為所寫的愛情對象的身份之不同，因而形成了愛情的品質之不同，與敍寫的口吻之不同，而顯得別具幽微隱曲之深意，且獲得了陳廷焯的「盡掃陳言，獨出機杼」的讚美，但卻不免仍只限於是現實中一件愛情的事件，而缺少了更可以使人生言外託喻之想的豐美的含蘊。在這種比較之下，我們才可以回過頭來再談一談前面所舉引的朱氏的《桂殿秋》一詞之佳處究竟何在。

談到朱氏的《桂殿秋》一詞，首先我要指出的，就是這一首詞與朱氏及馮女間之愛情本事應該也有着密切的關係。朱氏與馮女之間的愛情，其發生與增長，應該都與他們同舟共載的幾次機會有關。朱氏在其《風懷》詩中曾經也對此有所記述，如「連江馳羽檄，盡室隱村艢。綰髻辭高閣，推篷倚峭檣。蛾眉新出繭，鶯舌漸抽簧」，「已共吳船憑，兼邀漢佩纕」和「同移三畝宅，並載五湖航」，所記寫的就都是朱氏與馮女同舟共載之事。此外朱氏在《靜志居琴趣》一卷詞中，記敘二人同舟之事尤多，本文在此不暇列舉。綜合詩詞的記敘來看，朱氏之得與馮女同舟，大約有以下幾種情況：一次是朱氏入贅於馮氏不久之後，江南曾一度遭遇兵亂，朱氏與馮氏全家曾一同避難舟中[8]；其次則朱氏入贅後，曾與馮氏全家數度共同乘舟出遊[9]；其三就是當朱氏移居梅里時，亦曾與馮女同舟共載。此多次同舟共載之情景，自必在朱氏心目中佔有相當重要之地位，可以引起朱氏無限低回婉轉的說不盡的情思。我們現在所要來討論的《桂殿秋》一詞，當然也是屬於朱氏追懷往日同舟共載之情景的作品之一，不過這首小詞在美感作用方面，卻頗有一些不同於其他作品的感發效果。下面我們就將對其不同之處，稍加論述。

早在二十世紀六十年代，我曾寫過一篇題為「從《人間詞話》看溫、韋、馮、李四家詞的風格」的文稿。在該文中，我曾將韋莊與馮延巳二家詞作過一番比較。我以為韋詞「所寫之情事，一方面雖然真切勁直，具有鮮明之個性；而另一方面卻又不免過於拘狹落實，其所寫者往往只限於一人一時一地之事而已，因此在意境方面自然就受到了相當的拘限」。至於馮詞，則「從外表看來，雖然也不過是閨閣園亭之景、傷春怨別之辭」，可是馮詞「所寫的情意境界雖同樣真切感人，可是卻又並不為現實之情事所拘限，而可以令讀者產生較深較廣之聯想」。至於造成這種差別的原因，我在該文中也曾作過簡單的分析。以為「其所以然者」，「乃是由於端己所寫者但為現實中感情之事蹟；而正中所寫者則是不為現實所拘限的一種純屬於心靈所體認的感情之境界」[10]。如果持此一觀點，將朱氏之《桂殿秋》一詞，與朱氏《琴趣》中其他寫同舟共載之情事一加比較，我們就會發現朱氏在其他詞中寫同舟共載之情事者，往往都對當時情事有更為現實具體之描述，此種描述，一方面雖極為真切感人，但另一方面卻不免也使讀者過於被其所寫的現實情事所拘限，而使讀者缺少了任意馳騁生發的自由聯想之餘地。可是《桂殿秋》一詞，雖然亦寫同樣之情事，卻產生了不同的效果。此種差別之形成，我以為大約可歸納為以下幾點重要因素：

首先我想提出來一談的，乃是寫作之心態的問題。從以上我們對朱氏《靜志居琴趣》中所收錄之愛情詞的本身來看，我們已可證知《琴趣》中之詞，原來乃是朱氏對其與馮女之一段戀情的有心追懷憶念之作，因此其所寫者乃大都為追懷往事的紀實之作。至於《桂殿秋》一詞，則並未收錄在《琴趣》之內，這就說明了《桂殿秋》一詞與其他有心紀實之作在本質上已有了相當大的差別。這是造成其感發效果之不同的第一點重要因素。其次我想提出來一談的，乃是《桂殿秋》一詞既脫除了

《琴趣》諸詞之有心紀實的寫作心態之約束，因此當其追懷往事之情自然湧現時，乃達到了一種遺貌取神之效果。也就是說《桂殿秋》一詞所寫者，雖然也是舊情往事，但卻能撇棄了外表事蹟的現實瑣細之枝節，而寫出了心靈和感情中的一種重點的感受。這應該乃是造成其感發效果之不同的第二點重要因素。其三我想提出來一談的，則是此詞在文本中諸語言符號所蘊涵之潛能的問題。早在一九八八年我所寫的題為「對傳統詞學與王國維詞論在西方理論之光照中的反思」一文中，我就曾提到過西方的一位接受美學的學者沃夫岡．伊塞爾（Wolfgang Iser）所提出的「潛能」（potential effect）之說。伊氏認為有些優秀的作品，除了表面的意思以外，在文本中還蘊涵有啟發讀者豐富之聯想的一種潛存的能力。[11]像王國維能從南唐中主的《山花子》一首小詞中，想到「美人遲暮」之感，從晏、歐的小詞中想到「成大事業大學問的三種境界」，就都是由於在這些詞的文本中，蘊涵了某種足以引起讀者之聯想的潛能的緣故。至於形成此種潛能之因素，則在不同之文本中，必然各有不同之因素。現在就讓我們對朱氏這一首小詞中所蘊涵之潛能的因素，也嘗試略作分析。

一般說來，一篇作品並不見得其中之每字每句都富含有感發之潛能，不過只要一篇作品中有一二處具含此種潛能，便足可以使全篇為之振起。即如李璟之《山花子》詞，其引起王國維的「眾芳蕪穢」之聯想的，不過只是其開端的「菡萏香消」二句；晏殊之《蝶戀花》詞，其引起王國維「成大事業大學問之第一種境界」之聯想者，不過只是其上半闋結尾的「昨夜西風凋碧樹，獨上高樓，望盡天涯路」三句。以此類推，我以為朱氏此首《桂殿秋》詞，其足以引人生感發之聯想者，實在乃是此詞結尾的「共眠一舸聽秋雨，小簟輕衾各自寒」兩句。此二句若就其狹義者言之，則其所寫者自然乃是朱氏與馮女同舟共載之情事。前句的「共眠一舸」四字，寫所處的地點之相近，同時也暗示了在如此接近的「一舸」中，其主觀的想要接近的內在願望之強烈。而後句的「小簟輕衾各自寒」七字，則寫外在的客觀環境之約束，所造成的難以逾越的隔絕的痛苦。而且前句之「聽秋雨」三字所暗示的無眠的苦況，則又正是對開端「共眠」二字的強烈的反諷。是其所寫者雖為現實之情事，但在其敘寫中所暗含的反諷的張力，以及其在主觀內在之願望與客觀外在之約束中所造成的強烈的對比，遂使其所寫的個別事件，化生出了一種足以喻示整個人世之「天教心願與身違」之共相的潛在的能力。何況這兩句詞中所使用的一些語彙，也都在語言學之聯想軸中，具含有一種足以引生讀者豐富之聯想的作用。即如「舸」字所提示的「船」的形象，在中國文化傳統中，就有着一種喻象的語碼作用，像中國成語中所常說的「逆水行舟」「同舟共濟」「風雨同舟」等，就都是以舟船來喻示人生處境的種種喻象。即使就詞人作品中所寫的舟船的形象而言，如蘇軾《臨江仙》（夜飲東坡醒復醉）一詞，在結尾處所寫的「小舟從此逝，江海寄餘生」，便是以「小舟」之遠「逝」，表現一種想要飄然遠引的襟懷。而辛棄疾《沁園春》（三徑初成）一詞，在上半闋結尾處所寫的「秋江上、看驚弦雁避，駭浪船回」，則是以「駭浪」中不能前進的「船」來表現一種對外在環境之迫害的憂懼。何況朱詞在「共眠一舸」之下所寫的「聽秋雨」的意象，就中國詩歌之傳統言之，原來也有一種喻象的作用。即如蔣捷之一首著名的《虞美人》詞，其所寫的「少年聽雨歌樓上，紅燭昏羅帳。壯年聽雨客舟中，江闊雲低，斷雁叫西風。　而今聽雨僧廬下，鬢已星星也。悲歡離合總無情，一任階前點滴到天明」，全詞就都是以「聽雨」的形象來喻示自己的感受和心情的。此外如蘇軾的一首題為「三月七日沙湖道中遇雨」的《定風波》小詞，以及辛棄疾的一首題為「靈山齊庵賦」的《沁園春》長調，他們在詞中所寫的「莫聽穿林打葉聲」，和「吾廬小、在龍蛇影外，風雨聲中」諸句，就也都是以所聽到的風「雨」之聲，來喻示自己的感受和心情的。

以上我們還不過只是就朱詞中「共眠一舸聽秋雨」這一句所可能蘊涵的感發作

用言之而已，若再就下句的「小簟輕衾各自寒」言之，則下句的這七個字，實在也同樣蘊涵有一種感發之潛能。蓋以「簟」為所臥之席，「衾」為所覆之被，下「簟」上「衾」正喻示了一個人生活在人世中的最基本的處境，也是最基本的所有。而曰「小」，曰「輕」，「小」字之拘限，「輕」字之涼薄，二者相結合，遂使人感到了一種最為無助與無奈之境界，更繼之以「各自寒」三字，則是在此種最為無助與無奈之中，對於外在之淒寒之一種獨力的忍受和承擔。昔李商隱《端居》詩曾有句云：「遠書歸夢兩悠悠，只有空床敵素秋。」韓偓《別緒》詩亦有句云：「菊露淒羅幕，梨霜惻錦衾。此生終獨宿，到死誓相尋。」其所敍寫者就也都是在將個人所處與所有縮減到最小的範圍以後，所表現出的對外在寒冷之侵襲的一種獨力的忍受和承擔。而這些形象所象喻的在孤獨寒冷中無助且無告的忍受和承擔，實在也應該就是人世眾生在苦難中的一種普通的共相。而且我以為此種有忍受和承擔之精神者，也代表了一種「弱德之美」的品質。所以朱氏此詞的「共眠一舸聽秋雨，小簟輕衾各自寒」兩句，就作者之本意言之，朱氏所寫者雖或者原只不過是對於舊情往事的一種現實的追憶而已，然而卻因其在敍寫中，於無意間所使用的語法句構和詞彙，使他所寫出的文本產生了一種足以引人生感發之聯想的潛能，而表現出一種喻示着人類整體的「天教心願與身違」之處境的共相，且表現了一種弱德之美。

我們在本文開端曾經引述了況周頤對朱氏這首《桂殿秋》的稱賞，我想況氏一定也是體悟出朱氏此詞中所蘊涵的一種感發之潛能，不過此種並不出於有心之託喻的感發之潛能，實在極為要眇幽微，難以具言。我只是就我個人之所感受略作闡釋如上，希望能得到廣大讀者的批評和指正。

註釋

1 《蕙風詞話》，見《詞話叢編》冊五，頁四五二二（中華書局一九九零年）。

2 《眉匠詞》，手抄本，共十五頁（台灣「中央」圖書館三餘讀書齋手抄本，卷首有「竹垞朱彝尊草」題字）。

3 見陳廷焯：《白雨齋詞話》，見《詞話叢編》冊四，頁三八三五。

4 見冒廣生《疚齋小品》，《如皋冒氏叢書》（如皋冒氏刊本）。

5 朱彝尊：《亡妻馮孺人行述》，見《曝書亭集》卷八，頁五九一（上海商務印書館四部叢刊本）。

6 見陳廷焯：《白雨齋詞話足本校注》卷三，頁二五九（齊魯書社，一九八三）。

7 楊謙：《朱竹垞先生年譜》，頁十一上（見楊氏木山閣刊本《曝書亭集詩注》附錄）。

8 見《朱竹垞先生年譜》，頁七下。

9 見朱氏《靜志居琴趣》所收《漁家傲》「淡墨輕衫染趁時」，及《朝中措》「蘭橈並載出池塘」諸詞。

10 見《迦陵論詞叢稿》，頁七十三（上海古籍出版社，一九八零）。

11 見《詞學古今談》，頁三零二至三零九（嶽麓書社，一九九三）。

說賀雙卿詞四首

雙卿最早出現在清乾隆年間史震林的筆記小說《西青散記》中。《西青散記》說雙卿是綃山人，在雍正十年十八歲時嫁給周姓農家子，婆婆是給人家做乳母的，周家是史震林的朋友張夢覘家的佃戶，並租賃了張家的房子住。農村的女孩子本來不受教育，但雙卿的舅舅是一個私塾老師，雙卿生下來就很聰明，喜歡讀書，每當她舅舅給村童們上課的時候她就在旁邊聽，於是就學會了作詩，也學會了填詞。雙卿的丈夫周姓男子大約只認識幾個字，沒受過多少教育，而且性情粗暴。《西青散記》上說，雙卿有一天舂米時累了，停下來抱着杵喘息，她丈夫認為她偷懶，一下子就把她打倒在地上，搗米的杵壓傷了她的腰。還有一次她燒火煮粥的時候瘧疾病發作，火烈粥溢，她婆婆看見了就打她罵她，揪她的耳朵，把她的耳環揪了下來，耳朵裂開，血一直流到肩膀上。雙卿喜歡寫詩填詞，但鄉下沒有人欣賞她的作品，她自己也不想讓人知道。偶爾有了作品，她就用筆蘸着搽臉的粉寫在一些植物的葉子上。史震林和他的朋友看到了雙卿的作品非常感動，在《西青散記》裏，共收了雙卿的詞十四闋，詩三十九首，文五篇。

《西青散記》裏沒有記載雙卿的姓，後來道光年間的舉人黃韻珊編的《國朝詞綜續編》始冠以賀姓。在清代詞話中，丁紹儀的《聽秋聲館詞話》也提到了賀雙卿，並說自己的外祖父筠溪公曾為雙卿賦蘆葉詩二百餘言。陳廷焯的《白雨齋詞話》對雙卿的詞有很高的評價。雙卿的詞一共只有十四闋，陳廷焯在他所編的《詞則．別調集》中就選了十二闋。陳銳的《裦碧齋詞話》說，他自己幼時也酷愛賀雙卿的詞。他讀到過一本乾隆年間進士董東亭的《東皋雜抄》，認為這些詞是金壇（丹陽）田家婦張氏慶卿之作。里居相同，姓名不同，真的是很難考證了。

《西青散記》本身有筆記小說的性質，而且它還記載了許多「女仙」「女鬼」的故事和作品，所以對雙卿這個人到底有還是沒有，後人歷來有不同看法。例如，近人胡適之先生就寫了一篇《賀雙卿考》，認為賀雙卿乃是史震林他們那些窮酸才子在白晝做夢時懸想出來的所謂「絕世之艷，絕世之慧，絕世之幽，絕世之貞」的佳人。而一九九三年中州古籍出版社出版的杜芳琴女士的《賀雙卿集》，則認為果然有賀雙卿這個人。前些年，國外興起女性主義研究，在陸續舉行的幾次研討會上先後有方秀潔女士、羅溥洛先生、康正果先生、蘇者聰女士等發表關於賀雙卿的論文。其中方秀潔等西方學者撇開了雙卿的詞，完全是從《西青散記》的作者史震林的角度來討論，而國內學者蘇者聰女士則把雙卿完全落實了，認為她代表了當時被壓迫的農村婦女。還有台灣的周婉窈女士，她不同意杜芳琴的觀點，認為要證明賀雙卿實有其人，還需要更多的歷史考證。

那麼，到底有沒有雙卿這樣一個作者寫了這些詞呢？我個人以為，不管她是不是姓賀，但她寫了這些詞應該是真實的。我是根據文學本身的性質來作出的判斷。因為，雙卿的這些詞極有特色，絕不是史震林所能夠編造出來的。不但史震林編不出來，而且我所看到的從唐宋直到清代的詞人，沒有一個人能夠寫出來雙卿這樣的詞。史震林自己的詞，包括他那些女仙女鬼的詞，沒有一首有雙卿的風格；古往今來，也沒有一個人寫過這樣風格的作品。因此，作為一個女詞人，雙卿的作品是真正了不起的，是非常值得重視的。

談到詞的特質我曾說過，就男性作者的作品來說，詞與詩是不同的。詩是言志的，而詞只是為歌女寫的歌詞。從早期花間詞開始，詞就形成了一種「雙性」的美感特質。我們知道，詞這種文學體式的美屬於陰柔的美而不是陽剛的美，因此花間詞的作者是用女性的語言去寫女性的形象與女性的情思。然而實際上他們本身都是男性，當他們以女性口吻寫女性對愛情的嚮往和失落愛情的悲哀時，無意之中就流露出屬於男性的「感士不遇」的悲慨。這就是花間詞所特有的一種「雙性」的美。可是當詞的這種美感特質形成之後，這雙性的「性」，就不一定是性別之性了。例如蘇東坡和辛棄疾，他們不一定還用女性的口吻來寫詞，但蘇詞和辛詞的優秀作品都是既有豪放曠達的一面，同時又有挫折和壓抑的一面。實際上，這也是一種「雙性」，就是雙重的性質。或者說是一種雙重的意蘊。總而言之，好詞一定要給人留下有餘不盡的言外的意蘊，這是在讀者心中已經形成的一個期待的視野。大家都覺得，詞一定要有這種言外的雙重性質才是好的。

至於女性的作者則與男性不同。不管詩也好詞也好，她們都是言志。當然那不是男性治國平天下的志，而是女性的情志，即女性自己的生活、體驗、感情和感受。但這裏邊又分兩種：一種是早期那些略識文字的歌伎酒女，她們所寫的詞是純女性的；另一種是女子如果受了很好的教育，如李清照、徐燦等，她們的作品裏邊就不是單純的女性的生活體驗和感受，而是混合進了男子的志意。當然了，李清照是盡量避免把這些東西表現在詞裏邊，而徐燦則把對家國的感慨都寫進了詞裏。所以徐燦的詞有兩重的言外意蘊：一個是言外的對滄桑的感慨，一個是言外的對她丈夫出仕清朝的不同態度。這樣的詞，是合乎詞的雙重意蘊之美感的。

而雙卿不像李清照和徐燦，她不是名門大家的閨秀，沒有讀過經史子集那麼多書，她完全是憑天才的、直覺的、本能的感受寫詞。她的詞完全是一種非常纖柔的女性之美，沒有雙性，而是純乎純的女性的作品。我說過，從花間詞開始，傳統詞中優秀的作品都有一種「雙性」之美。那麼，像雙卿這種只有單性沒有雙性的作品是不是好詞呢？這真是一個很微妙的問題。事實上，正是最好的詞才是如此的。我們說詞本身應該有一種幽微要眇的特性，應該有一種給讀者以言外聯想的意蘊，詞是以這種特質為美。一般人常常是從意義和託喻上來追求這種意蘊的：即詞的表面有一層意思，它的裏面又有一層意思，這才形成了雙重的意蘊，才給人以言外的聯想。而唯獨雙卿的詞很妙：它不是意義上的雙重，它沒有託意也沒有比興寄託，就僅憑它自身純乎純的女性之美，居然也就產生了一種深遠的意蘊。我講過吳偉業的詞，他用了一大堆典故，那是學人之詞；還講過陳維崧的詞，那是逞才使氣的才人之詞。而雙卿的詞既沒有典故學問和比興寄託，也沒有逞才使氣，這才是真正的詞人之詞。她所憑藉的，完全是她的本質，她內心感情的本質就是這樣幽微要眇和深曲的。也就是說，從男女性別的雙性，到雙重意蘊的雙性，到純乎純地從本質上就有深遠的意蘊，這裏邊都包含了對幽微要眇和深曲的要求，因此它們同樣是詞所特有的美感特質。而雙卿的詞雖然不是雙性，但由於它那種純乎純的女性之美裏邊本身就含有深遠的意蘊，所以是合乎詞的美感特質的。下面我將通過對雙卿的幾首詞的賞析來證明這一點。

望江南

春不見，尋遍野橋西。染夢淡紅欺粉蝶，鎖愁濃綠騙黃鸝。幽恨莫重提。

人不見，相見是還非。拜月有香空惹袖，惜花無淚可霑衣。山遠夕陽低。

這兩首《望江南》的小令，第一首是寫對春的尋找，春天到底來了還是沒來呢？那春天，不是畫棟雕梁中的春天，而是山村草野中的春天，所以是「尋遍野橋西」。「淡紅」指花，花剛剛有了嫩芽還沒開放，所以是淺淺的淡紅的顏色。而「染夢」

就很妙了。它是說，花雖然還沒開，但花如果有知有情，那麼在它的生命萌發之際，它該有多少希望、多少期待和多少夢想啊！蝴蝶飛來是要採花粉的，花開了才有花粉，但現在花還沒開，它的「染夢淡紅」就把蝴蝶引來了，所以是「欺」。「鎖愁濃綠」是說，樹已經開始綠了，在那綠色的煙靄之中，好像有一種憂愁的氣氛在那裏。而這「鎖愁濃綠」騙得黃鸝鳥也以為春天已經來到了。這兩句，都是寫早春季節的景色，而在景色裏包含了一種對春天的憧憬和期待。花有對生命美好的憧憬與期待，粉蝶和黃鸝也有對生命美好的憧憬和期待，那麼人對自己的生命不是也有過美好的憧憬和期待嗎？她說，我雙卿也曾像春天的花一樣對人生有過一個美好的夢，而我雙卿也像粉蝶一樣被染夢的淡紅欺騙了，像黃鸝一樣被鎖愁的濃綠欺騙了，我的夢幻已經破滅了，我的期待已經落空了。所以是「幽恨莫重提」。

第二首是寫對人的尋找。西方哲學家馬斯洛說過，尋找歸屬是人的一種需求。我以前在台大教書的時候看過一篇文章，說人最好的感情投注，就是投向另外一個人的心靈。可是當你要找真正能夠把自己的感情投入他心靈的這樣一個人，你找得到嗎？你偶然看到一個人，以為就是他了，但走近一看不是，那真是「相見是還非」。「拜月有香空惹袖，惜花無淚可霑衣」，中國古代的女孩子在月圓的時候有

「拜月」的習俗，就是對着天上那圓滿的明月祝願自己也有一個圓滿的光明的歸宿與姻緣。元雜劇裏不是有一齣戲就叫《拜月亭》嗎？拜月的時候是要焚香的。她說，我也拜了月，我也焚了香，可是我白白地讓衣袖沾惹上了焚香的香氣，而我拜月時所期待的那個光明圓滿的歸宿卻沒有實現。她說，我是愛花的，為了人間的春歸花落我已經流盡了我的眼淚，所以現在都已經無淚可流了，因為我的一切夢想都落空了。這兩句，她寫的是情。而下邊她說「山遠夕陽低」，遠山那麼遙遠，而且在山的那一面，太陽已經快要落下去了。這一句寫的是景。但她的所有那些盼望與期待落空的悲哀，都已經被糅進景物之中去了。

二郎神　詠菊花

絲絲脆柳。裊破淡煙依舊。向落日，秋山影裏，還喜花枝未瘦。苦雨重陽挨過了，虧耐到、小春時候。知今夜，蘸微霜，蝶去自垂首。　生受。新寒浸骨，病來還又。可是我、雙卿薄幸，撇你黃昏靜後。月冷闌干人不寐，鎮幾夜、未鬆金扣。枉辜卻，開向貧家，愁處欲澆無酒。

其實雙卿寫得最好的還不是小令而是長調。長調本來是不大好寫的，可是雙卿的長調能夠寫得單純淺易而又有幽深窈曲的意境，這非常不容易。這首詞是寫菊花的。她說「絲絲脆柳。裊破淡煙依舊」。在秋天，柳樹枝條已經差不多快要乾枯了，可是還在那日暮黃昏的煙靄中裊動。她說，就在這個時候，我高興地發現，菊花還在茂盛地開着。李清照有句曰「簾卷西風，人比黃花瘦」，而雙卿在這裏說的是「還喜花枝未瘦」。菊花本是最能堅持最能忍耐的花，所以能在初寒的秋天開放。前些時有朋友送給我一束各種各樣的花，我把它們插在瓶裏，開來開去，陸續凋謝，最後就只剩下菊花了，可見菊花的生命力確實強過其他的花。現在她說，「苦雨重陽挨過了，虧耐到、小春時候」。秋天陰雨連綿，到重陽節，天氣已經越來越冷了。雙卿說這菊花挨過了苦雨，挨過了重陽，居然就挨到了十月小陽春的季節。

寫詞，怎樣寫才能夠不淺薄？是多用些典故出處，還是多用些唐人詩句，還是盡力避免用淺俗的詞語？其實這些都不是最重要的，你只要寫得好，甚麼詞語都可以用。像李後主說「林花謝了春紅」，這「謝了」不就是很淺俗的白話詞語嗎？在這裏雙卿說「挨過了」，說「虧耐到」，同樣淺白單純，但寫得真是好，因為裏邊有感情。她寫菊花在苦雨和重陽的挫傷之中的忍耐與承受，寫得不但有感情，而且有品格，有修養。雖然用的都是俗字，但每個字都用得恰到好處。

「知今夜，蘸微霜，蝶去自垂首」，她說，我知道今天晚上霜就要下來了，你的花瓣要承受夜晚的寒霜，九月的時候還有蝴蝶飛來陪伴你，而現在天氣冷了，蝴蝶都凍死了，你除了獨自承受寒冷，還有甚麼辦法？「生受」也是一個很俗的詞語。寒霜下來了，你無可逃避，沒有人對你關懷保護，你自己不承擔不忍受又當如何！所以是「生受」——硬生生地去承受這種苦難。寫到這裏，花和人已經慢慢合在一起了。「新寒浸骨，病來還又」，說的是花也是人。花要承受秋夜的寒冷，而雙卿是有瘧疾病的，瘧疾的症狀就是一會兒發冷一會兒發熱。但接下來她說「可是我、雙卿薄幸，撇你黃昏靜後」。你看，她不是怨上天或者別人對她的薄幸，而是反省自己對花的薄幸：如果我愛菊花，我就該晝夜陪伴你才對，可是在你承受夜晚寒霜的苦難的時候，我撇下你一個人就走了，你難道不怨我嗎？「月冷闌干人不寐，鎮幾夜、未鬆金扣」，前一句雖點出是人，但後一句卻同時是花也是人。雙卿夜裏常常發病，所以衣不解扣；而菊花是黃顏色，黃色的花含苞而不展開，也是「未鬆金扣」。下面她說「枉辜卻，開向貧家，愁處欲澆無酒」，你肯開到我這樣的貧窮之家，可是我竟不能為欣賞你而準備酒，真是冷落了你，辜負了你的一片心意。為甚麼沒有酒就辜負了花？因為李商隱說過「縱使有花兼有月，可堪無酒更無人」；杜甫也說過「竹葉於人既無分，菊花從此不須開」。竹葉，指的是竹葉酒。古人在賞花的時候，總是離不開酒的。

對這首詞，陳廷焯評論說：「此類皆忠厚纏綿，幽冷欲絕，而措語則既非溫、韋，亦不類周、秦、姜、史，是仙是鬼，莫能名其境矣。」雙卿不埋怨別人對她的薄幸對她的冷落，卻說自己對不起花，把花冷落了，這是她的忠厚纏綿。而且她把這一份感情寫得這樣幽淒，這樣寒冷。從唐宋詞人到近代詞人，包括《西青散記》裏那些女仙女鬼，沒有一個人的詞有雙卿這樣的風格。所以我不以為雙卿的詞是假的，因為像雙卿這種獨具特色的詞，絕不是造假的人所能夠造出來的。

惜黃花慢 孤雁

碧盡遙天。但暮霞散綺，碎剪紅鮮。聽時愁近，望時怕遠，孤鴻一個，去向誰邊。素霜已冷蘆花渚，更休倩、鷗鷺相憐。暗自眠。鳳凰雖好，寧是姻緣。 淒涼勸你無言。趁一沙半水，且度流年。稻粱初盡，綢羅正苦，夢魂易警，幾處寒煙。斷腸可似嬋娟意，寸心裏、多少纏綿。
夜未閒。倦飛誤宿平田。

「碧盡遙天。但暮霞散綺，碎剪紅鮮」，這幾句寫眼前風景寫得真好，都是自己的感受，沒有一點兒陳腔濫調的抄襲。一片藍天，藍得那麼遠，在那遙遠的藍天上，黃昏的晚霞鋪散開來像織錦的彩色絲綢一樣。「暮霞散綺」四個字，一般人倒也能寫得出來。可是「碎剪紅鮮」這四個字，寫得真是新鮮真是好，完全是雙卿自己的感受。她說晚霞那鮮紅的顏色，就好像是把鮮紅色的綺羅剪碎成一條一條一片一片的。這真是出人意料入人意中。出人意料就是別人從沒這麼說過；入人意中就是寫出來讓人家一看，真的就是那麼回事嘛！而這幾句，還只是一個背景。她正式要寫的，是在「碧盡遙天。但暮霞散綺，碎剪紅鮮」的天空上飛過的一隻孤雁。她還不是說牠飛過，她說牠是「聽時愁近，望時怕遠，孤鴻一個，去向誰邊」。為甚麼「聽時愁近，望時怕遠」？因為雁的叫聲是很淒涼的，但雁的聲音也給人一種期待和盼望。南北朝時的詩人薛道衡有詩曰：「人歸落雁後，思發在花前。」他說我期待你的信，現在雁已經回來了，你人還沒有回來，而在花還沒有開的時候，我對你的思念就已經開始了。中國的詩裏邊常常有各種形象，有的形象有一種暗示的作用，也就是我以前說過的「語碼」的作用。雁的叫聲淒涼，會引起你的哀怨，所以你「聽時愁近」；但雁的身上寄託有你所盼望的信息，你不希望牠遠飛消逝，所以又「望時怕遠」。而雁是一種弱勢的飛禽，一定要成群結隊排成雁陣才能夠彼此有一個照應。據說雁群落腳在蘆塘裏休息的時候，其中也總有一隻在那裏守衛，以防備突然發生的危險。所以，落單的孤雁是危險而無助的。剛才我曾提到西方哲學家馬斯洛說過，人生有幾種不同層次的需求，最基本的是生存的需求，然後有安全的需求，有歸屬的需求，最高層次是自我實現的需求。所謂「歸屬」，是你要有一個群體可以加入。可是「孤鴻一個，去向誰邊」，你沒有歸屬，沒有歸宿，你準備飛向哪裏？正如王國維的詞所說的，「天末同雲暗四垂，失群孤雁逆風飛。江湖寥落爾安歸」。而雙卿說的是「聽時愁近，望時怕遠，孤鴻一個，去向誰邊」。

「素霜已冷蘆花渚，更休倩、鷗鷺相憐。」雁一般都棲宿在蘆葦塘的水邊，但那裏現在已滿是白色的寒霜，而且找不到雁的同伴。水面上雖然還有鷗鳥還有鷺鷥，但那不是你的同類，你不能指望得到牠們的憐憫和幫助。那麼鳳凰呢？她說，「鳳凰雖好，寧是姻緣」。鳳凰當然不同於鷗鷺，那是一種高貴的鳥，可你也不是牠的同類，你是雁哪！鳳凰也絕對不會成為你的伴侶的。陳廷焯讀到這裏有一個評論說：「讀此覺雖速我訟，亦不汝從，尚嫌過激，不及此和平中正也。」「雖速我訟，亦不汝從」是《詩・召南・行露》中的兩句，詩中寫一個女子不願夜間到野外行走，對不合禮法的求婚不肯屈服。她說，你就是去告我把我送到牢獄裏去，我也不會答應你。剛才我不是提到胡適之說雙卿是史震林他們白晝做夢懸想出來的「絕世之艷，絕世之慧，絕世之幽，絕世之貞」的佳人嗎？中國男子對女子的要求就是這樣的——不但要有貌有才有意，還要有貞，也就是要有品德之美。《詩經》裏所寫的就是一個有品德的女子。但陳廷焯說，那個女子說話太激烈了，同樣是拒絕，就不如雙卿的「鳳凰雖好，寧是姻緣」說得那麼溫厚委婉，有一種中正和平之美。

下半首，「淒涼勸你無言。趁一沙半水，且度流年」，這是雙卿詞中特有的一種境界，也就是陳廷焯所說的「忠厚纏綿」。有很多人喜歡怨天尤人，這其實一點兒好處都沒有。雙卿說，你孤雁的生活當然是淒涼悲苦的，可是你不要埋怨也不要向別人訴說你的悲苦，其實只要有一片沙地，有半灣流水，你就可以自己安排自己。抱怨是沒有任何用處的，你要防備的是「稻粱初盡，網羅正苦，夢魂易警，幾處寒煙」。稻子已經收割完，田裏已找不到你的食物，而秋天正是獵人出來打獵的時候，你一隻孤雁在睡夢中都需要警醒，否則就會被打下來成為人類宴會上的一盤佳餚。王國維那首詠孤雁的詞也這麼說過的：「陌上金丸看落羽，閨中素手試調醯。今宵歡宴勝平時。」

「斷腸可似嬋娟意，寸心裏、多少纏綿」，她說假如孤雁有知，孤雁有情，那麼你們孤雁斷腸的感受，是不是也跟我斷腸的感受一樣？在你的寸心之中，是不是也還存有對於往事對於伴侶對於相思的許多懷念難以放下？但是現在黑夜已經來臨了，是「夜未闌。倦飛誤宿平田」。在夜還沒有完全靜下來的時候，你已經飛得筋疲力盡再也飛不動了，於是你便作出了一個錯誤的決定，落到平田之中去休宿。要知道，平田對雁來說是危險的地方，打雁的獵人正在那裏埋伏。你實在不應該落在那裏，你會被人家捉住做成一盤美味的啊！

這首詞寫得真是有感情，真是哀怨纏綿。陳廷焯評論這首詞說：「此詞悲怨而忠厚，讀竟令人泣數行下。」雙卿的詞，能夠使男性詞人被她感動得流淚，這正是由於她是以純乎純的女性之美而能將詞寫得幽深窈曲，其感情的本身就有一種深遠意蘊的緣故。

說王國維詞五首

浣溪沙

本事新詞定有無，這般綺語太胡盧，燈前腸斷為誰書？　　隱几窺君新製作，背燈數妾舊歡娛，區區情事總難符。

在我開始評說這一首詞以前，我想先把我之所以選錄這一首詞作為評說之例證的原因，略作簡單之說明。本來在王氏詞集中以敍寫情事為主的屬於「造境」之作，還有不少其他很好的例證，即如其《虞美人》詞的「碧苔深鎖長門路」一首，《蝶戀花》詞的「莫鬥嬋娟弓樣月」「昨夜夢中多少恨」、「黯淡燈花開又落」及「百尺朱樓臨大道」諸首，就應該都是以敍寫情事為主而隱含有幽深豐美之意蘊的「造境」之作。而且這幾首詞一向早就被讀者所傳誦。樊志厚的《人間詞乙稿．序》也曾經對其中「百尺朱樓」及「昨夜夢中」諸首大加讚美，謂其「意境兩忘，物我一體，高蹈乎八荒之表，而抗心乎千秋之間」。我們如果舉引這王氏的代表作來加以評說，本來原有不少可供發揮之處，但本文既為篇幅及體例所限，對其「寫境」與「造境」之作中以景物為主及以情事為主的詞例，都只能各舉一首為例證，因此在選擇考慮其去取之際，自不免煞費周章。最後我決定選取這一首《浣溪沙》詞，而對於那些傳誦眾口的佳作則只好忍痛割愛了。我之所以作了這樣的選擇，其原因蓋有以下數端。第一是因為其他諸首既已為讀者之所熟知，自然不需我再費筆墨來加以評說，此其一。第二是因為其他各首之為「造境」的象喻之作，多屬一望可知，而這一首《浣溪沙》詞則自其表面所敘寫的情事來看，乃大似其寫「閨情」的寫實之作，然而事實上這首詞包含有極為幽微深曲的喻說的意蘊，故爾值得加以評說，此其二。第三是因為其他諸詞縱然亦有深微之意蘊，然其所蘊涵者乃大都為王氏之作品中較為常見的情意。即如其《虞美人》（碧苔深鎖）一首詞，末二句所寫的「從今不復夢承恩，且自簪花坐賞鏡中人」，所表現的乃是雖在孤獨讒毀中也依然保有的一份高潔好修的操守。這與他的《蝶戀花》（莫鬥嬋娟）一首詞中，末二句所寫的「鏡裏朱顏猶未歇，不辭自媚朝和夕」的意境，便大有相近之處。再如其《蝶戀花》（昨夜夢中）一首詞中，所寫的「夢裏難從，覺後那堪訊」二句所表現的夢中之追尋與醒後之失落的悲哀，則與他的《蘇幕遮》（倦憑闌）一首詞中所寫的「夢裏驚疑，何況醒時際」的意境大有相似之處。又如其《蝶戀花》（黯淡燈花）一首詞所寫的「但與百花相鬥作，君恩妾命原非薄」二句，所表現的對於所愛之對象的專一而不計報償的深摯之情，則也與他的《清平樂》之「斜行淡墨」一首詞中所寫的「厚薄不關妾命，淺深只問君恩」的意境大有相似之處。更如他的《蝶戀花》（百尺朱樓）一首詞所寫的「陌上樓頭，都向塵中老」二句，所表現的雖然處身在高樓之上，然而也終難逃於向塵中同老的既哀此人世又復自哀的感情，便也與他在《浣溪沙》（山寺微茫）一首詞中所寫的「可憐身是眼中人」的意境大有相似之處。凡此種種，都足以證明王氏這幾首名詞中之意蘊，雖然也有幽微深婉的極可賞愛之處，然而其意境卻大都為王氏詞中之所習見，且其性質亦大都同屬於有關人生之情思與哲理。然而我們現在所要評說的這一首《浣溪沙》（本事新詞定有無）詞，其所蘊涵的卻並非王氏詞中所習見的有關人生的情思與哲理，而乃是一種關於創作的藝術上的反思和體悟。像這種用小詞來寫藝術方面的反思和體悟的意境，本已極為罕見，而且王氏更能全以寫「閨情」的極自然真切的「寫實」之手法表出之，則不僅罕見，更屬難能。這種開創與成就，自是極可重視的，故乃決定選而說之。此其三。以上既說明了我們之所以選取這首詞的種種原因，下面我們就將對於這首詞嘗試一加評說了。

先從這首詞表面所寫的一層情意來看，則其所寫者固原為閨中的一種兒女之情。詞內有「君」、有「妾」，「君」是寫詞的人，「妾」是讀詞的人。開端一句的「本事新詞定有無」是寫所謂「妾」的女子在讀詞時所產生的一種猜測忖度的心理，其意蓋謂這首新詞中所寫的情意究竟到底有沒有一段愛情的本事呢？「定有無」之「定」字，就正表現了讀詞之女子的定欲知其「有無」之真相的一種迫切的心情。而下一句的「這般綺語太胡盧」，則正點明了這一首新詞之所以引起此一讀詞女子之猜測的一些重要的因素。因素之一是為其有「這般綺語」；因素之二則是為其敍寫得「太胡盧」。所謂「綺語」者，指的自然是一些溫柔纏綿的綺艷的言語，這自然是引起此讀詞之女子以為其中有愛情「本事」之猜測的一個重要的因素。而「太胡盧」則是謂其所寫者卻又極為幽微隱約使人難以作真實之確指。這是使得此讀詞之女子對其中之本事又感到終於疑想難定的又一個重要因素（按此句在《觀堂集林·綴林》所載之《長短句》中，原作「斜行小草字模糊」，則但寫其書法字跡之模糊，與上句之所謂「本事」無關。本文所據乃陳乃文輯本之《靜安詞》，與上句正相承應，於義較勝，故從之）。以上二句所寫是此一女子由讀詞而引起的猜想。

然而引起此女子之猜想者，原來還不僅是由於詞中之「綺語太胡盧」而已，其尤足引人猜想者則是由於此女子眼中所見之男子在寫詞時所表現的一種深摯投注的感情，故乃有第三句之「燈前腸斷為誰書」之語。曰「燈前」，是此一男子寫詞時所處之地；曰「腸斷」，是此一男子寫詞時所有之情。夫深夜燈前固原為引人幽思遐想之時地，而心傷腸斷則又為何等深摯懇切之情懷，此所以使人疑想其所寫者必有愛情之本事之又一因也。然而卻又以其「綺語太胡盧」而難以測知其本事之究竟誰指，故乃有「燈前腸斷為誰書」之內心之疑問也。

以上前半闋之所寫，既都是此一讀詞之女子對於詞中之「綺語太胡盧」所引起的疑問，於是後半闋乃接寫此一女子欲對詞中之本事更作進一步之探尋的努力。換頭二句「隱几窺君新製作，背燈數妾舊歡娛」，寫此一女子遂憑倚於此寫詞之男子的書几之側而窺視其新寫成之詞作，然後背燈回面而仔細計數其自身與此一男子之間所曾有過的種種舊日之歡娛，其意蓋在於欲以求證此男子詞中之所寫是否與女子自身所計數之歡愛之果然相符也。而最後乃發現此詞中所寫之情事，與其記憶中所細數的舊日之歡娛之終然難以相合，故乃結之曰「區區情事總難符」。「區區」二字在此句中，蓋可能有雙重之取意：其一，可以為私心所愛之意，如辛延年之《羽林郎》一詩，即曾有「私愛徒區區」之句，可以為證；其二，可以但為瑣細纖小之意，此為一般人所習用之意。如此則承上句之「數妾舊歡娛」言之，此所謂「區區情事」，自當指此女子心中所計數之種種私愛中之瑣細之情事。而計數之結果，則是「總難符」。於是此詞開端所提出的「本事新詞定有無」之疑問，乃終於不能求得一現實之情事以印證之矣。

以上是我們從這一首詞表面所寫的閨中兒女之情事所作出的極簡單的解說。觀其所使用之辭語，曰「本事」，曰「綺語」，曰「燈前腸斷」，曰「隱几」，曰「背燈」，曰「妾」，曰「歡娛」，曰「區區」，若此之類，即都表現有一種兒女之情的色彩，加之以其敍寫之口吻又極為生動真切，是則此詞乃果然為一首但寫兒女閨情的「寫境」之作矣。然而私意卻以為此詞實為一首「造境」的喻説之作。我之所以作此想者，一則蓋因其敍寫之口吻雖然亦復生動真切，然而卻實在並未表現有任何真正屬於現實的愛妒悲喜之情。如果以此詞與王氏其他果然寫兒女之情的作品相比較，則如其《鵲橋仙》（繡衾初展）一首之寫離別後的歡會，《蝶戀花》（閱盡天涯離別苦）一首之寫生離之後又面臨死別的哀痛，就不僅都有王氏與其妻子莫夫人之生離死別的本事為印證，而且其全出於主觀的敍寫之口吻，所表現的歡欣與哀悼之情便也都是明白可見的。而這一首《浣溪沙》詞，則不僅假託為「妾」之口吻以寫出之，而且此所謂「妾」者，在全篇整體的背景中，似乎也已化成為被敍寫之情事中的一個客體了。於是此詞中所敍寫之情事遂亦因而整個化成了一種被敍寫的以情事為主的事象，於是遂產生了一種象喻之可能性，此其一。再則這首詞中的每一句詞，似乎都喻說了一種屬於創作的體驗和情況，這當然絕不可能僅只是出於巧合，而必是出於有心的象喻，此其二。因此下面我就把我個人所見到的這首詞中的一些象喻的意思，也略加說明。

先說第一句「本事新詞定有無」。所謂「本事」，在中國傳統詩詞中一般有廣狹二義：廣義的「本事」，可以指任何作品凡其中內容之有真實事件可指者，皆可謂之為有「本事」；至於狹義的「本事」，則一般多指作品中涉及有關於男女之愛情事件者，則謂之為有「本事」。此詞之所謂「本事」，自當是指狹義的愛情事件而言。而談到愛情事件，則往往最易引起讀者探尋的興趣。可是在中國的舊道德傳統中，愛情又往往被人認為是一種極不正當的事件。於是在這種觀念中，遂形成了兩種情況：一方面是讀者對於愛情事件的探尋，往往懷有極強烈的興趣；而另一方面則作者對於此種愛情之猜測，又極力想做出並無其事的表白。這兩種情況本已相當複雜，而使這種情況更加複雜起來的，則是中國的詩歌又有着一個以愛情為託喻的悠久的傳統。於是一切芳菲悱惻的詩篇，遂同時都可以給讀者以愛情及託喻的雙重聯想。於是對於其中「本事」的是非有無當然也就極易引起人的爭議。如何解決這些爭議，這在中國詩歌的研討中本已形成為一項重大的課題，而王氏此詞的開端一句，卻以「本事新詞定有無」短短的七個字，就扼要地掌握了有關詩歌之創作和評說的如此重大的一個問題，這種統攝一切的識見和這種精妙的表現手法，都是不凡的。不過王氏所想要表述的卻還不僅是一個文學上的泛泛的問題而已，他所要表述的實在更特別指向了一種詞的特質，所以他便不僅在句首提出了「新詞」兩個字，而且更在下一句的「這般綺語太胡盧」中，以外表的寫實之語，描述了詞在文學藝術方面的一種特質，而這種描述則與王氏在《人間詞話》中所提出的說詞之理論正相吻合。王氏曾謂「詞之為體，要眇宜修」，所以如果把詞與詩相比較，則詞當然比詩更多「綺語」。王氏又曾謂：「詩之境闊，詞之言長。」還曾謂：「詞之雅鄭，在神不在貌。」可見詩中之意境雖然可以較詞更為開闊博大，但多為顯意識中可以指說之情事，而詞之特質則更在其能予人以一種意在言外的長遠而豐富的聯想，故其妙處所在，也就更難於像詩一樣從外貌所寫的情事作切實之指說，因此自然就不免形成為「這般綺語太胡盧」的一種特質了。

以上還不過是但就詞之特質言之而已，若再就詞之作者言之，則詞之寫作與詩之寫作原來也有一個極大的分別，那就是詩人在寫詩時往往都在顯意識中明白地有一種言志之用心，因此詩歌之內容乃往往有一個鮮明的主題，可以為讀者所察見。而詞人在寫詞時則往往只是為一個曲調填寫歌辭，即使後世之詞已經不再真正地付諸演唱，但寫詞之人在寫作小詞時往往仍以寫傷春怨別之辭為主，並不在詞中明白地表達言志之心意，因此詞之寫作，就作者言之便也同樣不免於有一種「綺語太胡盧」之致。只不過詞人之寫詞，雖在顯意識中往往並沒有明白的言志之用心，可是在寫作過程中卻又往往會不知不覺地把自己內心中最深隱幽微的一份情感之本質投注流露於其中，是以就其隱意識中的深摯之情言之，自然亦可以有斷腸之痛，然而若就其顯意識言之，則不一定可以在理性上作出確切的說明。而此詞之「燈前腸斷為誰書」一句，就恰好極為委曲而貼切地傳述了這一份顯然斷腸也難以明白言說的深隱的情思。這正是只有在詞之寫作中才能體會到的一種感受。

至於下半闋的「隱几窺君新製作，背燈數妾舊歡娛，區區情事總難符」三句，則就其表面所寫的現實情事來看，其所謂「君」與「妾」，固分明為一男子與一女子，一為寫詞之人，一為讀詞之人，當然應該是兩個人。然而若就其更深一層的象喻來看，則此兩人實在乃是作者一個人的雙重化身。如我在《王詞意境之特色》一文中所言，王氏在其詞論中，原曾提出過「觀物」與「觀我」之說，我當時對此曾加以解釋，說「若把景物作為對象來加以觀察敍寫，則是一種『觀物』之作」；若把自己之「情意」「作為對象來觀察敍寫，便是一種『觀我』之作」。可見能寫者固然是我，能觀者也依然是我。而且此能觀的我還不僅只是能觀其自我之情意而已，同時還更能對其寫作之自我也取一種能出乎其外而觀之的態度。因此這首詞中所寫的「君」與「妾」表面雖是二人，然而卻實係一人，寫詞之「君」是我，窺詞之「妾」也是我，還有背燈計數舊歡娛的，也仍然是我。蓋以一般作者在寫作之際，往往同時也另有一個我在觀察和批評。而自我觀察和批評的結果，則往往會覺得自己所寫的並未能將自己真正所感的加以充份適當的表達。此種情況蓋正如陸機在其《文賦》中論及寫作時之所言：「每自屬文，尤見其情，恆患意不稱物，文不逮意。」此正所謂「區區情事總難符」也。何況小詞情致之深隱幽微固有更甚於一般其他詩文者，則其「區區」「難符」自亦更有甚於陸機《文賦》之所言者。昔陸機以賦體寫為文論，曾為千古之所艷稱，今茲王氏乃以一極短小之令詞的體式，用象喻之筆寫出了含蘊如此豐美的詞論，這在詞之寫作的領域中，自然是一種極可重視的開拓和成就。

浣溪沙

月底棲鴉當葉看，推窗跕跕墮枝間。霜高風定獨憑闌。 覓句心肝終復在，掩書涕淚苦無端。可憐衣帶為誰寬。

從這首詞開端的「月底棲鴉」四個字來看，王氏所寫者固原為眼前實有的一種尋常之景物。可是當王氏一加上了「當葉看」三個字的述語以後，卻使得這一句原屬於「寫境」的詞句，立即染上了一種近於「造境」的象喻的色彩。其所以然者，蓋因既說是「當葉看」，便可證明其窗前之樹必已經是枯凋無葉的樹，而所謂「棲鴉」，則是在淒冷之月色下的「老樹昏鴉」，其所呈現的也應原是一派蕭瑟荒寒的景象，可是王氏卻偏偏要把這原屬於荒寒的「棲鴉」的景色作為綠意欣然的景色來「當葉看」。只此一句，實在就已表現了王氏在絕望悲苦之中想要求得慰藉的一種掙扎和努力。然而現實畢竟是現實，無論詩人在感情方面抱有多麼大的期待和幻想，殘酷的現實也終於會把它們全部摧毀和消滅。所以當詩人想要把隔在中間的窗子推開，對於幻想中之「當葉看」的美景，作進一步的探索和追尋之時，乃驀然發現這些枝上不僅本然無葉，而且就是那些暫時點綴在枝上，可以使詩人「當葉看」的「棲鴉」也已經飛逝無存了。

在這句中，王氏所用的「跕跕」二字，蓋原出於《後漢書》之《馬援傳》。本來是寫馬援出征交阯之時，當地的氣候惡劣，「下潦上霧，毒氣熏蒸」，連飛鳥也不能存活，所以「仰視飛鳶跕跕墮水中」。王氏使用了此一有出典的「跕跕墮」三字，實在用得極好。第一，此三字原為形容飛鳥之語，「鴉」亦為飛鳥之一種，故可用此三字形容「鴉」，此其一。第二，此一古典之運用，遂使靜安詞別有一種古雅之美，此其二。第三，就王氏所見之實景而言，當其推窗之際，窗外之鴉自當是驚飛而去，而絕非如《馬援傳》所寫的「跕跕」而「墮」，然而王氏既曾將此「棲鴉」「當葉看」，則樹上棲鴉之消逝，就詩人之想像而言，固又正如落葉之再一次的飄墮。如此則現實自然中本已有過的一次葉落，固已使詩人遭受過一次美好之生命已歸破滅的打擊，如今則幻想中「當葉看」的「棲鴉」乃竟然又一次如葉之飄墮，是則對詩人而言，乃更造成其幻想中之美好的景象又一次破滅無存，於是此「跕跕墮」三字遂有了一種超寫實的象喻感，此其三。第四，「跕跕墮」三字在《馬援傳》中寫飛鳥之墮，蓋原由於環境之惡劣，因而在王氏此句中的「跕跕墮」三字，遂亦隱然有了一種隱喻環境之惡劣的暗示，此其四。

於是，在此二句所寫的「當葉看」與「玷玷墮」之幻想破滅之後，所留給詩人的只剩下一片毫無點綴、毫無遮蔽的寂寞與荒寒。詩人遂寫下了第三句的「霜高風定獨憑闌」。「霜」而曰「高」，自可使人興起一種天地皆在嚴霜籠罩之中的寒意彌天之感。至於「風」而曰「定」，則或者會有人以為不如說「風勁」之更有力，但私意以為「定」字所予人的感受與聯想實在極好。蓋以如用「勁」字，只不過使人感到風力依然強勁，其摧傷仍未停止而已；而「定」字所予人的感受，則是在一切摧傷都已經完成之後的更無絲毫挽回之餘地的絕望的定命，正如李商隱在其《暮秋獨遊曲江》詩中所寫的「荷葉枯時秋恨成」之「恨成」，也正如《紅樓夢》中《飛鳥各投林》一曲所說的「好一似食盡鳥投林，落了片白茫茫大地真乾淨」之一切榮華早已歸於無有的「真乾淨」。然則詩人在面對如此情境之下「獨憑闌」，又該是如何的一種感受和心情？把一切悲悼、絕望、寂寞、高寒之感都凝聚在一起，而卻以「獨憑闌」三字寫得如此莊嚴肅穆，這實在是靜安詞所特有的一種境界。

以上前半闋的三句本是以寫外在之景象為主的，然而王氏卻在寫景之中傳達了這麼豐富的感受和意蘊，遂使得原屬於「寫境」的形象同時也產生了「造境」的託喻的效果。這種形象與託喻相結合的力量既已經如此之豐美強大，下半闋遂不再假借任何景物與託喻，而改用直抒胸臆的敍寫。至於如何直抒胸臆，則王氏此詞原有兩種不同之版本，我們在前面所抄錄的是收入於《觀堂外集》中的《苕華詞》的版本，但在其早年所編印的《人間詞》的版本中，此二句原作「為制新詞髭盡斷，偶聽悲劇淚無端」。私意以為《苕華》本較勝。蓋以《人間》本的兩句，所表現的只有一層情意：前一句「為制新詞髭盡斷」寫作詞之辛苦，用古人「吟安一個字，撚斷數根髭」之句，謂因作詞而髭皆撚斷；後一句「偶聽悲劇淚無端」則寫內心之悲哀易感，故偶聽悲劇而涕淚無端，如此而已。可是《苕華》本的兩句，卻可以傳達出更多層次的情意，而其作用則全在用字與語法之切當有力。先說「覓句心肝終復在」一句，這句從表面看來本也是寫作詞之用心良苦，與「為制新詞」一句的意思似頗為相近，但卻因其用字與句法的安排，而蘊涵了如我在《傳統詞學》一文中介紹西方接受美學時所述及的一種可以給讀者以更多感發的可能潛力。

先說「覓句心肝終復在」一句，首先是「覓」字從一開始就暗示了一種探索追尋的努力。再則是「心肝」二字又給予人一種極強烈的感受。其所以提出「心肝」二字者，蓋因就中國傳統之詩論言之，本來一向都認為「詩」是「志之所之」，「情動於中而形於言」，先要有「搖蕩性情」的感動，然後才會有「形諸舞詠」的創作。所以「心」實在是引起創作之感發的一個根源。只不過這種感發之「心」，原是指一種抽象的情思，而並非現實中生理的「心肝」之「心」。所以就一般情況而言，王氏此句本可以寫為「覓句心情」或「覓句心懷」，但王氏並未使用這些習見的字樣，而用了給人以一種血淋淋的現實之感的「心肝」字樣。這兩個字初看起來頗給人一種不舒適的感覺，然而卻帶有一種極強烈的力量。亦正如蔡琰《悲憤詩》之寫傷痛的心情乃曰「怛吒糜肝肺」，杜甫之寫關切的心懷乃曰「嘆息腸內熱」，其作用與效果蓋頗有相近之處。而且私意以為王氏所用之「心肝」二字還可以更給讀者一種聯想，那就是當「心肝」二字連用作為指稱抽象的感情之辭時，往往帶有一種指責之意味，如一般稱人之自私自利對國家社會全然無所關心者，則謂之為「全無心肝」。而王氏此句乃曰「心肝終復在」，則反用其意表現了自己對此冷漠無情之人世之終於不能無所關懷的一份強烈而激動的感情。而且「終復在」三個字的敘寫口吻更表現了有如李商隱《寄遠》詩所寫的一份「姮娥擣藥無時已，玉女投壺未肯休」的不已無休的纏綿深摯的執着。關於王國維詞對於人世的深切關懷，我在《王國維及其文學評論》一書中，於論及王氏之性格與時代之關係時，曾經提出過一段話，說王氏「一方面既以其天才的智能洞見人世慾望的痛苦與罪惡……而另一方面他卻又以深摯的感情，對此痛苦與罪惡之人世深懷悲憫，而不能無所關心」。而且王氏早年之所以離開故鄉海寧而到上海去求學，繼而又遠赴日本去留學，主要就正因為他原有一種用世與救世之心。即使當他幾經挫折而以寫詞自遣的時代，他還寫了若干雜文，如其《靜安文集》及《靜安文集續編》中所收錄的《教育偶感》《論平凡之教育主義》《論教育之宗旨》《教育普及之根本》，及《人間嗜好之研究》與《去毒篇》等，無一不表現了他對人世的一份深切的關懷。而此詞中的「覓句心肝終復在」一句，所表現的就正是這一份深切的感情。王氏更以其「覓」字、「心肝」字及「終復在」的口吻，將這份感情表現得如此深刻曲折而強烈，這就是我所以認為《苕華》本的改句較《人間》本之原句為勝的主要原因。

再說其下面的「掩書涕淚苦無端」一句，此句亦較《人間》本之「偶聽悲劇淚無端」為勝。蓋以「偶聽」一句既已明白指出了「淚無端」是由於「聽悲劇」而來，如此則其所謂「無端」者便已有一端緒可尋，因而其悲感遂亦有了一種原因與限度，所以其感人之力亦因而也有了限制。至於「涕淚苦無端」之句，則以一「苦」字加強了「無端」之感，是欲求其端而苦不能得之意，如此遂使其涕淚之哀感成為了一種「莫之為而為，莫之致而至」的與生命同存的哀感，於是其所寫的哀感之情乃亦自有限擴而為無限矣。這自然也是使我覺得《苕華》本勝於《人間》本的一個原因。至於句首的「掩書」二字，則表面看來雖或者也可視為涕淚之一端，但實際上「掩書」所寫的原來只是一個動作，而如果以「掩書」的動作與下文之「涕淚」結合起來看，則可以提供給讀者很多層次的聯想。首先就王氏的性格來談，則王氏平生最大的一個愛好就是讀書。他曾經自謂：「余畢生唯書冊為伴，故最愛而最難捨去者，亦唯此耳。」然而王氏研治哲學之結果，既未能求得對人生之完滿的解答，其研治史學之結果，亦未能達成救世之理想與願望，這種動機與結果，自然可以想像為其掩卷興悲涕淚無端的一項因素。其次則王氏之讀書原來也曾有欲藉讀書以求自我逃避和慰藉之意。但他逃避和尋求慰藉的結果，反而是更增加了心靈中的悲苦和寂寞，所以在另一首《浣溪沙》中，他就又曾自敍說：「掩卷平生有百端，飽更憂患轉冥頑，偶聽啼鴂怨春殘。　　坐覺無何消白日，更緣隨例弄丹鉛，閒愁無分況清歡。」是則無論其欲在文學之研讀創作中求慰藉，或者欲在丹鉛之考證的研讀中求逃避，而最終依舊是「掩卷平生有百端」的悲慨。那一首詞的「掩卷」正可作為這一首詞中「掩書」一句的註腳。可知其「無端」之涕淚固正由此「百端」之悲慨也。然而王氏的此種深悲極苦之情與悲天憫世之意又誰知之者乎？故乃結曰：「可憐衣帶為誰寬。」這一首《浣溪沙》詞，實在可以說是王氏由眼前尋常景物之寫境寫起，而卻蘊涵有極豐富的深情與哲理的一首代表作。

像這一類從敍寫眼前的景物開始，而卻引發出多層次的要眇深微之意蘊的作品，在王詞中還有不少。即如其《蝶戀花》之「辛苦錢塘江上水，日日西流，日日東趨海」一首詞，《好事近》之「夜起倚危樓，樓角玉繩低亞」一首詞，《玉樓春》之「西園花落深堪掃，過眼韶華真草草」一首詞，便都在所寫的景物以外，更有一種幽微深遠之意蘊。只是為篇幅所限，本文已不暇詳說，只好請讀者自己去欣賞了。

浣溪沙

山寺微茫背夕曛，鳥飛不到半山昏，上方孤磬定行雲。　試上高峰窺皓月，偶開天眼覷紅塵，可憐身是眼中人。

靜安先生在《清真先生遺事·尚論》中嘗言詩之「境界有二：有詩人之境界，

有常人之境界。詩人之境界，唯詩人能感之而能寫之，故讀其詩者，亦高舉遠慕，有遺世之意。而亦有得有不得，且得之者亦各有深淺焉。若夫悲歡離合、羈旅行役之感，常人皆能感之，而唯詩人能寫之」。以世諦言之，自以第二種作品為感人易而行事廣也。然而靜安先生之所作，則以屬於第一種者為多。夫人固不能強不知以為知，亦不能強知以為不知，既得此詩人之境界焉，而欲降格以強同乎常人，則匪唯有所不屑，將亦有所不能。而此境界既非常人之能盡得，則以我之庸拙而顧欲說之，得無為持管而窺天，將蠡以測海乎？讀其詞者，幸自得之，勿為我之淺說所誤焉。

起句「山寺微茫背夕曛」，如認為確有此山、確有此寺，而欲指某山、某寺以實之，則誤矣。竊以為此詞前片三句，但標舉一崇高幽美而渺茫之境界耳。近代西洋文藝有所謂象徵主義者，靜安先生之作殆近之焉。我國舊詩、舊詞中，擬喻之作雖多，而象徵之作則極少。所謂擬喻者，大別之約有三類：其一曰以物擬人，如吳文英《浣溪沙》詞「落絮無聲春墮淚，行雲有影月含羞」，杜牧《贈別》詩「蠟燭有心還惜別，替人垂淚到天明」，是以物擬人者也；其二曰以物擬物，如東坡《永遇樂》詞「明月如霜，好風如水」，端己《菩薩蠻》詞「琵琶金翠羽，弦上黃鶯語」，是以物擬物者也；其三曰以人託物，屈子《離騷》「何昔日之芳草兮，今直為此蕭艾也」，駱賓王《在獄詠蟬》詩「露重飛難進，風多響易沉」，是以人託物者也。要之，此三種皆於虛擬之中仍不免寫實之意也。至若其以假造之景象，表抽象之觀念，以顯示人生、宗教，或道德、哲學某種深邃之義理者，則近於西洋之象徵主義矣。此於我國古人之作中，頗難覓得例證。《珠玉詞》之《浣溪沙》「滿目山河空念遠，落花風雨更傷春，不如憐取眼前人」，《六一詞》之《玉樓春》「直須看盡洛城花，始共東風容易別」，殆近之矣，以其頗有人生哲理存乎其間也。然而此在晏、歐諸公，殆不過偶爾自然之流露，而非有心用意之作也。正如靜安先生《人間詞話》所云：「遽以此意解釋諸詞，恐為晏、歐諸公所不許也。」而靜安先生之詞，則思深意苦，故其所作多為有心用意之作。樊志厚《人間詞甲稿序》云：「若夫觀物之微、託興之深，則又君詩詞之特色。」此序人言是靜安先生自作而託名樊志厚者，即使不然，而其序言必深為靜安先生所印可者也。夫如是，故吾敢以象徵之意說此詞也。

「山寺微茫」一起四字，便引人抬眼望向半天高處，顯示一極崇高渺茫之境，復益之以「背夕曛」，乃更增加無限要眇幽微之感。黃仲則《都門秋思》有句云「夕陽勸客登樓去」，於四野蒼茫之中，而舉目遙見高峰層樓之上獨留此一片夕陽，發出無限之誘惑，令人興攀躋之念，故曰「勸客登樓去」，此一「勸」字固極妙也。靜安詞之「夕曛」，較仲則所云「夕陽」者其時間當更為晏晚，而其光色亦當更為黯淡，然其為誘惑，則或更有過之。何則？常人貴遠而賤近，每於其所愈不能知、愈不可得者，則其渴慕之心亦愈切。故靜安先生不曰「對夕曛」，而曰「背夕曛」，乃益更增人之遐思幽想也。吾人於此塵雜煩亂之生活中，恍惚焉一瞥哲理之靈光，而此靈光又復渺遠幽微如不可即，則其對吾人之誘惑為何如耶？靜安先生蓋嘗深受西洋叔本華悲觀哲學之影響，以為：「生活之本質何？欲而已矣。欲之為性無厭……一欲既終，他欲隨之，故究竟之慰藉終不可得也……故人生者如鐘錶之擺，實往復於苦痛與倦厭之間者也。」靜安先生既覺人生之苦痛如斯，是其研究哲學，蓋欲於其中覓一解脫之道者也。然而靜安先生在《靜安文集續編·自序二》中又云：「予疲於哲學有日矣。哲學上之說，大都可愛者不可信，可信者不可愛……知其可信而不能愛，覺其可愛而不能信，此近二三年中最大之煩悶。」然則是此哲理之靈光雖惚若可以瞥見，而終不可以求得者也。故曰：「鳥飛不到半山昏。」人力薄弱，竟可奈何？然而人對彼一境界之嚮往，彼一境界對人之吸引，仍在在足以動搖人心，有磬聲焉，其音孤寂，而揭響遏雲，入乎耳，動乎心，雖欲不嚮往，而其吸引之力有不可拒者焉，故曰「上方孤磬定行雲」也。於是而思試一攀躋之焉，因而下片乃有「試上高峰窺皓月」之言。曰「試上」，則未曾真個到達也可知；曰「窺」，則未曾真個察見也可想。然則此一「試上」之間，有多少努力、多少苦痛？此又靜安先生在《紅樓夢評論》一文所云：「有能除去此二者（按指苦痛與倦厭），吾人謂之曰快樂。然當其求快樂也，吾人於固有之苦痛外，又不得不加以努力，而努力亦苦痛之一也。且快樂之後，其感苦痛也彌深。故苦痛而無回復之快樂者有之矣，未有快樂而不先之或繼之以苦痛者也。」是其「試上高峰」原思求解脫、求快樂，而其「試上」之努力固已為一種痛苦矣。且其痛苦尚不止此。蓋吾輩凡人，固無時刻不為此塵網所牢籠，深溺於生活之大欲中，而不克自拔，亦正如靜安先生在《紅樓夢評論》中所云：「於解脫之途中，彼之生活之欲，猶時時起而與之相抗。」夫如是，固終不免於「偶開天眼覷紅塵」也。吾知其「偶開」必由此不能自已、不克自主之一念耳。陳鴻《長恨歌傳》云：「由此一念，又不得居此，復墮下界，且結後緣。」而人生竟不能制此一念之動，則前所云「試上高峰」者，乃彌增人之艱辛痛苦之感矣。竊以為前一句之「窺」，有欲求見而未全得見之憾；後一句之「覷」，有欲求無見而不能不見之悲。而結之曰「可憐身是眼中人」，彼「眼中人」者何？固此塵世大欲中擾擾攘攘、憂患勞苦之眾生也。夫彼眾生雖憂患勞苦，而彼輩春夢方酣，固不暇自哀。此譬若人死後之屍骸，其腐朽糜爛全不自知，而今乃有一屍骸焉，獨具清醒未死之官能，自視其腐朽，自感其糜爛，則其悲哀痛苦，所以自哀而哀人者，其深切當如何耶？於是此「可憐身是眼中人」一句，乃真有令人不忍卒讀者矣。

予生也晚，計靜安先生自沉昆明湖之日，我生尚不滿三歲，固未得一親聆其教誨也。而每讀其遺作，未嘗不深慨天才之與痛苦相終始。若靜安先生者，遽以死亡為息肩之所、自殺為解脱之方，而使我國近代學術界蒙受一絕大之損失，此予撰斯文既竟，所以不得不為之極悲而深惜者也。

鷓鴣天

閣道風飄五丈旗，層樓突兀與雲齊。空餘明月連錢列，不照紅葩倒井披。　頻摸索，且攀躋。千門萬戶是耶非？人間總是堪疑處，唯有茲疑不可疑。

本來，我們在前文論及王國維《人間詞話》中之「造境」與「寫境」之說時，已曾引述過王氏的話，說「二者頗難分別」，蓋以「大詩人所造之境，必合乎自然，所寫之境，亦必鄰於理想故也」。因此我在評說王氏之《蝶戀花》（窈窕燕姬）一首詞時，就曾提出說我以前本曾以為此詞可能是屬於「造境」之作，其後因見到了蕭艾先生的有關此詞的一則「本事」之說，於是才將之定為「寫境」之作。然而現在我們所要評說的這首《鷓鴣天》詞，我卻敢於斷定其必為「造境」之作無疑。我之所以敢於斷定其必為「造境」之作的緣故，當然主要由於其開端所寫的景物之奇突不類眼前之所實有，然而王氏卻又曾說過「所造之境，必合乎自然」的話，可見雖屬虛構之「造境」，但作者在想像出此一景象之時也必應有其想像之依據。那麼王氏所寫的這些奇突之景物，其想像之依據又究竟何在呢？

我們先看這首詞的開端二句——「閤道風飄五丈旗，層樓突兀與雲齊」，此二句所寫之景象不僅極為雄壯宏偉，且極為突兀飛揚，使人讀之自覺有一種震懾而且吸引人的力量。如果從這首詞下面過片所寫的「頻摸索，且攀躋」二句來看，則此開端二句所寫的震懾而且吸引人的景象，固當原為詩人所「摸索」「攀躋」以追尋的一種境界。而此種境界就王國維言之，則其所追尋者乃往往為一理想中之境界而並非現實之境界。舉例而言，即如其在《蝶戀花》（憶掛孤帆東海畔）一首詞中所寫的對於「海上神山」的追尋，在《浣溪沙》（山寺微茫背夕曛）一首詞中，所寫的想要「窺皓月」而「試上高峰」的努力，便都表現了一種對理想中之境界的追尋和嚮往。這一類詞中所寫的意境，一般説來在王詞中大都是屬於象喻性的「造境」之作。「憶掛孤帆」一首所寫的「海上神山」的景象，其所依據者自然乃是大家所熟知的渤海中有三神山的神話傳説，見於《漢書．郊祀志》及《拾遺記》。至於「山寺微茫」一首所寫的「山寺」「高峰」諸形象，則並無特殊的出處。因此遂有人以為此詞所寫者原是實景，而並非造境。不過，若據此詞下半首所寫的「偶開天眼覷紅塵」及「可憐身是眼中人」等充滿哲理思想的詞句來看，則私意以為這些景象似乎也仍是所謂「造境」，只不過這些「造境」固正如王氏所云，乃是「大詩人所造之境，必合乎自然」，且「其材料必求之於自然，而其構造亦必從自然之法則」的一個很好的例證而已。至於這一首詞中所寫的「閣道」與「五丈旗」諸景象，則一方面既非如「海上神山」之為人所熟知，而另一方面也不似「山寺微茫」之有合於自然。如果從這一點差別來看，則私以為這一首詞所寫的對某種境界的追尋，實在應該是較之另二首更為有心用意的一首託喻之作。

從這首詞開端一句所寫的景象來看，其想像中之「造境」的依據蓋原出於《史記·秦始皇本紀》中對於阿房宮之描繪。據《史記》所載，謂「前殿阿房，東西五百步，南北五十丈，上可以坐萬人，下可以建五丈旗」。此固當為人世之宮殿中的一所絕大之建築，所以當王國維想要為其想像中所追尋的境界覓取一個最為崇高宏偉的建築之形象時，乃選擇了《史記》中所描述的「阿房」之宮以為依據，這自然可以看做是王氏選用此一形象在此一首詞中的第一個作用之所在。但其作用卻還不僅只是如此而已。原來此詞首句開端的「閣道」二字，除了寫「阿房」之建築的崇高宏偉以外，同時還可以從由此二字所牽涉的構建規模，而引發出更深一層的聯想和託意。蓋據《史記》之記敍，謂「阿房」之建築乃是「周馳為閣道，自殿下直抵南山，表南山之顛以為闕，為復道自阿房渡渭，屬之咸陽」。而此一建築規模之取意，則是為了「以象天極閣道絕漢抵營室也」。由此可知此一建築所設計的規模形勢，原來還更有與天文有關的另一層象喻之深意。先説「閣道」，此一辭語之所指，就「阿房」之建造而言，自然乃是指空中之復道，謂此一復道可以從阿房經過渭水而與咸陽相連屬。至於「以象天極」云云，則原來乃是指此一建造在天文方面的象喻。蓋以根據《史記·天官書》中所載對於「天極」的描述來看，其所謂「閣道」

者，乃是「天極紫宮之後六星絕漢抵營室者曰閣道」。據張守節《正義》之解釋，謂：「漢，天河也，直度曰絕；抵，至也；營室七星，天子之宮。」可見阿房之「閣道」的建造，乃正像天極之紫宮。至於閣道之經過渭水與咸陽之宮殿相連屬，則亦正像天極紫宮後六星之直度天河與天子之宮相連接。而所謂「天子之宮」，就天文星象言之，則固當為天帝之所居。由此遂使得我們得以窺見了王氏此詞之所以選用了「閣道風飄五丈旗」之景象，以象喻其所追尋之境界的更深一層的含義。蓋以如果只泛言一高遠之境界，如其《浣溪沙》詞所寫的「山寺微茫」與「試上高峰」，則其所象喻者乃亦不過僅只為一高遠之理想而已，然而此詞中開端的「閣道」一句，則以其所寫之景象既出於特殊之事典，因而遂亦由此一特殊之事典，而使得此一景象有了一種更為豐富的聯想的可能性。蓋以「閣道」在事典中既被喻示為可以通達天帝之居的一條通道，於是王氏在此詞中所敘寫的「摸索」「攀躋」遂亦都有了向天帝之居去追尋探索的意味。而向天帝之所居去追尋探索，就王氏之性格言之，則可以象喻為他想要對人生求得一個終極之解答的嚮往和追尋。這種解說的聯想，我們不僅可以從西方接受美學家依塞爾在其《閱讀活動——一個美學反應的理論》一書中所提出的文本中之可能的潛力之說，為「閣道」一形象之多層可能的喻義找到理論的依據，而且我們也可以從王國維自己的作品中，為這種解說的聯想找到不少實例的證明。即如我在《王詞意境之特色與形成其意境的一些重要因素》一文中，就已曾提出說王氏在其寫作小詞的一個階段中，也曾同時「寫有《論性》《釋理》《原命》諸文，思欲對人生與人性之諸問題有所究詰」。而且王氏在其《靜安文集續編》的《自序》一文中，也曾經自己說過「體素羸弱，性復憂鬱，人生之問題日往復於吾前」的話。而這種要想對人生問題求得一個終極之解答的探索，在王氏詞中遂往往表現為一種欲與上天之精神相往來的意境。即如其《踏莎行》詞之「絕頂無雲」一首，便曾寫有「我來此地聞天語」之句，又如其《鷓鴣天》之「列炬歸來酒未醒」一首，也曾寫有「更堪此夜西樓夢，摘得星辰滿袖行」之句。凡此種種，當然都足可證明王氏詞中所寫的高遠之意象，不僅可以象喻為一種高遠之理想，而且還隱含有一種要向上天去探索人生終極之問題的「天問」式的究詰。只不過在其他各詞中，王氏所選用的意象都較為習見自然，而這一首詞中所選用的意象則較為突兀而不習見，而且還在其所取材的《史記》之《秦始皇本紀》及《天官書》中隱含了更為深入一層的含義。因此我們只從這一首詞的第一句，實在就已經可以判斷出這首詞在王氏之詞作中，應該乃是一首較之他詞更為有心託意的「造境」之作了。

這首詞既然從一開始就是以假想中之「造境」所寫的託意之作，因此以下各句所寫之景象，遂亦莫不為其假想中之種種「造境」，至於這些假想中之景象的依據，則全為王氏平日自書中所得之形象。只不過這些形象有的雖頗為讀者所習知，有的則不大為讀者所習知而已。先說「層樓突兀與雲齊」一句，此句之形象蓋出於《古詩十九首》中「西北有高樓，上與浮雲齊」兩句詩，此固為一般人之所共知。只不過王氏卻將「高樓」改成了「層樓」，而又加上了「突兀」二字的形容。像這種用古人之詩句而稍加改易的情況，王國維在其《人間詞話》中，也曾對之有所論說。我在《王國維境界說的三層義界》一文中，就曾提到王氏在《人間詞話》中所說的「借古人之境界為我之境界」的一段話。而且他還曾舉出周邦彥及白仁甫二人在詞曲中皆曾分別引用賈島之詩句的例證，足可見借用古人之詩句原為王氏理論中之所許，只不過要「自有境界」而已。王氏在此一句詞中既曾變古詩中之「高樓」為「層樓」，又加上了「突兀」二字，於是此一句詞因而也就有了不同於古詩的另一番境界。如果將兩者加以比較來看，則「高樓」之意象予人之感受較為單純，除去一份高寒之感外，並不雜有其他之暗示；而「層樓」之意象予人之感受則較為繁複，除去崇高之感以外，還伴隨有一種繁富壯麗的聯想，再加之以「突兀」二字，遂更增加了一種令人目眩心懾的氣勢。而且以此一句承接在首句的「閣道風飄五丈旗」七個字之下，兩相映襯，使得此復道層樓之景象顯得更加宏偉而且壯麗，何況「風飄五丈旗」之形象又表現得如此生動。其筆力之充沛飽滿，竟把假想中千年前秦始皇之阿房宮殿寫得如在目前，乃大似杜甫寫「昆明池水」之「漢時功」，真覺其「旌旗在眼中」矣。

而下面又繼之以「空餘明月連錢列，不照紅葩倒井披」二句，遂使得此一復道層樓之崇高宏偉的景象，驀然又增加了一份光怪而且迷離的氣氛。至於這兩句詞中之景象，其假想中之依據則仍是王氏之書本上的知識。「空餘明月連錢列」的形象，出於班固《西都賦》中對昭陽宮殿之描述鋪陳，即「隋侯明月，錯落其間，金釭銜璧，是為列錢」之句。《昭明文選》李善註，於「隋侯」一句嘗引《淮南子》高誘註云：「隋侯見大蛇傷斷，以藥敷而塗之。後蛇於夜中銜大珠以報。」因謂：「隋侯之珠，蓋明月珠也。」又引許慎《淮南子．注》云：「夜光之珠，有似明月，故曰明月也。」至於「金釭」一句，則李善曾引《漢書．孝成趙皇后傳》對昭陽宮之描述，有「壁帶往往為黃金釭」之記載。據顏師古註云：「壁帶，壁之橫木露出如帶者也。於壁帶之中往往以金為釭。」晉灼曰：「以金環飾之也。」由此可知所謂

「金釭銜璧，是為列錢」者，蓋指壁帶上金環所銜之圓璧垂懸如列錢也。若就王氏此詞言之，則其開端一句之「閣道」既然有指向通達天帝之居的暗示，則此一句所寫的「明月連錢列」，自然指的應該是天帝之宮中的隋珠連璧的光華富麗的裝飾了。至於下一句的「紅葩倒井披」之形象，則出於張衡之《西京賦》，寫未央宮前殿龍首之盛，有「蒂倒茄於藻井，披紅葩之狎獵」之句。薛綜註云：「茄，藕莖也，以其莖倒植於藻井，其華下向反披。狎獵，重接貌。藻井，當棟中交方木為之，如井干也。」按此二句蓋寫宮殿的藻井之上（也就是天花板上）有倒垂之蓮莖，其蓮華之紅葩乃反披而下垂，有狎獵重接之盛。（按左思《魏都賦》亦有「綺井列疏以懸蒂，華蓮重葩而倒披」句）總之，此句之形象本來乃是寫宮殿之華彩美盛。而王氏用之於這一首詞中則是借用《西都》與《西京》兩賦所寫之形象以喻寫其理想中所追尋的天帝之居的美盛，這可以說是第一層用意。而更可注意的則是王氏在這兩句所寫的美盛的形象之間，原來還曾經用了「空餘」和「不照」兩個詞語。這兩個詞語實在有極為重要的作用。「空餘」是徒然留存着的意思，其所表現的是面對所留存之僅有的殘餘而興起的一種不能全有的憾恨，因此下一句乃直承以「不照」二字，正面寫出其對於所期望者終於未能尋見的失望和落空的悲哀。

關於王國維這種追求理想的執着的精神，早在我所寫的《王國維及其文學批評》一書中，於論及王氏之追求理想之性格時，我就曾舉引過王氏的不少論著，以說明其平生鄙棄功利唯以追求真理為目的之性格，且曾加以結論說：「他所稟賦的一種『耑耑焉力索宇宙之真理而再現之』的屬於天才的追求理想殉身理想的天性，是無法改變的。」而這種追求又始終無法滿足，因此在王氏的一些小詞中乃經常表現有一種追尋而終於未得的悲哀和憾恨。即如我們在前面所曾提到的他的《蝶戀花》（憶掛孤帆東海畔）一首小詞，他對於「海上神山」的追求，最後所落得的就正是「金闕荒涼瑤草短」的痛苦的失望。而另外的《浣溪沙》（山寺微茫背夕曛）一首小詞，他的「試上高峰窺皓月」的努力，最後所落得的也正是「可憐身是眼中人」的無可奈何的憾恨。但儘管如此，卻似乎又有一種力量常使他對這種理想之追尋始終難以棄擲。那就因為在詩人之心目中總是常存有一種理想之靈光的閃爍，所以縱然終未能照見「紅葩倒井披」的美麗的象喻生命之終極意義的花朵，卻彷彿依然存留有「明月連錢列」的光影的閃現。此種情況，蓋亦正如阮籍在其《詠懷》之「西方有佳人」一首詩中之所寫，雖然在「飄搖恍惚中」似乎也曾經見到了一位「流眄顧我傍」的「佳人」，然而卻終於未能真正結識，於是自然就只落得「悅懌未交接，晤言用感傷」了。

以上是這一首詞的上半闋，王氏蓋以假想之造境寫其對於一種理想之境界的追尋與失落，而全以古書中之意象表出之，既有飛揚突兀之奇，又有光彩迷離之致，既真切，又古雅，這自然是王詞中之極值得注意的一首屬於「造境」的詞。

緊接着上半闋的造境，下半闋遂開始正面敍寫其追尋不得的困惑。「頻摸索，且攀躋」二句，既着一「頻」字，又着一「且」字，蓋極寫對此種追尋之難以放棄而又無可奈何之感。至於「千門萬戶」一句，則承接上半闋所寫的宮殿之形象，而用《史記．武帝本紀》中敍寫建章宮的「千門萬戶」之語，來喻寫追尋中的困惑與迷失。更用「是耶非」三字，表現了一種似有所見而又終於未見的迷離恍惚，而此三字也同樣有一個古書的出處，他所用的乃是漢武帝《李夫人歌》一詩中的句子：「是耶非耶？立而望之，翩何姍姍其來遲。」於是在宮殿的摸索追尋中，乃又出現了一個對美人之期待的聯想。這種聯想雖未必存在於作者王氏的意識之中，然而卻由於此「是耶非」三字之出處的詩篇的聯想，使得這句詞有了這種聯想的潛能。更何況對美人之期待與對理想之追尋，二者原可以互相生發、互相借喻，我們雖不必如此解釋，但這種聯想的潛能，卻無疑地也是足以增加此詞的意蘊之豐美的一個因素。至於結尾的「人間總是堪疑處，唯有茲疑不可疑」，則是寫其所追求者既終於未得，其所困惑者也終於未解。而這種心態乃正為王氏所經常表現的一種心態。近年來西方文學批評中有所謂意識批評一派，曾提出了在作品中可以尋見作者之基本意識形態之說，這首《鷓鴣天》詞大概可以說是王氏詞作中，以假想之造境表現其基本之意識形態的一篇代表作了。

蝶戀花

窈窕燕姬年十五，慣曳長裾，不作纖纖步。眾裏嫣然通一顧，人間顏色如塵土。一樹亭亭花乍吐，除卻天然，欲贈渾無語。當面吳娘誇善舞，可憐總被腰肢誤。

這首詞，本來一向都被我認為是一首「造境」之作。蓋因這首詞實在表現了一種要眇深微之意蘊，可以引發讀者許多豐富的聯想，頗有象喻之意味，而且其所象喻的一種「境界」又與王氏之為人及其論詞之主張都有不少暗合之處。所以我一向都以為這首詞很可能是王氏將自己的為人修養與論詞之見解的兩種抽象情思化為具象之表達的「造境」之作。不過，近年來我偶然看到了蕭艾先生所撰著的《王國維詩詞箋校》一書，卻指出其中原來有一段「本事」。據蕭氏謂曾接到劉蕙孫教授函告云王氏此詞乃為一「賣漿旗下女」而作，且謂此詞中有句實為其先君劉季英所拈，而請王氏足成者。又謂此說蓋聞之於其先君劉季英與其舅父羅君美之談話（見湖南人民出版社出版之蕭書）。劉季英與王國維既皆與羅振玉為兒女之姻親，則劉氏既因有所見而戲拈新句，乃請王氏足成之，此事自屬可能。因而我在此遂將之歸入為寫現實情事的「寫境」之作了。本來關於「寫境」與「造境」之難於作明顯之區分，王氏也早有此種認識，他在《人間詞話》中就曾提出說：「有造境，有寫境，此理想與寫實二派之所由分。然二者頗難分別：因大詩人所造之境，必合乎自然；所寫之境，亦必鄰於理想故也。」就以我們才評說過的「月底棲鴉當葉看」的那首《浣溪沙》詞而言，其「棲鴉」「推窗」「憑闌」甚至「覓句」「掩書」等敍寫，都為眼前當下的尋常景物與情事，自然應當屬於「寫境」之作，然而若就其所予人之豐美的聯想而言，則又含有一種要眇深微引人生託喻之想的意蘊。此類作品自可作為王氏所說的「大詩人……所寫之境亦必鄰於理想」的代表作。再以我多年前所評說過的王氏之「山寺微茫背夕曛」那首《浣溪沙》詞而言，就其所寫的「試上高峰窺皓月，偶開天眼覷紅塵，可憐身是眼中人」諸句而言，其所寫既皆為抽象之哲思，自應是屬於喻說式的「造境」之作，然而若就其開端所寫的「山寺微茫背夕曛，鳥飛不到半山昏」諸句來看，則也未始不可能為實有之景象，只不過此種景象似不及另一首《浣溪沙》所寫的「棲鴉」「推窗」「憑闌」等景象之更為切近而已，此類作品自可作為王氏所說的「大詩人所造之境，必合乎自然」的代表作。至於這一首《蝶戀花》詞，則雖然可據其「本事」之說而將之歸入於「寫境」之作，但其中豐美之意蘊卻也已將之提升到一種理想化的「造境」之境界了。現在我們就將對這首詞之所以達到此種境界的緣故，就其內容意境與表現手法兩方面逐句略加評說。

先說第一句「窈窕燕姬年十五」，即此一句七個字的敍寫，實在就已兼含有「寫境」與「造境」之雙重意境了。先就「寫境」而言，如果按蕭艾先生所提出的「本事」之說，則此句自應是寫一現實中所見的在北京的「賣漿旗下女」，「燕」字言其地，「十五」言其年，而「窈窕」則言其姿質體態之美好。如此便可全作一一落實的解說。然而奇妙的是就在這種敍寫之中，卻已經同時就具含了一種「寫境」之意味。如果用西方接受美學的理論來說，那就是王氏在此一句的敍寫中，蘊涵了可以引發讀者多層象喻之想的一種潛能。這種潛能的由來，我以為大概有以下兩點因素：第一個因素在於其敘寫之口吻全出於客觀，遂使得此一女子完全脫離了現實中人際之關係，而成為了一個獨立的美感之客體，此其一；第二個因素則在於其所使用的一些語彙都帶有符號學中的一種「語碼」之作用，遂可以使讀者由這些語碼所喚起的文化歷史的積澱而產生了豐富的聯想。先說「窈窕」二字，此二字原出於《詩經．國風．關雎》之首章。私意以為即此二字便已有多重之作用：蓋以此二字一方面既以其源出於《詩經》而含有一種古雅之意味；而另一方面則又因其傳誦之久遠，而使人有一種慣見習知的親切之感受；同時此二字又已在歷史的積澱中具有了多層次之含義，既有美好之意，又有幽深之意，既可指品德之美，又可指容態之美。這種多重的性質，遂為全詞之象喻性提供了一種有利的因素。試想如果我們若將「窈窕」二字代之以「美麗」二字，則縱使意思相近，平仄不差，然而其淺陋庸俗卻立刻就可以將其象喻性破壞無遺。如此則「窈窕」二字在促成此詞之象喻性方面的作用，自是顯然可見的。再說「燕姬」二字，此二字在中國詩歌傳統中於敘寫美女之時，也已形成為一種泛稱，因而遂有了並非寫實專指的一種泛稱之性質。即如《古詩十九首》中即曾有「燕趙多佳人」之句，晉傅玄《吳楚歌》也有「燕人美兮趙女佳」之句，梁劉孝綽《古意》詩亦有「燕趙多佳麗」之句，所以「燕姬趙女」乃成為了對美女的一般泛稱之辭，於是遂超出了專指的寫實的意義，而也提供了象喻的可能性。再說「年十五」三個字，在「寫境」的一層意思上講，此三字自可謂實指一個女子的年齡。然而巧合的是女子的「十五」之年，在中國文化傳統中原來也有一種「語碼」之作用，蓋「十五」之年原為女子成人可以許嫁的「及笄」之歲，相當男子「及冠」。（見於《禮記》之《曲禮上》及《內則》篇）因此在中國詩歌傳統中，當詩人借用女子之形象而寫為託喻之作用時，乃亦往往用「十五」之年以喻託男子之成人可以出而仕用之歲，如李商隱的「八歲偷照鏡」一首《無題》詩，自一個女子從八歲時之開始學習「照鏡」、「畫眉」寫起，接寫其衣飾才藝之美，直寫到十四之依然未嫁，最後乃結之以「十五泣春風，背面鞦韆下」，便是從一個女子之形象來喻寫一個男子從高潔好修之精神覺醒到終於未得仕用之悲慨。因此這句詞中的「年十五」三個字，自然也就在帶有歷史文化背景的「語碼」作用中，有了象喻之意。

至於下面的「慣曳長裾，不作纖纖步」二句，則同樣也是兼具了「寫境」與「造境」之多重意蘊的潛能。先就詞而言，蕭氏在提出了「本事」之說以後，便曾以「本事」說此二句，謂：「『慣曳長裾』旗裝也；『不作纖纖步』天足也。唯賣漿旗下女子足以當之。」此種解說自然與「本事」之說正為切合，可以視為「寫境」之層次中的一種情意。然而王氏此詞之佳處，事實上卻並不在於其所寫者為如何之事實，而乃在於其在敍寫中所產生之效果與作用。如果從這方面來看，我們就會發現此二句之佳處固也在於其具含有一種可以引發讀者之聯想的豐富的潛能。至其造成此種潛能之因素，則私意以為實由於「曳長裾」與「纖纖步」二種不同之意態，所造成的一種鮮明的對比。「裾」字指衣襟而言，「曳長裾」者，謂人着長裾之衣曳地而行，如此自然可以使人聯想到一種高貴從容之儀態。至於「纖纖步」三字，則可以使人聯想到一種嬌柔纖媚之身姿。前者頗有矜重自得之概，後者則頗有弄姿娛人之意，此種鮮明之對比已使得這兩種不同之品質產生了一種象喻之潛能；何況前者在「曳長裾」之上還加有一個「慣」字，後者在「纖纖步」之上還加有「不作」兩個字。所謂「慣」者，是一向如此之意；所謂「不作」者，則是不肯如彼之意。於是此二句遂不僅在品質之對比方面提供了象喻的潛能，同時在敍寫的口吻方面也提供了一種「有所為」和「有所不為」的象喻的潛能。因此使得此二句隱然有了一種表現品格和持守的喻託之意。

至於下面的「眾裏嫣然通一顧，人間顏色如塵土」二句，「嫣然」二字出於宋玉《登徒子好色賦》，寫東鄰女子之美，「嫣然一笑」可以「惑陽城，迷下蔡」；「顏色如塵土」則出於白居易《長恨歌》及陳鴻《長恨歌傳》，寫楊玉環之美，「回眸一笑」可以使「六宮粉黛」「顏色如土」。因此自「寫境」的一層意思來說，此二句自可以視之為但寫「本事」中之女子的美麗，然而此二句之敍寫卻實在也已蘊涵了可以引發讀者象喻之想的豐富的潛能。蓋以藉美女喻人或自喻，在中國文學歷史中，自屈原之《離騷》開始，就已形成了一種悠久之傳統，而且此二句中的「通一顧」三個字，還曾見於宋代陳師道以美女為喻託的兩首《小放歌行》的第一首之中，陳氏原詩是「春風永巷閉娉婷，長使青樓誤得名。不惜卷簾通一顧，怕君着眼未分明。」據《王直方詩話》謂黃庭堅曾評陳氏此詩，謂其「顧影徘徊，炫耀太甚」，可見陳氏所寫的美女原是以美女自喻的一首有託意的詩。由此一詩篇之聯想，當然也增加了王氏此二句詞的託意的潛能。何況王氏此二句詞在敍寫之口吻中曾經先以「眾裏」二字，將此一美女與一般眾人作了第一度對比，又以「人間顏色」四字將此一美女與人世間其他頗有姿色的美女作了第二度對比，於是遂將此一女子的美麗提升到了一種極高的理想化之境界，因而也增加了一種象喻的潛能。

而如果以象喻的「造境」來析說此二句詞的話，則又可以有三種可能：首先可以視之為自喻之辭，這主要因為如我在前文所言，這一首詞從開端就是把此一美女作為一種美感之客體的口吻來敍寫的，這也正如李商隱的「八歲偷照鏡」一首詩中的女子，詩人也是將之作為一個美的客體來敍寫的，而此一客體自然可以作為詩人之自喻的一個形象，此其一；再則就前面所引的陳無己的《小放歌行》而言，陳氏詩中的「通一顧」也是以美女為自喻的口吻來敍寫的，其意蓋謂此一女子本為不得寵愛而遭擯斥的一個美女，故其娉婷之美色乃深閉於永巷之中使世人不可得見，遂反使青樓中之凡姿俗艷誤得虛名，而且縱使此女子不惜降低身份而捲簾一示色相，也恐怕沒有一個人能真正地認清和賞識她的絕世之姿，是則就此一詩篇聯想軸而言，此詞中所寫之美女自然便也可以視為自喻之辭了，此其二；三則王氏在他自己的詞裏面，原來也寫有不少以美女為自喻的作品，即如其《虞美人》（碧苔深鎖）一詞，《蝶戀花》（莫鬥嬋娟）一詞，就都是以美女為自喻的，可見這首詞如果作為自喻來看，與王氏之品格為人也原是有暗合之處的，此其三。既有此種種可能引起自喻之想的因素，當然也可以視之為自喻之辭了。

但有趣的則是，此二句詞所蘊涵的潛能卻也可以使人視之為喻他之辭。造成此種聯想之可能的第一個因素，也是由於這首詞通篇都是把此一美女作為一個美麗的客體來敍寫的。既是一個美麗的客體，則除了自喻的可能外，當然也可以作為詩人心目中任何美好之理想的象喻，此其一。再則如果不用陳無己的詩篇聯想，而但就其「通一顧」三個字而言，則此所謂「通一顧」者自然也可以是從觀者方面而言之辭，意思就是説作為觀者的我在眾人之中而驀見一絕世之姿的美女，當其嫣然一笑之際更對我有垂眸之一顧，而因此一顧之相通，遂使我反觀人世間之任何美色都如塵土矣。這種境界當然可以象喻為心目中一完美崇高之理想，此其二。三則王氏在他自己其他的詞裏面，本也經常表現有此種「恍惚焉一瞥哲理之靈光」的意境，即如我以前曾經評説過的那首《浣溪沙》（山寺微茫）詞，其中的「上方孤磬」與「高峰窺皓月」，以及在《蝶戀花》（憶掛孤帆）一詞中所寫的「咫尺神山」和「望中樓閣」，便也都是此種恍如有見才通一顧的美好崇高的精神境界。可見以喻他之辭來看，這首詞中所表現的意境與王氏對崇高完美之精神境界的追尋嚮往之性格也是有暗合之處的，此其三。既有此種種可以引起人喻他之想的因素，則我們當然也就可以視之為喻他之詞了。

以上是我們由此詞前半闋之文本中所蘊涵的豐美之潛能，所可能聯想到的多層次的要眇深微之意蘊。下面我們便將對其後半闋詞中的意蘊也略加評說。

如果以此詞之後半闋與前半闋相比較，則後半闋之意蘊實較為單純。蓋以前半闋之文本中，既牽涉了許多符號學中所謂的具有歷史文化背景的「語碼」，而且在語言學的語法結構方面，也往往可以自語序軸與聯想軸各方面，為之作出多方面的解說。可是下半闋的敍寫則比較簡單而且直接得多了。即如「一樹亭亭花乍吐，除卻天然，欲贈渾無語」三句，一口氣直貫而下，全寫對於一種天然之美的賞讀。此數句若自「寫境」之層次言之，當然只不過是寫蕭氏的「本事」之說中的「賣槳女子」的天然之美而已。然而即使是如此簡單的詞句，仍然蘊涵了一種要眇深微之象喻的潛能。此種潛能之由來，一則固由於前半闋之敍寫已醞釀成一種象喻的色調及氛圍，因而此數句不免仍使人產生象喻之想，此其一；再則此數句並未直寫現實中之人物，而是以「一樹亭亭」的「乍吐」之「花」作為美之象喻的，此一「花」之形象遂有了不只限於現實之人的更廣泛的象喻之意味，此其二；三則此數句所讚賞的天然不假雕飾之美，與王氏《人間詞話》中所標舉的評詞之審美觀也有暗合之處。因此即使是提出了「本事」之說的蕭艾先生，亦曾說此詞云：「通過此詞，吾人更可窺見靜安之審美觀。靜安論詞，極力稱道生香真色，論元曲佳處亦曰『一言以蔽之，自然而已』。所謂『粗頭亂服，不掩國色』，『天然』之謂也。」此外香港三聯出版的田志豆編註的《王國維詞注》中，對此詞亦曾評說云：「北國健康美麗的少女，給詞人留下深深的印象。『天然』二字是靜安審美的標準。『清水出芙蓉，天然去雕飾』，這就是《人間詞話》中盛稱的『自然神妙』之處。」又說：「本詞也可作一篇詞論讀。」可見這首詞之可以引發讀者的象喻之想，也原為眾人之所共見。只不過蕭氏與田氏都是先肯定了此詞之為實寫一「本事」中現實之女子，僅只是王氏對此一女子的審美觀與其論詞之審美觀暗合而已。而我的意思則是以為不僅此三句對「天然」之美的讚賞與其論詞之主張暗合，而是全詞的每一句都充滿了象喻的意味。而且此三句所寫的也不只是對「天然」之美麗的讚賞而已，我們還更要注意到這三句詞與下面的「當面吳娘誇善舞，可憐總被腰肢誤」二句詞，在對比中所形成的諷諭的作用。本來此二句中的「吳娘」與此詞開端一句的「燕姬」已是一種對比，而如果以此數句與「一樹亭亭」數句合看，我們就更會發現前面所寫的「天然」與後面所寫的「善舞」，原來乃是又一度在品質上的對比。我說是「又一度」對比，那是因為這首詞在上半闋的「曳長裾」與「纖纖步」的敍寫中，王氏實在已將兩種不同品質的美作了一次對比，而我在評析那兩句詞時，也曾提出品質的對比可以提供一種象喻之潛能。何況在中國詩歌傳統中，當以「善舞」為象喻的時候，往往都暗指一種逢迎媚世的行徑。辛棄疾的《摸魚兒》（更能消幾番風雨）詞，便曾有「君莫舞，君不見玉環飛燕皆塵土」之句，可以為證。而王氏此詞的「可憐總被腰肢誤」一句，對「善舞」者的譏貶之意，則較辛詞更為明顯。因而在此種對比中，王氏所讚賞的「天然」之美，遂也應不僅只是與其論詞之主張暗合而已，同時也暗示了王氏心目中的一種人格修養的品質和意境。而如果在此處我們再回顧全篇的話，我們就更會發現這首詞不僅通篇都提供了象喻的潛能，而且其象喻的意旨和象喻的結構，也都是十分完整的。當然，我這樣說並不表示我對於「本事」之說的「寫境」一層意義的否定，我只不過是想要證明王氏的一些詞，即使是「寫境」之作，往往也蘊涵有一種要眇深微的意蘊，而隱然有了一種「造境」的效果。故王氏論詞，乃不僅有「大詩人所寫之境，亦必鄰於理想」之言，而且還曾提出了「詞之雅鄭，在神不在貌，永叔、少游，雖作艷語，終有品格」之說，王氏此詞，便可以作為他的詞論之實踐的一首代表作。

說陳曾壽詞一首

我在以前的文章中幾次提到過詞的「弱德之美」，概括地說，這種美感是體現在強大的外勢壓力下不得不採取約束和收斂的屬於隱曲姿態的一種美。反思前代詞人的作品，我們就會發現，凡被詞評家們稱述為「低回要眇」「沉鬱頓挫」「幽約怨悱」的好詞，其美感的品質原來都是屬於一種「弱德之美」的。這次我要講的末代遺民陳曾壽的一首《浣溪沙》，可以說就正是體現了我所說的「弱德之美」的一篇作品。

詞很妙，因為它產生的背景是歌筵酒席，是由女子來歌唱的，所以它寫的也是女子的感情、女子的生活。而女子在中國傳統的性別文化中是處於弱者的地位：大家對女子的要求總是很嚴格，女子自己的持守也總是很嚴格。我們在那些作品中看到的女子總是期待的、堅貞的形象，這是從早期《花間集》的作品中就形成了的一種美感特質。而詞並沒有停止在《花間集》，後來有了「詩化之詞」，有了像蘇東坡這樣的詞人，可是我也多次說過，如果是「詩化之詞」，像陳同甫的「堯之都，舜之壤，禹之封。於中應有、一個半個恥臣戎」，這當然激昂慷慨，寫得很豪壯，可他都說出來了，所以陳廷焯就說這樣的詞如同「中興露布」，像反攻的口號、標語了，它缺少了那一種低回婉轉的美。

詞之最好的美感，往往是在被壓迫的、不得已的條件下寫成的，所以張惠言說那是「興於微言，以相感動。極命風謠里巷男女哀樂，以道賢人君子幽約怨悱不能自言之情，低回要眇，以喻其致」。張惠言看到，詞的美感一定是被壓抑的、屈辱的而且是不容易說出來的一種感情，只有這種感情才能造就出好的詞來。王國維說「天以百凶成就一詞人」，「凶」當然指不幸了，意為上天降下來這麼多種不幸，才成就了一個詞人。這種話我一直不願意說，難道一定不幸了才會成為好的詞人？但是，你看稼軒的詞之所以好，是因為他在南宋不得志，一直是被壓抑、被讒毀的，他的話都不能直接說出來，如果稼軒一帆風順，他也許就寫不出這麼好的詞。他經過了挫折才有了這種姿態。司馬遷在其《太史公自序》中說：「文王拘而演周易，仲尼厄而作春秋。屈原放逐，乃賦離騷；左丘失明，厥有國語。」韓退之在其《送孟東野序》中也說：「大凡物不得其平則鳴。」所以古往今來傑出的文學作品往往是在不幸中寫作出來的，作者遇到挫折才寫出了好文章。正如同水：如果是平坦的水，底下不要說甚麼懸崖斷壁，連塊石頭都沒有，它就是平的；如果水底下有了不平的地方，上面才會有波浪和水紋。

我曾經和陳邦炎先生談過詩詞創作的問題。因為他年輕時也寫過很多詞，我就問他後來為甚麼不寫了，他說，人在兩種情況下才能寫詞：一種是要有激情，是真正在壓抑挫折困苦患難之中；另一種是要有閒情，有那些多情兒女的閒情。他說我現在既沒有激情也沒有閒情，所以不寫詞了。不只是詞，文學本來都是當作者有了一種挫折、一種刺激，然後才會寫出好的作品來。無病呻吟不成，當一個人真的有病，有痛苦的哀號，那寫出來的作品才可以感動人。

中國的小詞幾經轉變，形成了不同的美感，都與不幸的環境有密切關係：李後主破國亡家，他的詞才有了進步；蘇東坡九死一生從監獄裏出來，然後被貶到黃州以後，他的詩詞文都有了進步；辛稼軒是因為他在南宋的挫折才有他的詞的成就；而周邦彥影響下的那些「賦化之詞」，也是經過南宋的衰弱敗亡，才有了吳夢窗和王碧山，才有了他們那些有深度的好詞。如若不然，只是修飾雕琢，咬文嚼字地寫一些風花雪月，就算文字再工巧也不成。「國家不幸詩家幸，賦到滄桑句便工」，趙翼也曾經這樣說過。

現在我們來看陳曾壽：他的曾祖父陳沆是非常有名的詩人，寫過著名的《詩比興箋》；他的曾祖父、祖父，都是在清朝科第仕宦很高的人；而且陳曾壽在光緒年間考中進士以後，也一直在仕途上很得朝廷的重用。他的家族，包括他自己，都是和清朝有很深的因緣的。

我們要設身處地替一個人去想。比如南宋敗亡後，像王沂孫等等那些遺民，他們名正言順地寫哀悼故國的詞，因為他們是漢族人，而漢族滅亡於蒙元、滅亡在異族人的手中。可是清朝是滿族，滿族對漢人來說是異族。清朝初年殉節死難的，像陳子龍、夏完淳等人，那當然都是節義之士。但清朝統治了中國近三百年，漢族人已逐漸認同它了。後來，孫中山領導的國民革命是要打倒滿族，收復被異族佔領了三百年之久的國土，說是「驅除韃虜，恢復中華」，清朝當然就是「韃虜」，是外族人了，所以末代的陳曾壽之作為一個遺民，就比王沂孫那些人更沒有地位了，他真的可以說是無以自解：明明是漢族人，現在居然要為清朝人守節義；清朝都滅亡了，還要到亡國之君——幼主溥儀那裏去做官。後來民國政府幾次請他出來做事，他都沒有接受，這當然為人所不諒了。

我曾經與某同學說，在「文化大革命」時期，有些人的父母被定為地主、右派或者反動學術權威，於是好多兒女紛紛出來與父母劃清界限。為了表示決絕，還從家裏搬到學校去住，甚至在開批鬥會的時候跟着一起批鬥自己的父母，認為這才革命，這才叫前進，當時有很多這樣的情況。

還有一件事情，我小時候一直不明白。那時我讀《論語》，其中有那麼一段。有人對孔子說：我們老家有一個非常正直的人，「其父攘羊，其子證之」——他父親偷了一隻羊，他兒子大義滅親，把他父親告發了。孔子說「吾黨之直者異於是」，他說我們鄉黨裏那些品格好的人跟你們那裏不同，是「父為子隱，子為父隱，直在其中矣」——父親為兒子隱惡揚善，兒子也為父親隱惡揚善，彼此在這種親情之中，他說這才是正直。我那時真的不理解，認為這是不對的。當然，錯了就是錯了嘛，「隱」甚麼！可是現在我才逐漸明白，這其中有一種不得已。人如果把天性都滅絕了，把那一種善良的感情都滅絕了，而只說這是革命，其實是不近人情。

還是說陳曾壽，以他的家世，以他與清朝的關係，一直到清朝的滅亡，他做了遜清的遺老，他真是無以自解，無法向人來解說。他不像南宋那些遺民，可以理直氣壯地去說，這是很難講的一種感情。張惠言講詞雖然有時牽強比附，但詞很妙，詞是要寫那種「幽約怨悱不能自言之情」。陳曾壽的感情正是「不能自言」之情。

陳曾壽的詩集裏留下很多首詩，寫他到偽滿洲國後內心的一些想法。陳邦炎先生在他所寫的《陳曾壽及其〈舊月簃詞〉》的文章中曾選過幾首。比如「愁聽邊砧近十秋，難將鑄錯訴從頭」兩句，那時陳曾壽到東北，聽「邊砧」已接近十年了。陳曾壽還說：「人間何處避繁冤，獨愧沉江屈子魂。饕餮窮奇難並世，去留生死總辜恩。暫熒鬼火知旋滅，無道強梁豈久存？永惜蘭荃蒙霧露，海枯石爛與誰論？」他的詩詞裏表現的都是一種難以言說的感情。

現在我要說，這就是詩與詞的不同。他的詩說「愁聽邊砧近十秋，難將鑄錯訴從頭」，我到東北已將近十年之久，鑄成的大錯現在沒有辦法解說了。他又說「獨愧沉江屈子魂」，我對着屈原自沉的湘水，覺得真是慚愧！我怎麼沒有死去呢？「永惜蘭荃蒙霧露」，「蘭荃」是香草，而香草被玷污了，怎麼辦？「海枯石爛與誰論」，怎麼就會被玷污了？怎麼沾上的這一身污穢？怎麼樣解釋？所以是「海枯石爛與誰論」。當然他直接說了他的感情。可是詞與詩不同：詩還是比較明白地說出了他這一份感情，而在詞裏邊就不是這樣了。

好，下面我們就來看他的《浣溪沙》這首詞：

修到南屏數晚鐘，目成朝暮一雷峰。纁黃深淺畫難工。　千古蒼涼天水碧，一生縫綣夕陽紅，為誰粉碎到虛空？

他說「修到南屏數晚鐘」，他曾在杭州住了很久，以避開政治上那些煩亂的事情。你看他的用字，他說「數」晚鐘，而不是「聽」晚鐘，這就是文學的語言！「修到南屏聽晚鐘」與「修到南屏數晚鐘」有甚麼不同呢？「聽」是簡單的，是聽到西湖南屏山上傳來的晚鐘的聲音，只是「聽」而已；可他現在不是「聽」，他是「數」，一聲一聲地在數，那種寂寞那種孤獨那種無可奈何，都包含在「數」字之中，而「聽」字沒有這樣的感覺。他說：就連在南屏山下每天一聲一聲地細數晚鐘的聲音我都是「修到」，因為在外邊污穢的塵世中我根本沒有辦法。能夠回來過「南屏數晚鐘」的生活，我是「修到」的。「數」字之妙，「修」字之妙，這是語言的作用。

接着，「目成朝暮一雷峰」。「目成」出於《楚辭》的《九歌》，《九歌·少司命》中說「滿堂兮美人，忽獨與余兮目成」：滿堂都是美人，我與其中的一個人四目相對，目成心許，我們兩個人的眼睛互相一看，中間的感情就已經傳達給對方，於是兩心相許了，這叫「目成」。有沒有這樣的一個人？有沒有這樣的一門學問？有沒有這樣的一種信仰？有沒有這樣一個對象值得你「目成」呢？陳曾壽說：我一看就對她鍾情了，終生都不願捨棄。你曾經遇到過值得你目成心許的事物嗎？不管是人、事，還是學問、信仰，你遇見過讓你一看就想終生相許的對象嗎？陳曾壽說自己「目成」，「目成」甚麼？就是對面的雷峰塔。雷峰塔有甚麼值得「目成」呢？這當然還是接着寫他「南屏數晚鐘」的寂寞。

講到這裏，我們還有必要看陳曾壽另外一首寫雷峰塔的長調——《八聲甘州》，也是寫雷峰塔倒塌之事的。在那首詞的序中，他說「甲子八月二十七日」。那應該是一九二四年的農曆八月二十七日，雷峰塔倒了。原詞是這樣的：

鎮殘山風雨耐千年，何心倦津梁？早霸圖衰歇，龍沉鳳杳，如此錢塘。一爾大千震動，彈指失金裝。何限恆沙數，難抵悲涼。　慰我湖居望眼，盡朝朝暮暮，咫尺神光。忍殘年心事，寂寞禮空王。漫等閒、擎天夢了，任長空、鴉陣占茫茫。從今後，憑誰管領，萬古斜陽。

為甚麼在這首《浣溪沙》中他說是「目成朝暮一雷峰」？你要參看他的《八聲甘州》裏所寫的雷峰塔。他說「鎮殘山風雨耐千年」，雷峰塔在那裏鎮守殘山，忍耐着狂風暴雨，已有千年之久了。它「慰我湖居望眼，盡朝朝暮暮，咫尺神光」，雷峰塔鎮在山上，是這麼直立的塔，我在西湖的住所裏能夠看見它，它在殘山之上能夠給我以安慰。靠甚麼來安慰我？「盡朝朝暮暮，咫尺神光。」「朝朝暮暮」，我都目對着雷峰塔；「咫尺」之間，我在塔身上，看到有如此神光之閃耀！後面他接着說，「漫等閒、擎天夢了，任長空、鴉陣占茫茫」。而今天，雷峰塔倒了，是「等閒」的「擎天夢了」：它本來矗立在高山之上，好像要把天撐起來似的，怎麼會想到「等閒」，就這麼容易、這麼隨便地倒塌了！從此，它「擎天」的大夢居然就終結了，它已經撐不住蒼天了。原來，在天地之間，在南屏山上，有塔在那裏支撐着，可是現在一旦塔倒了，「任長空、鴉陣占茫茫」：長空之上，再也沒有撐天之物，只有一片昏鴉，那「鴉陣」佔據了萬古的蒼茫。「從今後，憑誰管領，萬古斜陽。」我們說「雷峰夕照」是西湖十景之一，因為有雷峰塔，那夕陽才有了一個着落，有了意義和值得觀看的價值，所以說是雷峰塔「管領」着「斜陽」。而現在雷峰塔沒有了，從今以後，還有誰能挽住那「萬古斜陽」呢？「擎天」的柱子倒了，斜陽西下，再也沒有人惋惜了，再也沒有人關懷這萬古的斜陽了。而「等閒」的「擎天夢了」，不但是在形象上，那高塔倒下去了，而且像中國的這些讀書人，古來讀聖賢之書，是要修身齊家治國平天下的，然而是命運的不幸，馮延巳做了一個必然要亡國的南唐的宰相，他注定就是悲劇的下場。誰叫他生在必然要亡的國家，而且做了必然要亡的國家的宰相！馮延巳是命定的悲劇，陳曾壽這些人也是命定的悲劇。誰叫他們家族與清朝結合了這麼密切的關係？誰叫他生在清朝末年，正趕上這個朝廷敗亡的時代呢？所以他對雷峰塔有一種真正的感情，因為他從雷峰塔那裏看到的種種意義，是「擎天夢了」，是「管領」「斜陽」。

而「雷峰夕照」果然美好：「纁黃深淺畫難工。」「纁黃」就是落日黃昏的那一片顏色，不管是深的顏色還是淺的顏色，那西天落日的一片顏色真的是美麗，是「纁黃深淺畫難工」。

所以，我經常說我雖然看過很多山，但最想回去再看一次的就是黃山的西海。我曾經去過西海，正是面對着日落。四面群山，奇峰環繞，中間是萬丈的深淵。那雲氣的繚繞變化，落日的西斜，真是光彩變幻！可惜我那次沒有真正看到落日西斜，因為當時我住在北海，天太晚回去，也沒有燈照路，太危險了。所以我一直還想回去一看的，是黃山西海那落日的餘暉，也是「纁黃深淺畫難工」。

接着看陳曾壽的《浣溪沙》。他說：「千古蒼涼天水碧，一生繾綣夕陽紅。」他把眼前的景物與歷史，與他的語言中的文化符碼結合得很好。我們說語言在一個國家、一個民族，在一定的文化背景之中就帶了很多符碼的作用。「千古蒼涼天水碧」，從現實來說，底下是西湖的湖水，上面是碧藍的長空，碧水青天，水中的天光雲影，天水一碧，景色是「蒼涼」的。雷峰塔所面對的，是「千古蒼涼天水碧」；雷峰塔倒了，那「千古蒼涼」的「天水碧」也還在那裏，這當然是現實的景物。可是我說它帶了文化的典故，有一個故事的背景。

「天水碧」原有一個出處。在南唐的時候，宮中的宮女有一天晚上把她們藍色的衣服晾在外邊沒有收起來，第二天清早，下了露水以後，那衣服的顏色反而更加碧藍、更加美麗了，所以後來她們故意把藍色的布料放在外邊，讓它沾染露水，而且把露水染成的顏色叫做「天水碧」，南唐宮中很流行這種顏色的衣服。等到南唐滅亡了，忽然間有人就聯想到：新的朝代是宋，宋朝的皇帝姓趙，趙氏的族望——那個世族的郡望，被稱為「天水趙氏」，而「天水碧」的碧藍之「碧」，聲音跟逼迫的「逼」一樣，兩個都是入聲字，所以他們就說，「天水碧」的「碧」就等於逼迫的「逼」，這是南唐敗亡的一個預言。也就是說，南唐的宮女們都穿「天水碧」的衣服這件事，就注定了他們要亡在趙宋的手中。

而「千古蒼涼天水碧」還有一個可能，那就是指雷峰塔的修建時期。在前面那首《八聲甘州》中曾經記載，說是在「宋藝祖開寶八年」，那正是北宋開國的時代。而現在，不僅南唐滅亡了，趙宋也早就滅亡了；不僅趙宋滅亡了，趙宋時代所修的塔也倒塌了。所以「千古蒼涼天水碧」的七個字裏邊包含着非常豐富的意思：既是眼前的景色，也是歷代的盛衰興亡——南唐的敗亡，北宋的敗亡，代表北宋之雷峰塔的今天的倒塌，當然也象喻着清朝的滅亡。

後一句說：「一生繾綣夕陽紅。」他說雷峰塔在的時候，是「管領」斜陽。我們前面說到「目成」兩個字，你有沒有遇見可讓你一見鍾情而終生奉獻的事物？如果說雷峰塔有知有情，它留戀的是萬古的斜陽——「雷峰夕照」，那「纁黃深淺畫難工」的美，夕陽應該是雷峰塔一生中最纏綿婉轉的留戀對象。而「一生繾綣夕陽紅」也有多重意思。一個是說「雷峰夕照」，它一生就「繾綣夕陽紅」，可是陳曾壽實在也是在說他自己，說他自己所留戀的、所不能放棄不能背叛的，那是甚麼？是一個敗亡的朝代，是已經滅亡的清朝。我們說世間萬物甚麼不好留戀，為何要留戀那「夕陽紅」，而且留戀到「一生纏綣」的程度？因為他沒有辦法斷絕，「纏綣」本來就是纏綿婉轉、不能斷絕的意思。別人可以說他不夠革命，說他不夠前進，說他完全沒有民族的正義感，這都可以說，但是，他怎麼能夠做到對舊朝的背棄？我們常說「看得破，忍不過」：理論上可以說這個應該那個不應該，可是感情上做不到。再比如說「文化大革命」，如果受逼迫與自己的父母劃清界限，那究竟劃得清劃不清？所以陳曾壽說「一生纏綣」。他「纏綣」甚麼？他說就是那「夕陽紅」——我對此無可奈何。

而更妙的就是後面一句：「為誰粉碎到虛空？」既然是「一生纏綣夕陽紅」，那麼有個夕陽在那裏，有個雷峰塔在那裏，它「縹黃深淺」是「畫難工」，你「目成朝暮」就「一雷峰」，可是現在連雷峰塔都沒有了，「為誰粉碎到虛空」？為甚麼？為甚麼落到連這一點纏綣都沒有留住？為甚麼就粉碎了，就完全倒塌了？現在一切都失去了，連那一點纏綣的感情都失落了。「千古蒼涼天水碧，一生纏綣夕陽紅」，「為誰粉碎到虛空」？說得真是好！怎麼會落到這樣的下場？所以後來陳曾壽就學了佛法，「寂寞禮空王」了。

這樣的詞我說它有「弱德之美」，這真是弱德。他那種持守，他那種感情，是一種值得尊敬的感情。不管我們贊成不贊成，不管我們同意不同意，不管這在革命的理論上是前進還是後退，但是這一份持守的感情，他是不能放棄的。而詞之很妙，就是好的詞，最好的詞，要寫出來那種「幽約怨悱不能自言之情」。當然詞之好壞有不同的層次。也有一些一般不錯的詞，這要看你從甚麼程度來說，每個程度都有高低深淺的好多層次。比如五代的令詞，像張泌的「晚逐香車入鳳城」，讀起來也不錯，也覺得挺美，但是詞之美惡，是果真有深淺厚薄的不同。所以真正耐人尋味的好詞就是張惠言所說的，要寫出來「賢人君子幽約怨悱不能自言之情」。你說陳曾壽這些保守的遺老是「賢人君子」嗎？當然大家可以說他不進步，但是他有自己的品格，比起那些朝三暮四，只追求眼前身畔的一己之私利的人來說，他是有品格的。後來，陳家的生活非常困苦。如果當年陳曾壽肯接受革命、肯背叛舊朝，他在物質上可以有更好的生活，但是他沒有。你說他持守的是甚麼？這很難說，不是從外表的教條可以衡量的。

天地博雅文叢

經典常談　朱自清 著

新編《千家詩》　田奕 編

邊城　沈從文 著

孔子的故事　李長之 著

啟功談金石書畫　啟功 著　趙仁珪 編

沈尹默談書法　沈尹默 著

詞學十講　龍榆生 著

詩詞格律概要　王力 著

唐宋詞欣賞　夏承燾 著

古代漢語常識　王力 著

梁思成建築隨筆　梁思成 著　林洙 編

簡易哲學綱要　蔡元培 著

唐宋詞啟蒙　李霽野 著

唐人絕句啟蒙　李霽野 著

唐詩縱橫談　周勛初 著

佛教基本知識　周叔迦 著

佛教常識答問　趙樸初 著

漢化佛教與佛寺　白化文 著

沈從文散文選　沈從文 著

宋詞賞析　沈祖棻 著

人間詞話新註　王國維 著　滕咸惠 校註

閒談寫對聯　白化文 著

魯迅作品細讀　錢理群 著

夜闌話韓柳　金性堯 著

日用交誼尺牘　譚正璧 著

陶淵明批評　蕭望卿 著

名篇詞例選説　葉嘉瑩 著

天地
www.cosmosbooks.com.hk

書　　名　名篇詞例選說
作　　者　葉嘉瑩
編輯委員會　梅　子　曾協泰　孫立川
陳儉雯　林苑鶯
責任編輯　宋寶欣
美術編輯　郭志民
出　　版　天地圖書有限公司
香港黃竹坑道46號
新興工業大廈11樓（總寫字樓）
電話：2528 3671　傳真：2865 2609
香港灣仔莊士敦道30號地庫
電話：2865 0708　傳真：2861 1541
印　　刷　美雅印刷製本有限公司
香港九龍官塘榮業街6號海濱工業大廈4字樓A室
電話：2342 0109　傳真：2790 3614
發　　行　香港聯合書刊物流有限公司
香港新界荃灣德士古道220-248號荃灣工業中心16樓
電話：2150 2100　傳真：2407 3062
出版日期　2021年10月／初版

ISBN ： 978-988-8550-03-6